JN097447

〈転生〉する川端康成

―引用・オマージュの諸相

仁平政人
原 善【編】

藤田祐史
西岡亜紀
三浦 卓
高根沢紀子
李 雅旬
平井裕香
見田悠子
坂元さおり
李 哲権
深澤晴美
大石征也
高畑早希
東雲かやの
菅野陽太郎
熊澤真沙歩
奥山文幸
谷口幸代
崔 順愛
高橋真理
杉井和子
青木言葉
永栄啓伸
長谷川 徹
内田裕太
劉 東波
原田 桂
田尻芳樹
李 聖傑
姜 惠彬
恒川茂樹
小池昌代
小谷野 敦
乗代雄介

文学通信

II 現代作家と川端康成の〈対話〉

III 作家の〈交流〉／作品の〈変異〉

はじめに

本書の目的

二〇二二年は川端康成の没後五十年にあたる。三年前の二〇一九年に生誕一二〇年を迎えた川端康成が齢七十二歳で（いまだに尽きぬ謎を投げかけ続けている）自裁を遂げてから、既に五十年が経過したということである。この五十年という年数についてわれわれは重い意味を見出している。

川端が自裁を遂げたのは一九七二年四月のことだが、その年の二月に「文芸春秋」の創刊五十周年を記念する号に川端は「夢幻の如くなり」というエッセイを寄せており、そこで「文芸春秋の五十年は、すなはち、私の文筆活動の五十年である」とした川端は、そのエッセイを「一九七二年の今年は、それからちやうど半世紀の五十年、「夢幻の如くなり」である。織田信長が歌ひ舞つたやうに、私も出陣の覚悟を新にしなければならぬ。」と結んでいた。そしてその三ヶ月後に、自らの五十年の文筆活動を締めくくる〈覚悟〉の〈出陣〉をしたことを思うと、五十年という年月は川端にとっては大変重い意味を持っていたということが考えられる。

そしてそれからまた五十年が経過した。川端の没後五十年は、川端作家活動の百年でもあったわけであるが、我々はこの折り返しの新たな五十年の節目に、川端同様の〈覚悟〉を持って、その百年の川端文学の総括のための〈出陣〉が求められている。それはあるいは五十年で〈覚悟〉の死を遂げた川端康成を、それから五十年を経たところで再生させる試みだとも言えるかもしれない。

さて、今日でも川端は日本で初めてノーベル文学賞を受賞した作家として、一般にも依然として高い知名度を有している。しかし、「伊豆の踊子」や『雪国』などの作品名はよく知られていても、その小説が幅広い読者に親しまれているとはいいがたい（例えば、『雪国』冒頭の一文「国境の長いトンネルを抜けると雪国であった」は人口に膾炙していても、同作を通読したことがある人はそれほど多くはないだろう）。むしろ今日にあって、川端の小説は「美的」・「抒情的」・「伝統的」といった固定的なイメージとともに、古めかしく現在とのつながりが薄い「文学」として、敬して遠ざけられる傾向があるように見える。

しかし、それは現代における川端の受け入れられ方の、一面に過ぎないとも考えられる。われわれが注目したいのは、今日に至るまで、数多くの文学者が様々なかたちで川端作品に対するオマージュやパロディを発表し、またその表現や着想を取り入れて、自らの創作に活用してきたということだ。他方、文学以外の領域でも、映画やテレビドラマ、演劇、マンガ、児童文学、美術、音楽など、幅広いジャンルにおいて、川端作品は持続的にアダプテーション（翻案）の対象とされてきている。こうしたオマージュやアダプテーション作品が、（読者・受容者自身が意識するかどうかは措いて）川端文学との遭遇の契機となることも、決して珍しくないように思われる。

こうした川端文学のオマージュ・引用やアダプテーションは、固定した川端のイメージをなぞり補強することもあれば、川端作品の持つ意想外の特性を照らし出すことも、あるいは批評的に変形することを通して、その潜在的な可能性を浮かび上がらせることもある。いずれにしても、これらは川端の文学をただ一方向的に受容するものではなく、それぞれの文脈のもとで（また多様なファクターとのかかわりのなかで）作り変え、生まれ変わらせるものに他ならない。そして、このような川端文学の多様な〈転生〉のあり方に光をあてることは、現代の文学・文化における「川端康成」の位相を捉え直し、また川端作品を新たに再読する視点を得ることにもつながると考えられるのである。

本書は、川端康成の文学が様々な文脈で〈転生〉するあり方について、（1）後代の文学者による引用・オマージュと、（2）多様なジャンルにおけるアダプテーションという二つの見地から検討することを試みる。

本書の構成

本書『転生する川端康成Ⅰ― 引用・オマージュの諸相―』は三部構成で、広義のオマージュを中心として、国内外の様々な作家が川端の文学と対話・交通し、創作をおこなうありように光を当てる。以下、内容について簡単に概観したい。

「Ⅰ 引用・オマージュによる〈転生〉」では十二名の作家を取り上げ、その川端文学と交通する作品や活動について詳細に論じた。

原善（第1章）は後進の作家たちによる川端作品の批評的な受容＝オマージュが川端の読み方に変更を迫る力を持つことを、恩田陸・梶井基次郎の作品を例にして提示する。この章は本書全体の総論にあたるものである。

藤田祐史（第2章）は「伊豆の踊子」と松本清張「天城越え」の関係について、「伊豆の踊子」を「資源」とした後続のトラベルミステリを視野に入れて、「日本近代文学から推理小説への移行」という見地から考察を行う。

西岡亜紀（第3章）は福永武彦が川端の『雪国』に見出した「フィクションの文法」が、小説『死の島』において、広島を出現させる方法としてメタフィクション的な形で活用されていることを論じる。

仁平政人（第4章）は「片腕」のオマージュ的な作品の中でも異色な一編として小池昌代「左腕」を取り上げ、「腕をつけかえる」というモチーフを中心に、その「片腕」に対する批評的な対話性について考察する。

三浦卓（第5章）は作者自身が川端の「眠れる美女」を「裏返した作品」とする石田衣良『娼年』について検討し、両作の間で「裏返されなかったもの」としてそのホモソーシャルなまなざしを剔出する。

髙根沢紀子（第6章）は「いちばん好きな作家は川端康成」だという小川洋子の文学と川端とのつながりについて、小説「ミーナの行列」、「バックストローク」、「人体欠視症治療薬」などを取り上げて多角的に論じる。

李雅旬（第7章）は作者によって「川端康成『古都』へのオマージュ」とされる原田マハ『異邦人（いりびと）』について、「絵画小説」という観点からその表現の特性を分析し、川端文学との共通性と差異を考察する。

平井裕香（第8章）は乗代雄介「最高の任務」と川端「十六歳の日記」とのつながりを起点として、記憶と風景という観点から、乗代の阿佐美景子シリーズが持つ川端文学への批評という性格を捉える。

見田悠子（第9章）はガルシア＝マルケスの文学の前期から後期への変化を視野に入れて、川端の「眠れる美女」との出会いがマルケスの文学に何をもたらしたのか、『わが悲しき娼婦たちの思い出』を中心に考察する。

坂元さおり（第10章）は朱天心の小説「古都」について、直接的に引用される『古都』にとどまらず、「双子」「孤児」といったモチーフや方法において川端文学と多層的に共振していることを解明する。

李哲権（第11章）は李昂『眠れる美男』を、川端「眠れる美女」に対するフェミニスト的立場からの「毒」を盛られたオマージュと捉え、文体・表現の特性を軸として分析する。

「**II　現代作家と川端康成の〈対話〉**」では、川端にかかわる作品等を発表している三名の作家のエッセイを収めた。小池昌代（第12章）は「好きな作品」だという「眠れる美女」について繊細に読み解き、小谷野敦（第13章）は川端の「古典美」との関わりを立原正秋および自身との対照で語り、また乗代雄介（第14章）は大学時代に衝撃を受けたという『川端康成全集』第三十三巻をもとに作家・川端に対する見方を提示する。この三編のエッセイはそれぞれの視角で川端を捉えるものであるとともに、作家本人の文学的な個性を鮮やかに示している。

「Ⅲ　作家の〈交流〉／作品の〈変異〉」では、中里恒子、瀬戸内寂聴など生前の川端と交流した作家から、彩瀬まるなど二〇一〇年代にデビューした作家、またカズオ・イシグロら国外の作家に至るまで、幅広い世代・ジャンル・言語圏にわたる二〇名の作家を取り上げ、その川端文学との様々な関わり方やオマージュ的・パロディ的な作品について、それぞれ独自の刺激的な観点から批評的に紹介を行った。

巻末には**「川端康成〈転生〉作品年表【引用・オマージュ篇】」**として、川端文学の広義のオマージュと見られる作品をまとめた年表を収めた。Ⅲと年表で、川端がいかに多くの作家たちからオマージュを捧げられ、その作品がいかに多様に〈転生〉を遂げているのかを見渡していただけることだろう。

以上のように、本書において示される川端の多様な〈転生〉のあり方は、既成のイメージから離れて川端の文学を読み直し、ひいては新たな意味を持つものとして生まれ変わらせる手がかりになるだろう。そもそも川端は、「輪廻転生」の夢想を繰り返し語り（「空を動く灯」一九二四、など）、書物が「人々の心で書き改められ、書き加へられ」（「東海道」一九四三）ることを重視し、また自作の映画化に際しても、「私は原作を映画製作者に差し上げたものと考へる」（「映画「千羽鶴」」一九五三）とし、「小説を評釈解明され、改修補足されて、なるほどさうかと思ひ、人ごとのやうに感心することが多い」（同前）と語る作家であった。本書はそのような意味で、没後五十年の今日において、川端の文学を新たに〈再生＝転生〉させる試みとしての意義を持つと考えられるのである。

本書が読者の皆様にとって、川端の文学と新たに出会い、各々の文脈のもとでそれを生まれ変わらせる契機となることを願ってやまない。

二〇二三年十月

編　者

I

引用・オマージュによる〈転生〉

恩田陸・梶井基次郎

1　オマージュの照らしだす力
——総論にかえて

原善

一　生誕一〇〇年の喧騒／生誕一二〇年・没後五〇年の静謐

二〇一九年は日本では令和の元年でもあり、お祭騒ぎの喧騒が喧しかったが、干支で言えば己亥（つちのとい）、亥年に当たっていた。明治三二年亥年生まれの川端康成にとって十回目の年男に当たる、生誕一二〇年目を迎えた記念すべき年であった。しかし、中国建国七〇年やレオナルド・ダ・ヴィンチ没後五〇〇周年はともかく、太宰治生誕一一〇年といった切りの悪い周年までが取り上げられ、いろいろな出来事の周年が騒がれていたなかで、川端康成の生誕一二〇年が話題になることはほとんどなかった。振り返れば二十年前の生誕一〇〇年の時には、川端文学研究会事務局編「生誕一〇〇年記念行事一覧」（『川端文学への視界14』銀の鈴社、一九九九）に列挙されているように、沢山の行事が目白押しだったし、多くの雑誌が特集を組み、記念の研究出版も相次いだ。それに比べて生誕一二〇年は記念の刊行物もなければ、雑誌特集もなく、イベントもほとんど行われていなかったのである。

しかし二十年前の喧騒の方がむしろ異常で、それに乗った商業主義も見えすいていたことを思えば、むしろこのような静謐の中でこそ、川端の再評価が為されるべきであったろう。そのことは二十年前にも〈ところで生誕百年とは同時に、享年七十二歳であった川端にとって、没後既に四半世紀以上が経過した、ということでもある。あらゆる作家が、そして人が、この世に生を受けた以上、いずれは迎える生誕百年なぞよりは、むしろ没後の時間の経過のほうが意味は大きいはずだ。二十七年もの間遠ざけられ続けてきた作家川端。このたびの生誕百年を機に起こってくれるだろう川端ブームによって、再評価、というよりもこれまでの評価を差異化する評価をこそ求めたい。〉（「川端康成の現代性―生誕百年／没後二十七年―」『東京新聞』（夕刊）一九九九・四・一五）と書いたとおりである。そしてこれは生誕一二〇年の二〇一九年だけでなく、この二十年の間に、研究でも読書界でも川端の需要が衰えてきている結果だとも言える。そしてそれは没後五〇年を迎える現在（二〇二二年）まで変わっていない。そこで、ここでは川端を再評価していくために有効な視座として、後進の作家たちが彼の文学をどのように批評的に受容したかを見ていくことの有効性を述べたいと思う。本稿を本書の総論に代える所以である。

II　先行からの影響／後進への影響

ロラン・バルトの有名な〈テクストとは多次元の空間であって、そこではさまざまなエクリチュールが、結びつき、異議をとなえあい、そのどれもが起源となることはない。テクストとは、無数にある文化の中心からやってきた引用の織物である〉（「作者の死」『物語の構造分析』花輪光訳、みすず書房、一九七九）という言葉を引くまでもなく、文学作品は先行の、そして同時代の様々なテクストの影響を受けて成立するものであり、川端の場合にも、先行作家・先行芸術からの多様な影響について明らかにすることは重要であり、これまでも多くの研究がなされてきている。その中でも稿者自身が関わったものだけを挙げても田中実・馬場重行・原善編『対照読解　川端康成〈ことば〉の仕組み』（蒼丘書林、一九九四）、田村充正・馬場重行・原善編『〈川端文学の世界4〉その背景』（勉誠出版、一九九九）があり、それなりの成果を上げてきているはずだし、原善・福田淳子他編「川端康成全集固有名詞索引II～XI」（『作新国文』第2号、一九九〇・一二～『上武大学経営情報学部紀要』第24号、二〇〇一・一二）といった資料もある。しかし、過去のある時点における作家の営みを評価するだけではなく、まさに我々が生きるこの現代において、当該作家が読まれる意味はどこにあるのか、という現代的な意義を探るためにも、後進作家が川端からどのような影響を被っているのかの研究もまた為されるべきなのである。

先に見たように川端の需要が少なくなってきているかに見える昨今でも、現代作家たちは川端から刺激を受け、あるいは川端を意識して創作に励んでいると言えるのは、既に仁平政人が「世界のなかの川端康成⑦日本編」(『川端康成スタディーズ　21世紀に読み継ぐために』笠間書院、二〇一六)で、〈川端文学と現代の小説家との交流〉に注目して石田衣良・小川洋子・川上未映子の名前を挙げていたし、(そして付記に記した旧稿でもその名の多くを挙げておいたのだが)本書の目次にも明らかであろう。

それらはトリビュートと呼ばれたりオマージュと呼ばれたりもするし、そのほか漫画化や映画化などの二次創作やアダプテーションもその一つだとして、パロディもあれば翻案もあるという具合に幅広い在りようが見られるが、そこには対象とした川端作品に対する優れた批評的な受容を読むことができるのであり、単に川端から後進への《影響》という一方的な流れというにとどまらない、逆向きの方向での、川端の読み方への変更を迫る力を見ることもできるはずなのである。(その意味では付記に記した国際シンポジウムでも、日本の若い研究者や中国の研究者による井上靖、三浦哲郎、中上健次、土屋隆夫といった、川端よりも後進の作家たちとの関連についての発表が多くエントリーされていたことはとても興味深いことだった。)

III　〈夜の底〉にこだわる恩田陸

そうした中で《後進》が川端を意識していることの一つの指標になるのが〈夜の底〉という言葉であり、例えば(「〈夜の底〉から〈夜の果て〉へ——吉本ばなな「白河夜船」論」(『〈現代女性作家読本⑬〉よしもとばなな』鼎書房、二〇一一)で論じたとおり)、川端を踏まえた作品が意外にも多い吉本ばななの作品の中に〈夜の底〉という言葉が頻出しているのだが、そうした徴言葉としての〈夜の底〉をより意図的に使っている作家に恩田陸がいる。

恩田陸は、その映画化が話題を呼んだ『蜜蜂と遠雷』（二〇一六）で彼女自身の二回目の本屋大賞と直木賞をW受賞した、現在最も活躍している作家の一人だが、彼女こそ川端康成を最も意識している現代作家だと言えるのは、その作品の中に頻出する〈夜の底〉という言葉の用例から明らかなのである。『夜のピクニック』（二〇〇四）の中で〈夜の底が白くなった、というのは近代文学史でやった『雪国』だっけ。／だけど、この状態の場合、夜の上の方が白くなった、と言うべきだと思う。〉（傍点引用者。以下同様）と、はっきりと引用しているように、その典拠が川端の「雪国」の冒頭の一節であることを明示しつつ、それを恩田は執拗に作品の中で使っているのである。例えば、エピローグ的な短文が付いているものの実質的開幕であるI章の冒頭で〈夜の底に百合の香りが漂っている。〉と語りだしている『黄昏の百合の骨』（二〇〇四）という作品もあるし、（文庫版「あとがき」で〈久保田早紀が引退する前に出した最後のアルバムのタイトルである〉と明かしてはいるものの）そのまま〈夜の底〉という言葉をタイトルの中に含ませた『夜の底は柔らかな幻』（二〇一三）という作品まであるほどであり、二〇二二年現在『愚かな薔薇』（二〇二一）までの全作品で三十三例にも及ぶ用例を拾い上げることができるのである。彼女がそこにいかにこだわっているかを示すためにも、やや煩わしくはあるが、全作品の中から〈夜の底〉の用例を列挙してみたい。

・〈庭で虫が鳴いている。しんとした夜の底で、小さな虫たちが勤勉に鳴き続けている。〉（『象と耳鳴り』一九九九）
・〈夜の底を、隣で寛司がうなだれて歩いている。〉（『ネバーランド』二〇〇〇）
・〈ひたひたと夜の底を歩いていた。〉（『麦の海に沈む果実』二〇〇〇）
・〈夜の底で揺れていた〉（『ねじの回転』二〇〇二）
・〈夜の底でじりじりと時間が過ぎていく。〉（『ねじの回転』）

・〈徐々に夜の底がうっすらと白んできた。〉(『ねじの回転』)
・〈拳銃が、鈍く夜の底で光っている。〉(『ねじの回転』)
・〈虫の声と、ザーザーという川の音だけが夜の底に響いている。〉(『蛇行する川のほとり』二〇〇二)
・〈年の瀬の夜の底を、四人はゆっくりと帰っていく。〉(『クレオパトラの夢』二〇〇三)
・〈ゴトゴトと遠ざかる貨物列車の音。夜の底をひっそりと滑る音。波打つように夜の空に反響し、長く尾を引きながら消えていく。〉(『禁じられた楽園』二〇〇四)
・〈タクシーでホテルに向かう。暗い夜の底を滑り込んだホテルは、家族経営のような、アットホームなレンガ造りの建物だった。〉(『「恐怖の報酬」日記』二〇〇五)
・〈低く、しかし、耳障りなサイレンが長く尾を引いて夜の底に響き渡る。〉(「かたつむり注意報」『いのちのパレード』二〇〇七)
・「ネムレナイ　コンヤモネムレナイノ／アノオトガキコエテクルカラ／ヨルノソコノセセラギ　コズエヲヌケルカゼ／ソシテアノオトが聞こえてくる／／眠れない　あたしは眠れないの／今夜もあの音が聞こえてくる／土の褥に埋もれていた　遠いこだま／そしてあの音があたしの部屋の窓を震わせるから〉(「悪魔を憐れむ歌」『不連続の世界』二〇〇八)(しかもこれは、それを聴くと死ぬという「山の音」(！)という歌の歌詞で、この後も二回〈ヨルノソコ〉を含むサビの部分が引用されている。)
・〈物心ついた頃から、こうしていつも列車に揺られていたような気がする。／いつもいつも、こうして一人で、夜の底を運ばれていたのだ。〉(「夜明けのガスパール」『不連続の世界』)
・〈しんと静まり返った夜の底。カメラはゆっくりと家から遠ざかる。〉(『土曜日は灰色の馬』二〇一〇)
・〈夜の奈良を歩いていると、本当に「夜の底」にいるという感じがする。そんな「夜の底」を、ほろ酔い気分で歩くと、静まり返った荒池の水面がほんのりと明るく、古都にいるという実感が湧く。〉（「蘇我入鹿と玄昉の首塚」『隅の風景』二〇一一）

・〈渓流沿いにある町ということもあり、夜の底にいるようだ。〉（『夢違』二〇一一）

・〈暗い夜の底を行き交う酔客。〉（『夜の底は柔らかな幻』二〇一三）

・〈そんな、雨の匂いのする夜の底で、男たちは目を覚ましていた。〉（『夜の底は柔らかな幻』）

・〈このせかいの、水晶の谷の、よるのそこで。／ぼくはもうゆめは見ません。〉（『夜の底は柔らかな幻』）

・〈かしゃん、かしゃん、かしゃん、かしゃん。／規則正しい音が夜のミヤコの底を移動していく。〉（『雪月花黙示録』二〇一三）

・〈しんとした夜の底で、小さな虫たちが勤勉に鳴き続けている。〉（「魔術師一九九九」『タマゴマジック』二〇一六）

・〈懐中電灯の光は、夜の底をゆっくり動いていた。間違いない。誰かが城の中を歩き回っている。〉（「七月に流れる花」二〇一六）

・〈それからしばらくのあいだ、彼はぼんやりと蒸し暑い夜の底にじっとうずくまったままだった。〉（「夜間飛行」『終りなき夜に生れつく』二〇一七）

・〈サーサーという柔らかな音に耳を澄ましていると、心がしんと静まりかえり、夜の底がどこまでも透き通っていくような心地になる。〉（『薔薇の中の蛇』二〇二一）

・〈夜の底、かすかに鈍く光る石畳の上を、一心不乱に踊りながら移動していく人々。〉（『愚かな薔薇』二〇二一）

・〈夏の夜。どろりと濃い、磐座の夜の底で、少年は待っていた。〉（『愚かな薔薇』）

以上が恩田がこれまでに成した全作品の中の〈夜の底〉の引例である。もちろん〈夜の底〉という言葉に著作権があるわけでも特許が出願されているわけでもないので、誰がどのように作品の中で使おうが自由ではあるのだが、川端の、「雪国」の、と誰もが思い当たるこのフレーズをこうもあからさまに大胆に使い続けていることには、明らかな彼女の川端へのオマージュ意識を見るべきだろう。彼女の作品の中には〈夜の底〉以外にも、そのヴァリエーションとして、〈彼は、二月の寒い夜明けの底で、身体を強張（こわば）らせながらじっとその時を待っていたのさ――〉（『ねじの回転』）、〈それは、夕暮の底にうずくまる、年老いた大きな獣のようだった。〉（『きのうの世界』二〇〇八）、〈ひっそりと静まり返った闇の底で、黒っぽい背広姿の男たちが数名、佇んでいた。〉（『愚かな薔薇』）といった用例も数多く拾うことができるのである。

Ⅳ　恩田陸が照らし出す川端康成

ところで恩田には川端だけとは限らず、〈私が書く小説は、先行作品に対するオマージュであるものが多い。〉（『小説以外』二〇〇五）と公言するほどにオマージュ作品の作り手であることを自負しており、例えば（アダプテーションの逆を行く形で、映画『去年マリエンバートで』を踏まえた）『夏の名残りの薔薇』（二〇〇四）といった傑作ものものしているのだが、既に「『木曜組曲』のてんまつ――恩田陸と川端康成」（『〈現代女性作家読本⑭〉恩田陸』鼎書房、二〇一二）で論じたことと重なりつつ、ここでは『木曜組曲』（一九九九）という作品を取り上げたい。

この作品の面白さは多岐に亘るが、本格ミステリーと銘打たれているだけあり、その読みどころは何と言っても、自殺を遂げたらしい有名作家の死の真相に四年目の命日に迫るという謎解きの部分にあるのだとして、最も注目すべきなのは、主要人物の一人絵里子の出した結論である。恩田は〈私の本を読んでくれる読者には、できれば私の小説を入口にして優れた先行作品を読んでもらいたいので、なるべくオマージュとなる作品はこれだ、といつも言うようにしている〉（『小説以外』）と述べているものの、ここでオマージュを向けた作品は明示されてはおらず、そして直接には川端作品ではないのだが、〈「事故だったのよ。あれは、事故だった。自殺でも、殺人事件でもない。ただの、不幸な事故だったんだわ。これが、あたしの結論よ。どう、この真相は？」〉という絵里子の発言に注目すれば、恩田が何を踏まえているかは明らかになるはずである。耽美的な作風で文壇に確固たる地位を築いている老作家の突然の死（自殺？）の真相を、数年後の命日近くに解明し、〈自殺〉ではなく〈事故〉と位置づけたのは、他でもない川端の死の真相を没後五年目に〈事故〉と意味づけた、臼井吉見『事故のてんまつ』（一九七七）そのままなのである。臼井の『事故のてんまつ』はスキャンダラスな内容もあって評判が悪いが、川端の二面性のうちのデモーニッシュな部分をクローズアップしたという意味で、とても高く評価されるべきものであるが、それに繋がる川端への評価を恩田が、奇しくも川端の生誕一〇〇年の年に刊行された、この『木曜組曲』の中で行なっていたわけである。

恩田は〈「川端康成って、僕の中では怪奇作家のイメージなんだよねえ。エロも濃厚だし」／多聞がそう言うとロバートは大きく頷いた。／「僕は『眠れる美女』が好きだな」／「イメクラの元祖だよね」／「ああ、なるほど、確かに」／ロバートは真面目に頷いてから、くすっと笑った。〉（「悪魔を憐れむ歌」『不連続の世界』）という具合に、川端の中に〈怪奇作家のイメージ〉を読み、〈エロも濃厚〉としているし、〈川端康成と言えば、『雪国』。もしくは『伊豆の踊子』。何度も映画化されたイメージ。主演のアイドル歌手が微笑む爽やかなポスター。それらは、しょせん彼の世界の上澄みに過ぎない。彼は、私にとってはグロテスクで粘着質、怪奇趣味の強い作家だ。『掌の小説』の一部の短編などは、アメリカのSF作家ブラッドベリの怪奇短編を連想させる。〉（『月の裏側』二〇〇〇）というように、〈美に敏感なものは、醜にも敏感である〉として、先述した川端の二面の一面しか見ない〈川端康成に対するイメージなどにも私は反発を覚える〉という正しい評価をしているのである。そして〈「ブラッドベリと川端康成は似ている」という自説〉として、〈情緒的なイメージの強い国民作家だが、本質的には猟奇作家〉（「ブラッドベリは変わらない」『土曜日は灰色の馬』二〇一〇）だともしている。さらに、〈影の国の住人〉（同上）とも呼び、〈本質的には猟奇作家であり、大変態作家〉（「深化する」『土曜日は灰色の馬』）だとまで述べている。しかしこれは川端への批判ではなく、先にも引いたとおり川端についての固定したイメージへの〈反発〉であり、正しい評価を促そうとするものであったのである。

そして、『木曜組曲』という作品は、以上のように内容が『事故のてんまつ』的だというだけでなく、その中で示された、時子という文学者をめぐって絵里子がまさに今書いている〈小説とノンフィクションの渾然と混ざり合ったもの。〉という新しいジャンルの可能性が、まさしく『事故のてんまつ』が試みていたものであった、という点でも優れて批評的な作品だったのである。

Ⅴ　梶井基次郎がオマージュを捧げた「心中」

ここで現代作家から遡って、もっとも早い川端に対する後進作家によるオマージュ作品として、梶井基次郎の例を挙げてみたい。川端康成の掌編「心中」（『文芸春秋』一九二六・四。後『感情装飾』一九二六）は、周知のとおり、川端の掌編小説の中でも、〈「心中」から受けた私の印象はそれ以上。二回や三回狂ってみたって、とても書けない。何度うまれ変ったって、これだけはむりなようだ。異次元を漂流し巡礼を終えて帰ってきたって、やはり同じにちがいない。〉（星新一「『心中』に魅入られて」『川端康成全集月報』7、一九六九・一〇）といった高い評価を受けている作品であり、研究論文の数もかなり多いのであるが、その主題を作者の言う〈これで愛のかなしさを突いたつもりだつた〉（「あとがき」『川端康成全集』11、新潮社、一九五〇）という自解どおりに捉えたときに、その〈愛のかなしさ〉が果たして誰のものであるのかについては（「川端康成と梶井基次郎―「心中」「闇の絵巻」を中心に―」（『立教女学院短期大学紀要』第30号、一九九九・二）でも論じたことがあるが）、ある時点までは例えば森晴雄「「心中」論――夫の哀しさ」（『川端文学研究』第11号、一九七九・七）といった論の副題が如実に示しているとおり、ほとんど夫の側の〈愛のかなしさ〉が読まれてきていたのである。〈「母」と「心中」は多分この一群の掌の小説の頂点のような作品であろう。技術的には不揃いであるけれども魂の叫びのようなものに貫かれていて、その実在感は極めて強い。〉（伊藤整「解説」『掌の小説百選』新潮文庫、一九五二・八）と読んだ伊藤整にしても、その〈魂の叫び〉とは、〈この夫の苦悩は、愛するが故に、愛の働きの怖ろしさの故に、妻と子のそばにいてやることのできぬ人間の必死の叫びなのだ。愛するものが、わが目の前で生きて苦しむことに耐えられぬ。しかし、離れてもまた同様だ。愛するものの働きのすべてが恐怖である。〉（伊藤整「川端康成の芸術」『写真集川端康成〈その人と芸術〉』毎日新聞社、一九六九・一〇）という、夫のものであったのである。しかし虚心に作品を読めば、かっちりと起承転結で展開される作品の転に当たる第三場面を経た結の場面で、夫に初めて〈お前たちよ〉と呼ばれたことで、〈彼女〉が喜びの涙を流す展開の中では、〈彼女〉と呼ばれる妻／母の側の〈愛のかなしさ〉こそが読まれなければならないのは自明のはずであった。そもそも〈彼〉とその〈妻〉の物語なのではなく〈彼女〉とその〈夫〉の物語である以上、〈彼女〉に焦点化されていることは明白なはずである。そしてそうした読みの流れが初めて改められる契機となったのが植松邦子の『「心中」について』（『二松学舎大学ゼミ報告』一九七八）という女性の論であったとき、その偏頗な流れを生み出したものは、その読みがすべて男性研究者たちによって為されていたことに起因するのではないかという予測が与えられる。あるいは読者が男であるということだけでなく、作者が川端という男であるからというバイアスがかかっての偏った読みの歴史だったのかもしれない。ことほどさように読みとは制度的な枠組みから免れにくいものであるのだが、であるがゆえにであろう、同じような流れとして、梶井基次郎の作品への不当に低い評価が並行して生まれていたのだと言えるのかもしれない。

Ⅵ 〈解釈〉としてのヴァリエーション

梶井は川端の「心中」が発表されてからわずか三ヶ月後に「川端康成第四短篇集「心中」を主題とするヴァリエイション」（『青空』一九二六・七。以下「ヴァリエイション」と略記）を発表しているのだが、例えば長谷川泉が、〈梶井の機知であり、川端親炙の果ての、切ないまなざしが注がれた作品である。〉としつつも、〈「神秘」は消し去られ、説明的であり、梶井の言葉をかりれば、「解釈」がつけ加えられている。「匂ひ」「陰翳」、そして不可知の事象は、そのヴェールをはがれて、解釈と説明がつくように記されている。〉（「梶井と川端康成「心中」のヴァリエーションをめぐって」『解釈と鑑賞』一九八二・四）として〈解釈〉を否定的に捉えた挙句に、〈川端康成の『心中』が非現実的な心霊現象的な記述に傾斜し、表現が散文詩的に飛翔し、短文で凝縮しているのに対し、梶井のヴァリエーションでは現実的な解釈を中心として写実的である。（…）自己評価については「原作の匂ひや陰影は充分かき乱され、神秘は平凡化され、引き緊つた文体はルーズになつてしまつた。」としるしている。まさに梶井の自己評価の通りである。〉（長谷川泉「心中」『川端文学の味わい方』明治書院、一九七三）と断定しているし、森晴雄も〈創作の形式をとった作家、梶井の一篇の作品に対する感想である。／だが、それは自らも「神秘は平凡化され、引き緊つた文体がルーズになつてしまつた。」と誌すように「心中」一篇のもつ幻想的な味わいを、あまりに現実のものとして説明しているものであった。〉（前掲論）と決めつけているという具合に、梶井の後書き部分の〈原作の匂ひや陰影は充分かき乱され．神秘は平凡化され、引き緊つた文体がルーズになつてしまつた。〉という謙遜の言葉を真に受けて、梶井の作品を一方的に低く評価する読みが続いていたのである。これは〈拙稿〉〈愚妻〉といった謙譲語をそのまま相手に使ってしまうに等しい無神経さであり、いかに川端研究者が川端の文学を賞揚しようとするあまりのことだとは言え、梶井に対してあまりに無礼な態度だと言えるものだが、これは明らかに梶井が後進であり、そして川端に親炙していたということから導かれた読みだと思われるし、そもそもが自らが川端研究者であるということでの偏見的な読みであったと言えよう。しかしその後書きが〈然しそのある程度はこんな試みとして避け難い。〉と続いていたように、これ以上短くはできない原作に対するオマージュ作品を作るからには、長いヴァリエーションを成すほかはなかったという以上に、十分に計算された意図的な試みだったはずである。梶井の「ヴアリエイシヨン」本文の、〈○〉で区切られた後半部分の冒頭が〈彼女が夫の上に気遣つてゐること、そしてまた自分達の上に願つてゐること。夫の手紙はそれらのことに一筆だも触れてゐない。〉と語られているのは、川端「心中」本文と同じ焦点化がなされていると言えるが、注目すべきなのは、作品本文冒頭の、〈彼が妻と七歳になる娘とを置き去りにして他郷へ出奔してから、二年になる。〉という書き出しであり、ここからは梶井作品が前後半で夫と妻とに視点を変えて両方の内面を描いていることがわかるし、明らかに「心中」が〈彼女〉に焦点化されていることを梶井が正確に踏まえていたこともはっきりする。梶井は、自らの作品の後半を「心中」的に、すなわちオマージュを捧げる作品と同じ焦点化で後半を書きつつ、それを長い「ヴアリエイシヨン」にするとき、前半を敢えてオマージュ対象作品とは異なる夫の視点にしようとしたのであり、そのことで合わせ鏡的に二人の〈愛のかなしさ〉を描き出したのである。こうした意図的な作為を押さえれば、それ以降の研究史の流れとは異なって、梶井がきちんと「心中」が読めていたということがわかろう。すなわちそれは、後書き部分で〈原作に対するある解釈と私自身の創作が、同時に読者に示せると思つてゐたのだつた〉と述べていることの（『事故のてんまつ』や『木曜組曲』の絵里子の作品よりもはるかに前に、それとは違った形での）全き実現であったのだが、川端研究の歴史はその梶井の成した〈ある解釈〉の正しさを見落としただけでなく不当に貶めたあげく、偏った読み方を続けてきてしまっていたことを大いに反省すべきなのである。

Ⅶ　オマージュの力／後進による読みの更新

さて以上のように、梶井の「ヴァリエイション」の場合は同時代のものだが、後代のオマージュ作品は、当該先行作家、当該作品を照らし返す、新たな批評的な視座を提供してくれている可能性があるということを我々はここから学べるはずである。作家への先行芸術からの影響だけではなく、作家からの後進への影響を見ていく中で、そのオマージュの在り方の中から照らし返される部分をも我々は研究史に組みこむ姿勢が必要であろう。

そしてとりわけ梶井の事例は、我々に改めて作品をまず虚心に丁寧に読むこと、その上で研究史を疑いつつも、しかし丁寧に検討することの大切さに思い至らせてくれるはずだ。すなわち作家における後進が先行の作品を意識するのと同じように、後進の研究もまた先行する研究を意識しなければならないのだし、研究もまた実は先行研究に対する（批判的であることも含めて、ある種の）オマージュでなければならないのだ。

さらには（読者としての自分が、あるいは作者が男だからといった）性差に囚われた見方を斥けるべきことという教訓も「心中」の研究史の中から学ぶことができるが、ここからはさらに、別の期待も得られる。すなわち、先の植松論は学部学生によって成されていたのだが、そのことが示すのは、余計なフィルターを外して、作品を虚心に読める可能性は、硬直した研究史に囚われない、そうした若い読者にこそあるということかもしれないし、そしてまた日本の中で狭まってしまった見方を相対化できる可能性は、海外の研究者の方にこそあるのかもしれないが、いずれにせよわれわれもまた硬直した見方を斥けて、オマージュ作品の照らし出す力も借りながら、新たな読みの地平を切り拓くことに努めつつ、没後五〇年以降も川端文学が評価され、読みが更新され続けていくことに期待したいと思う。

付記　本稿は、二〇一九年九月に紹興で開催された川端康成生誕一二〇周年学術研討会における「亥年の川端／愛しの康成―川端康成を受け継ぐ現代作家たち―ばなな・恩田そして遡って梶井」と題した基調講演を元に論文化した「オマージュ作品の照らし出す川端康成―恩田陸と梶井基次郎―」（「アジア文化研究」第38号、二〇二〇・六）を改稿したものである。

松本清張

2

〈転生〉する「伊豆の踊子」
——松本清張「天城越え」とトラベルミステリ

藤田祐史

1　はじめに

松本清張の短篇「天城越え」は川端康成「伊豆の踊子」と同じ伊豆・天城（あまぎ）を舞台とし、登場人物の設定にも接点が認められる。「伊豆の踊子」の学生が踊子に出会い、天城山隧道（すいどう）を抜けて下田方面へと歩を進めるように、「天城越え」の主人公もまた「伊豆の踊子」が書かれた年である一九二六年に同地を越えるのである。「違うのは、私が高等学校の学生でなく、十六歳の鍛冶屋の伜であり、この小説とは逆に下田街道から天城峠を歩いて、湯ケ島を通り、修善寺に向ったのであった」（松本清張「天城越え」）。

両者について、これまでもその対応関係が単に指摘されるだけでなく、作家である松本清張の対純文学意識を見出す読解が示されてきた。例えば、藤井淑禎は次のように主張する。

> 「天城越え」の仮想敵が天下の名作「伊豆の踊子」であることはある意味では一目瞭然だ。（中略）その徹底的なまでの意識ぶりは「対照的」などと評したのでは不十分で、さらに進んで、「伊豆の踊子」に対する完膚無きまでの批評性をえぐり出すところまで行かなくては、「天城越え」という作品本来の重みを正当に受け止めたことにはならないだろう（『清張 闘う作家「文学」を超えて』ミネルヴァ書房、二〇〇七）

藤井の論に従うならば、清張にとっての純文学文壇は「敵」であり、「そうした知的階層固有の考え方や価値観につきまとう一種の高踏性、独善性、さらには傲慢さや差別意識への断固たる批判」（同上書）を「天城越え」

は表現している。そして、同作は清張の純文学文壇への批判的想像力の代表作として位置づけられる。

それに対してこの論考で向き合いたいのは一作家の想像力の問題ではなく、推理小説というジャンルの想像力の問題である。「天城越え」が清張による純文学文壇への批判となっている面は確かにあるであろう。だが、その一面だけに拘泥するならば、我々は両者の関係が織り成す多面的な価値を見失うことになる。それゆえ、本論では従来の論点であった清張文学というコンテクストにおける「天城越え」ではなく、「伊豆の踊子」から推理小説へというコンテクストに「天城越え」を位置づけなおすこと、加えて、その移行に伴って「伊豆の踊子」の何が解明されるのか、推理小説というジャンルが開示する可能性を捉えることを目指す。

「伊豆の踊子」のその後に焦点を当てた先行論としては、十重田裕一『「名作」はつくられる　川端康成とその作品』（日本放送出版協会、二〇〇九）が文学全集や教科書への採択、映画化など「伊豆の踊子」が「名作」になるまでの過程を詳述している。それに対し、本論では同作の推理小説化を中心に論じていく。手順としては、次節で「伊豆の踊子」から「天城越え」への移行について、映画化の問題を絡めながら追う。第三節では「伊豆の踊子」と「天城越え」以外の推理小説との関係について「資源」という概念を用いながら、「踊子」像の変化を確かめる。第四節では若干ではあるが、他の「日本近代文学」から推理小説への移行にも触れ、結論へと導く。

二　「伊豆の踊子」から「天城越え」へ

「伊豆の踊子」と「天城越え」はいかなる対応を示すのか。権田萬治は前者を「陽画」とするなら後者は「陰画」といった趣だとした上で、次のように二つの小説を比較している。

『伊豆の踊子』の主人公は、エリートの一高生。金銭的余裕もあって、茶屋のお婆さんに五十銭銀貨を置いて来たり、善吉に金包みを投げたりするが、「天城越え」の主人公は学歴もなく、わずか十六銭を持って家出する。出会った女も汚れない生娘の踊子ではなく、実は娼婦で、五十銭玉二枚を行きずりの土工から奪ったとして殺人の罪を着せられそうになったといった具合である（『松本清張　時代の闇を見つめた作家』文藝春秋、二〇〇九）

こうした対応について権田は、前述の藤井の論のように清張の純文学文壇への対抗心を見出そうとはしていない。しかしながら、「ただ、松本清張の生きていた苛酷な現実が一高生だった川端康成の世界とはかなり異なっていたということ」（同上書）と述べ、やはり「天城越え」を松本清張という一作家の境涯の象徴として読み解いている。本節では以下、「天城越え」の設定を清張個人の批判的想像力や境涯にのみ還元できないとする理由として、映画版「伊豆の踊子」における一つの事実から確認していこう。

「天城越え」が「天城こえ」の題目で雑誌に掲載されたのは一九五九年一一月であり、それ以前に「伊豆の踊子」は、一九三三年に「恋の花咲く 伊豆の踊子」（五所平之助監督、田中絹代主演）、一九五四年に「伊豆の踊子」（野村芳太郎監督、美空ひばり主演）として映画化されている。映画というメディアへの移行に伴う変化としては、踊子の容姿の前景化や舞台となる伊豆の風景描写の強調、季節の変化などが挙げられようが、ここで注目したいのは一九三三年の映画第一作に、「天城越え」のヒロインに当たる大塚ハナに類似する足抜けした「酌婦」の存在が既に示されている点である。映画の冒頭、旅館「湯川楼」の内芸者が逃げたことが語られ、駐在の巡査の自転車による捜索の場面が映し出される。小説「伊豆の踊子」にはない内芸者の逃亡というこの挿話と「天城越え」における大塚ハナの存在は、どのように結びつけ得るだろうか。

ここで証明のできない仮説として夢想するならば、清張がこの映画第一作を「天城越え」の執筆以前に観ており、映画では逃亡したという噂のみであった「酌婦」の道行きを自作内に具現化した、と仮定してみることはできる。但し、清張自身はこの小説の構想について次のように述懐しており、それによればこの仮説はほぼ反駁されてしまう。

「天城越え」は、有名な川端康成の「伊豆の踊子」があり、私は東京に来て間もない昭和二十九年に、初めて伊豆に行き、（中略）天城を越えて修善寺に着いたことがある。この作品では天城越えと犯罪とは関係ないが、舞台としてかつて通った天城峠を設定した少年の犯罪である。（中略）昭和三年の共産党大弾圧の際、私も飛ばっちりを受けて小倉警察署の留置所に二十日余り入っていたことがあり、同房者の強盗、どろぼう、婦女誘拐、詐欺といった連中が、それぞれ自分の犯行をおかしく語って聞かせたものである。私が二十二歳のころである。その時に聞いたどろぼうの話が、この少年が目撃する場面のヒントになっている（「私の推理小説作法」『松本清張自選傑作短篇集』読売新聞社、一九七六）

「天城越え」の舞台設定に関して、発想の糸口は映画第一作以前、一九二八年の入牢体験にあるというのである。しかし清張は、大塚ハナという人物がどこから出てきたのか、については語っておらず、映画において描写されなかった「酌婦」の具体像を彼が描いて見せたのではないか、という空想の余地は残される。

その他にも清張自身による「材料は「静岡県刑事資料」から採った」（「『黒い画集』を終わって」『松本清張全集4 黒い画集』文藝春秋、一九七三）との記述も注目に値する。この点については先行研究として中河督裕が「松本清張「天城越え」の生成――『刑事警察参考資料』第四輯「天城峠における土工殺し事件」から」（『京都語文』一六号、二〇〇九・一二）において、現実の事件との一致点を丹念に調べあげている。中河の論述によって清張の入牢体験での話以上に、「天城越え」がその文章まで『刑事警察参考資料』に深く依拠していることがわかるが、この資料にも大塚ハナに該当する女性は存在せず、やはりこの人物がどこから生成されたのか、という疑問は残される。

もっとも、清張の批判的想像力のみが「伊豆の踊子」の少女薫をハナに変じたのか、現実の事件の影響はどの程度あったのか、そこに映画第一作のイメージの仲介があったのか、という正否自体は本論にて精査したい事象ではない。清張個人の取材の範囲や川端文学への批判的想像力に限定するなら、大塚ハナだけでなく、「天城越え」の別の主要人物である「流れの土工」——ハナは彼を殺害した容疑で逮捕される——についても、川端の掌編「海」（一九二五、初出の原題は「朝鮮人」）に朝鮮半島から伊豆に流れてきた労働者の姿が書かれていることを思い出し、この「土工」の生成を検証することも可能となろう。しかしながら、本節においては「伊豆の踊子」から「天城越え」へという移行に伴う変化が清張の境涯や対純文学への批判的想像力のみに根ざすのではない可能性を示唆できたのであれば十分であろう。次節ではこの移行を考える足がかりとなり得る別の側面、推理小説というジャンルの想像力について思案を巡らせたい。

Ⅲ 「伊豆の踊子」から推理小説へ

「伊豆の踊子」は一九五九年作の「天城越え」を皮切りに、幾度も推理小説の「資源」として使用されてきた。「資源」ということばをここで用いるのは作家あるいは作品間の一対一の移行のみを論点にするのとは異なり、その移行に伴う複数の事象に留意したいためである。また、推理小説化に当たっては「伊豆の踊子」における幾つかの要素のみが「資源」として見出され、他の「資源化」とも連動しながら再利用されているのが実際であり、その実相を解するのにもこの概念は有効であると考える。

「資源」は『日本国語大辞典』を引くと「ある目的に利用され得る物質や人材」と定義されている。本論でも「資源」を「利用され得る可能性を秘めた諸要素」とし、その発見と使用を「資源化」として以下の検討を進める。なお、この「資源」については、文化資源学の分野などで既に術語としての確立が推進されている。

「資源」はいつでも誰にとっても等しく資源であるわけではなく、その意味や活用法に気づいた者にだけ、その価値が現れ出てくるという事態を反映した語である。（中略）多様な「資源化」のベクトルが、時には重なり合ったりぶつかり合ったりしつつ推移してゆく中で、その同じ対象が姿を変えたり、時には複数の顔であらわれたりする、そのようなありかたに焦点をあてることが、文化を捉える上での有効な視点となりうる

（渡辺裕『サウンドとメディアの文化資源学 境界線上の音楽』春秋社、二〇一三）

右記は渡辺裕による説明の抜粋だが、本節でも幾つかの推理小説による「資源化」を扱うにあたり、移行に伴う複数の要素の交錯に注目していく。その上で、前節で問題にした大塚ハナの生成について、他の推理小説における「踊子」像から把握しなおしてみたい。

それでは、「天城越え」後の推理小説というジャンルにおいて「伊豆の踊子」を「資源」にどのような創作がなされてきたのか。まずその概観を見ていくと、深谷忠記『踊り子の謎 天城峠殺人交差』（一九九〇）、島田一男『伊豆の踊り子殺人事件』（一九九四）、吉村達也『天城大滝温泉殺人事件』（一九九五）、辻真先『伊豆・踊り子列車殺人号』（二〇〇五）、西村京太郎『死のスケジュール 天城峠』（二〇〇九）の五作品が「伊豆の踊子」との結びつきが強く、小説全体の背景として同作が機能している――推理小説に限らなければ、「踊子」の目線からの書き換えを試みた東郷隆「学生」（『そは何者』文藝春秋、一九九七）のような短篇も書かれている。なお、こうした作家たちは「伊豆の踊子」以外にも「日本近代文学」を背景とする推理小説を著しており――例を挙げると、深谷『詩人の恋信州殺人事件』（一九八九）、島田『金色夜叉殺人事件』（一九九四）、吉村『邪宗門の惨劇』（一九九三）、辻『四国・坊っちゃん列車殺人号』（二〇〇九）、西村『「雪国」殺人事件』（一九九八）など――、その一連の創作の一環として「伊豆の踊子」の推理小説化も位置づけられる。ここではその「資源化」を具体的に理解するためにも、彼らが書いた形式が一般にトラベルミステリとして分類される創作であったことにまずは注目していこう。

トラベルミステリは一九七〇年代以降に流行しはじめた推理小説の一ジャンルである。トラベルミステリの普及について推理小説史では次のように整理されている。

> 前年（一九八一年）十一月のカドカワノベルズの創刊につづいて、五月には講談社ノベルスが創刊された。いずれも創刊フェアに十作ほどまとめて刊行し、しかもミステリーが中心となっている。（中略）ちょうどその頃、西村京太郎『終着駅殺人事件』の人気によって、トラベル・ミステリーが注目されだした。ハンディな新書は携帯しやすく、レジャーやビジネスの旅には格好だった（山前譲『日本ミステリーの１００年 おすすめ本ガイド・ブック』光文社、二〇〇一）

「伊豆の踊子」の推理小説化もこうした流行と無縁ではなく、作家たちの純文学文壇への批判意識には還元し難いかたちで、トラベルミステリの創作のための「資源」が発見されていった。また、トラベルミステリに結びつくような「資源」は「伊豆の踊子」に潜在していた要素でありながら、伊豆・天城という土地自体に探りあてられた「資源」でもあった。「伊豆の踊子」が言及されている推理小説のみを挙げても、内田康夫『天城峠殺人事件』（一九八五）、難波利三『天城越え殺人行』（旧題『ＴＶロケ殺人事件』一九八六）、斎藤栄『伊豆天城 幻の殺人旅行』（一九九一）、山村美紗『伊豆修善寺殺人事件』（一九九一）、若桜木虔『天城峠 桜トンネルの殺人』（二〇〇五）など、数多くのトラベルミステリが伊豆・天城を舞台に書かれている。それでは、こうした「伊豆の踊子」から推理小説、とりわけトラベルミステリというジャンルへの移行を促した要因は何であったのか。また、どのような「資源化」の交錯が確認できるのか。

十重田裕一『「名作」はつくられる 川端康成とその作品』では、「伊豆の踊子」が「名作」となる流れとして、一九五〇年代の文学全集ブーム、一九四九年から一九五二年にかけての文庫化、一九五〇年代半ばからの高等学校の教科書への収載開始があり、加えて一九六三年における読書調査において「伊豆の踊子」が男子生徒から第一位の評価に達したことが実証されている。また、十重田は同時期に相次いで制作された映画版「伊豆の踊子」の役割についても論じており――映画の制作年は順に、一九三三年、一九五四年、一九六〇年、一九六三年、一九六七年、一九七四年——、「伊豆の踊子」は推理小説化以前に、教材化や文芸映画化という「資源化」を経ていたことが確認できる。では、このことがトラベルミステリとどのように関わっていくのか。

「伊豆の踊子」の推理小説化は九〇年以降に増加するが、その想定された読者であるハンディな新書本を通勤や出張の列車内で読む男性たちは、正に高等学校時代、全集・文庫・教科書で同作を読んだ世代であって、一九六〇年以降の複数の映画「伊豆の踊子」を観たとされる世代であろう。すなわち、九〇年代の推理小説において「伊豆の踊子」がこの時期に再利用される要因として、「伊豆の踊子」を教養として共有する読者層が七〇年代以前に育まれていた状況がある。教育・映像のための「資源化」が時を経て、トラベルミステリへの移行と交わるのである。

また、右記の年代整理では一九八〇年代が抜けているが、この時期には天城峠という土地自体の「資源化」が進んでいる。天城峠がトラベルミステリの特権的な場所として認められていくのは、一九八五年の内田康夫『天城峠殺人事件』以降であろうが、その前段階として、一九八三年の映画「天城越え」（監督：三村晴彦）——この映画では大塚ハナの行路の背景として黄八丈姿の「踊子」が寸時映しだされる——の成功が目を引く。この時期にフィクションとしての事件が起こるにふさわしい舞台としての天城峠が型として認識され、やがて推理小説の書き手から「妙な表現かもしれないが、推理作家として、天城峠は何度でも殺人事件を引き起こしてみたくなる場所なのだ」（吉村達也「取材旅ノート　天城峠と大滝温泉」『天城大滝温泉殺人事件』講談社文庫、一九八八——吉村は同書で一九五七年に起きた「天城山心中」事件にも言及している）という発言まで出てくる。そして、実際に幾つもの天城峠を舞台とする推理小説が書かれ、テレビドラマも追随し、それに促されて「伊豆の踊子」はトラベルミステリの「資源」として練磨されていく。前節の考察では、映画「恋の花咲く　伊豆の踊子」から小説「天城越え」への移行という道筋の可能性を仄めかしたのであったが、「伊豆の踊子」から「天城越え」へというベクトルだけでなく、推理小説から「伊豆の踊子」の再発見へというベクトルがあり得るのであり、この後者のベクトルには観光化という「資源化」も交差していく。

先に挙げた「伊豆の踊子」を背景とする推理小説でも、一九九〇年の深谷忠記『踊り子の謎 天城峠殺人交差』では川端の描かなかった浄蓮の滝が重要な舞台に選ばれ――石川さゆり「天城越え」の発表が一九八六年であるからその影響も重なろう――、一九九五年の吉村達也『天城大滝温泉殺人事件』では大滝温泉、二〇〇五年の辻真先『伊豆・踊り子列車殺人号』では町興しのイベント、そして二〇〇九年の西村京太郎『死のスケジュール天城峠』では外国人観光客の強調というように、各推理小説では各時代の伊豆・天城の観光化の様相が取りあげられている。そして、こうした多様な「資源化」のコンテクストに清張の「天城越え」を置くとき、同小説を伊豆・天城を舞台とするトラベルミステリの先駆けとして位置づけることが可能となる。

もっとも、ここで提起したいのは「天城越え」における「伊豆の踊子」を用いる手法が、その後のトラベルミステリの原型となった、という主張ではない。ただ、後の推理小説というジャンルが伊豆・天城をフィクションの殺人現場として好んで選択したように、「天城越え」の創造にも清張個人の事情を超えた諸要因が働いているのではないか。そして、「伊豆の踊子」を「資源」とする推理小説から逆照射するような発想によってこそ、「踊子」に代わる「天城越え」の大塚ハナを生成する力の一端も見えてくる。教育・映像・観光といった「資源化」の錯綜を追ってきた本節の最後に、無垢な女性という視線の注がれる「踊子」に代わって創作されてきた複数の推理小説における「踊子」像について、その特色を確認しておこう。

深谷忠記『踊り子の謎 天城峠殺人交差』における「踊子」は、創作舞踏やクラシックバレエをかつて志していたとされる成美と麗子という女性に変貌している。その人物像は「子供」であることが強調されていた「伊豆の踊子」に比べて世俗にまみれており、かつて「踊子」を志した彼女らは小説中の事件の過程で殺害されてしまう。また、島田一男『伊豆の踊り子殺人事件』でも「踊子」に対応する女たちは被害者として設定され、なかでも作中の事件の発端となる「三河万歳の美人女大夫」の位置は、「女旅芸人」に対する差別意識の象徴としても機能している。その他、吉村達也『天城大滝温泉殺人事件』では作中劇『伊豆の踊子さん殺人事件』において「踊子」はストリッパーとして登場し、辻真先『伊豆・踊り子列車殺人号』では「踊子」に対応する美月という日本舞踏を習っていたとされる少女の不幸な運命が表出される。

かくして推理小説に移行された「踊子」たちは概して被害者の役割であり、無垢とされる「踊子」とは異なり、男たちにもてあそばれる境遇を共有している。しかしながら、こうした「踊子」像は、先行論が「天城越え」の大塚ハナを念頭に「両者は対照的に見えて、その実限りなく近い存在であるとも言える」(中河、前掲論文)と述べていた通り、川端康成の「伊豆の踊子」における「踊子」像の大胆な改変と見るよりは、同小説が隠していた「踊子」の悲惨さの局所的な露呈であると理解するのが相応しかろう。そして、このように現在までに創作された「踊子」像から眺めるなら、ハナは清張個人の想像力だけではなく、「伊豆の踊子」から推理小説へという移行に伴って生成する「踊子」たちの一人として、推理小説というジャンルの想像力に由来する存在として仮定できるのではないか。犯人がいて被害者がいて、という推理小説の構成と「伊豆の踊子」が出会うとき、「踊子」は被害者として想像され、時代の意匠を付与され、隠されていた性質を詳らかにしていく。

本節では「伊豆の踊子」から推理小説への移行に伴って何が起きているのか、その実相を探ってきたが、輻輳(ふくそう)する「資源化」の幾つかの交わりは捉えられたのではないかと思う。次節では簡潔にではあるが、対象を「日本近代文学」から推理小説への移行に広げ、ここまで論じてきた「伊豆の踊子」と「天城越え」および推理小説の関係の位置づけを改めて敷衍し、結論としてまとめたい。

「伊豆の踊子」に限らず、推理小説の隆盛に応じて無数の「日本近代文学」が「資源」として探知され、再利用されてきた。その傾向は、夏目漱石を探偵役に据えた山田風太郎「黄色い下宿人」(一九五三)や川端康成その人が「謎」の対象となる土屋隆夫「川端康成氏の遺書」(一九七二)のように作家を「資源」にする推理小説と、「伊豆の踊子」のような作品を「資源」にする推理小説の二種に大別される。

殊に後者の趣向は多彩であり、例えば綾辻行人『霧越邸殺人事件』(一九九〇)のような「見立て殺人」の本格ミステリから、ドラマ化もされた三上延『ビブリア古書堂の事件手帖』(二〇一一〜)のような「書籍」を扱ったミステリ、それから奥泉光『『吾輩は猫である』殺人事件』(一九九六)のような純文学寄りの「続篇」物まで、その数もリスト化すれば百作品を優に超えよう。それらの詳述は本論では割愛するが、ここでは部分的に使用された作品――例えば「天城越え」以前にも加田伶太郎(福永武彦)の「失踪事件」(一九五七)が「伊豆の踊子」に言及している――を除外しても、「伊豆の踊子」が他の「日本近代文学」に比較して推理小説に「資源化」された頻度が六度(清張に加えて、前節で示した深谷、島田、吉村、辻、西村)と最も多いことを指摘しておこう。作品の「資源化」の次点は夏目漱石の「坊っちゃん」の五度――戸板康二『「坊っちゃん」の教訓』(一九七九)、辻真先『迷犬ルパンと「坊っちゃん」』(一九八七)、内田康夫『坊っちゃん殺人事件』(一九九二)、柳広司『贋作『坊っちゃん』殺人事件』(二〇〇一)、辻真先『四国・坊っちゃん列車殺人号』(二〇〇九)、作家漱石を「資源」とする楠木誠一郎『坊っちゃんは名探偵!』(二〇〇一)を含めれば六度――であり、その他の「日本近代文学」作品には三度以上の全面的な推理小説化は見当たらず、「伊豆の踊子」と「坊っちゃん」という二作の特権的な位置が際立つ。

それでは、なぜ「伊豆の踊子」と「坊っちゃん」なのかを推察するに、文庫化や教材化などの「資源化」の過程で、この二作品が「名作」として広く評価されてきたことが理由の一つとして挙げられる。また、同じように著名な他作品との差異として、この二作品にはトラベルミステリとしての「資源」が潜在していたことも大きいだろう。「伊豆の踊子」については前節に示した通りであるし、「坊っちゃん」の場合にも、内田『坊っちゃん殺人事件』や辻『四国・坊っちゃん列車殺人号』などはトラベルミステリの体で書かれており、道後温泉という観光地が小説の舞台となっている。その他の「伊豆の踊子」と「坊っちゃん」の共通の「資源」としては、「踊子」と「マドンナ」というヒロインの存在も指摘できようか。

まとめに入ろう。「日本近代文学」から推理小説へという移行には数多くの試みがあり、そのコンテクストにおいて松本清張が「天城越え」を発表した時期はトラベルミステリの流行以前であり、「日本近代文学」の作品を「資源」として用いる手法は一般的ではなかった。そうした歴史的視座から捉えると「天城越え」の画期性が明瞭となり、同作の位置づけは清張の文壇批判の代表作としてだけでなく、「日本近代文学」の作品から推理小説へという移行の草分けとしての価値が立ちあらわれてくる。

推理小説というジャンルの想像力――犯人がいて、探偵役がいて、被害者がいて、殺人現場があって、「観光」のような卑近な話題も即取り込む、という想像力――の場に「伊豆の踊子」が移されるとき、ブラックボックスであった学生と踊子の関係が顕在化される。「伊豆の踊子」にとって推理小説は作中の「謎」を解き明かす装置として働くのであり、「天城越え」とその後の推理小説は「伊豆の踊子」が語り得なかった同作の可能性を拡充していく。この連環する〈転生〉譚を辿ることは一作家一作品間の一方通行の関係に留まらず、未来にも拓かれた「踊子」の多岐に渡る夢幻的な道程に心づく契機となろう。

3

福永武彦

雪と鏡と二人の女
――『雪国』と『死の島』を結ぶフィクションの文法

西岡亜紀

一 「末世の人」に写る反橋

福永武彦（ふくながたけひこ）に「末世の人」という随筆がある。『文藝』（一九七二・六）に寄稿されたもので、川端の死の一週間後に書かれている。エピグラフには川端の「反橋」から「日本の文人画の蕪村、玉堂、竹田、崋山なども所詮は末世の人であったように思えてなりません」を引いて、「美は即ち悲しみであり、悲しみは即ちほろびであるとすれば、自らをほろぼすことで人生という作品を完結させることも、或いは必要だったのかもしれない」と、その死に「ほろび」の美学を見る。そして、同じ「反橋」のなかで川端が浦上玉堂を評したくだり「すこぶる近代的なさびしさの底に古代の静かさのかようのが感じられて身にしみるのであります」を受けて、故人を「近代的なさびしさ」の底から「古代の静かさ」を求めていた末世の人」と形容した。芥川龍之介から川端への「末期の眼」、川端から福永への「末世の人」、それらは芸術至上主義の紐帯によって結ばれる。

同じ随筆のなかに、福永が生涯一度だけ鎌倉の川端宅を訪ねた思い出が綴られる。「昭和四十四年の十二月の小春日和の日」のことという。一九六六年秋に京都博物館で限定公開された玉堂の「凍雲篩雪図（とううんしせつず）」（川端蔵）を見逃したので、旅先から川端に手紙を出して拝観の許可を得た。その後川端の多忙に遠慮していたが、ついに三年越しに念願が叶う。『文藝』に連載中の『死の島』の半ばを過ぎた頃のことである。本稿では短い冬の陽気に二人の作家が眺めた雪の反橋の縁に因み、『雪国』と『死の島』を結ぶフィクションの文法について論じる。

II 『雪国』におけるフィクションの文法：雪と鏡と二人の女

> 私なんか自分の小説では他界に行き着くまでに長い汽車の旅をさせている位だから、あの簡潔な導入部（なにしろ小説が始まったばかりの第一行目で向うに行き着いてしまう）には感嘆のほかはない。

右は福永が「『雪国』他界説」（一九七六・一）において、自身の長編小説『死の島』（一九七一）を引き合いに『雪国』に言及したものである。奥野健男が評論「他界の原風景」（一九七五・一二）で「あの雪国はあの世なんだ」という川端からの聞き取りを明かしたのを受けた文脈である。「第一行目」が「国境の長いトンネルを抜けると雪国だった」を指すのは言うまでもない。この前後の文章を見てみよう。

> 私は嘗て「雪国」について多少の文を弄したことがあり、その中で主人公の島村は「一種の幽霊のような存在」であるとか、読者は島村を「鏡として雪国の世界を見ている」とか書きはしたが、島村が即ち「幽霊」であるとも、鏡の向うが「死者の世界」であるとも、書くにはいたらなかった。周囲を暗闇にして、舞台の上にだけ薄明が漂うというあの仕掛には気がついたものの、あれが他界の消息であることには思い及ばなかった。……（右の引用）奥野君が話を聞いたのは、川端さんがノーベル賞を貰う少し前の夏というのだから、なぜもっと早く教えてくれなかったのかとぼやきたくもなる。

「多少の文」とは奥野の六年前に書いた「『雪国』読後」（一九六九・四）をさす。ここで福永は「主人公の島村にしても、これは一種の幽霊のような存在で、感覚のほかは殆ど全部が闇の中に掻き消されてしまっている。島村はただ駒子や葉子を写す鏡にすぎない。しかしそのために女たちに当てられた照明は、くっきりと女の業、その美しさ、その哀れさを照し出している」（傍線引用者）と書いた。傍線部の指摘など、すでに十分「他界」を示唆するものとなっており、「他界の原風景」での奥野の言説「島村が全く受身のただの見る人」「すべての日常的俗性がなくなり、彼も霊的な存在になる」を、むしろ先取りするものとも読める。

こうした奥野や福永の言説に関連すると考えられる『雪国』のテクストの一部を抜粋する。以下は、雪国に向かう汽車のなかで、島村が窓ガラスを指で拭いた際に、窓が対席の娘（葉子）を写す描写である。

鏡の底には夕景色が流れていて、つまり写るものと写す鏡とが、映画の二重写しのように動くのだった。……しかも人物は透明のはかなさで、風景は夕闇のおぼろな流れで、その二つが融け合いながらこの世ならぬ象徴の世界を描いていた。殊に娘の顔のただなかに野山のともし火がともった時には、島村はなんともいえぬ美しさに胸がふるえたほどだった。……小さい瞳のまはりをぽうっと明るくしながら、つまり娘の眼と火とが重なった瞬間、彼女の眼は夕闇の波間に浮ぶ、妖しく美しい夜光虫であった。

「感覚のほかは殆ど全部が闇の中」とは言い得て妙で、確かに、娘（葉子）は描写されるが島村の動作は、（同乗者にとっては意味不明であろう）左指の動きと窓ガラスを拭く所作程度で窓ガラス越しに娘を見るという感覚＝視覚だけが際立っている。汽車の外は夜の闇に包まれるところ、降り立った村も次のように静まり返っている。

雪の色が家々の低い屋根を一層低く見せて、村はしいんと底に沈んでいるようだった。

この「しいんと底に沈んでいるよう」な村には、芸者で島村と懇意の駒子、駒子の同居人で島村がこの汽車で乗り合せた葉子とその恋人で肺病の行男が住んでいる。彼らは次のように島村の眼に「写る」存在である。

島村はその方を見て、ひょっと首を縮めた。鏡の奥が真白に光っているのは雪である。その雪のなかに女の真赤な頬が浮かんでいる。なんとも言えぬ清潔な美しさであった。

もう日が昇るのか、鏡の雪は冷たく燃えるような輝きを増して来た。それにつれて雪に浮ぶ女の髪もあざやかな紫光りの黒を強めた。

「ひょっと首を縮めた」というほかはここでも島村の動作や肉体性は乏しい。視線の先には、鏡の奥で「冷たく燃えるような輝きを増」す雪のなかに「女の真赤な頬」「あざやかな紫光りの黒」を「浮」べる駒子がいる。この駒子の姿は後に葉子に重ねられる。「今朝山の雪を写した鏡のなかに駒子を見た時も、無論島村は夕暮の汽車の窓ガラスに写っていた娘を思い出した」。さらに次のように、その葉子に駒子が重ねられる場面もある。

島村は表に出てからも、葉子の目つきが彼の額の前に燃えていそうでならなかった。それは遠いともし火のように冷たい。なぜならば、汽車の窓ガラスに写る葉子の顔を眺めているうちに、野山のともし火がその彼女の顔の向こうを流れ去り、ともし火と瞳とが重なって、ぽうっと明るくなった時、島村はなんともいえぬ美しさに胸がふるえた、その昨夜の印象を思い出すからであろう。それを思い出すと、鏡のなかいっぱいの雪のなかに浮んだ、駒子の赤い頬も思い出されて来る。

雪を写す鏡、鏡に写る駒子、彼女と鏡をなす葉子、二人と因縁のある行男を、視点人物である島村が見る。この「雪と鏡と二人の女」を軸とする四人の構図によって、雪上の合わせ鏡のように相互に写し合う幻想的で感覚中心の世界が作られている。島村が着いた雪国では、そのような一切を夜の闇が呑む恐ろしいほどに美しい世界が点滅している。行男の死と雪中火事の他には起伏のある出来事もアクションもなく、人物の関係にも謎が多い。結末も、建物から飛び降りた葉子の安否は謎のまま、「さあと音を立てて天の河が島村のなかへ流れ落ちる」と夜空に呑まれるような島村の感覚で閉じる。こうしたあえて明示しない描き方について福永は「これは川端さんの巧みな詐術ではないだろうか。我が国の王朝の物語作者は、省筆によって場面や心理に陰翳を加え、書かないことによって書かれた以上の効果をあげる暗示的手法を知っていた。川端さんもまたその伝統の上に立ち、美は暗示的、象徴的なものであると思われているらしい」と評する。

「雪と鏡と二人の女」を軸とする構図によって「暗示的」に美的虚構世界が開かれる。これが福永が理解する『雪国』のフィクション＝虚構の文法である。次節ではそれが『死の島』にどうつながるかを分析する。

III 『死の島』の雪：フィクションに辿り着くフィクション

『死の島』は一九六六年一月から一九七一年八月に断続的に『文藝』に連載されたのち、同年一二月に上下巻本の初版が河出書房新社から刊行された。視点や文体を異にする五つのパートがランダムに交錯し、それらを「序章・夢」「終章・目覚め」が挟むという複雑な構造を持つ長編である。①相馬鼎という小説家志望の編集者が、親しい二人の女——被爆者の画家・素子とその同居人・綾子が広島で自殺したと聞き、その生死を確かめに東京から広島に向かう一九五四年の一日が、相馬の三人称で「暁」「朝」「午前」……と直線的に進行する現在時のパート、②同じ相馬の三人称で①の「一日前」から「三〇〇日前」の相馬と二人の女とのいきさつが挿入される過去時のパート、③被爆直後の回想をカタカナ表記で交えた素子の一人称独白パート「内部A〜M」、④詐欺師の男の一人称で相馬と同じ一日を進める「或る男」の独白パート、⑤相馬の作中小説「カロンの艀」「トゥオネラの白鳥」「恋人たちの冬」のパートの五つである。複雑な構造で読者を迷わせぬよう、雑誌連載時には第二二回と三一回に「作者自身による幕合の口上」という説明が、単行本の附録には「七曜表」「時刻表」などの栞が添えられた。

ただ、作者自身が「登場人物は僅か四人で、時間は二十四時間という、極めて単純な構図を持った小説」と述べているように、複雑な構造の要は「四人」の主要人物と進行する一九五四年の「二十四時間」と、シンプルである。「四人」とは、①②のパートの視点人物の相馬鼎と彼と親しい素子と綾子、綾子の元恋人の詐欺師で④のパートの視点人物「己」、「二十四時間」とは相馬が不吉な夢から目覚めた暁から汽車の旅で雪の広島に着く翌朝までである。この、要の現在時（二十四時間）を進める視点人物の男と二人の女と第三の男がいて舞台には雪が降るという基盤構造が、『雪国』と類似している。ここで、前節冒頭の引用で「自分の小説では他界に行き着くまでに長い汽車の旅をさせている位」と、福永が『雪国』を語る際に『死の島』に触れたことが意味を帯びてくる。

果たして「長い汽車の旅」の終着点広島には雪が降っていて、死に憑かれた素子は、次のように雪を見る。

わたしは縁側の藤椅子に凭れ、首を海の方へ向け、食卓に凭れて声をひそませて泣いている綾ちゃんのかすかな声を聞きながら、おや雪が降って来た、と叫んだ。見る限りの夜の空が白く変貌し、見る限りの夜の海もまた白く変貌した。そして空と海との間を占めるすべての空間を、その白い粉末はさらさらと滑り落ちながら、夜の本来の色である凍りついた鉄錆色を塗り消していた。わたしは此所にくる前の晩に（多分。それとももっと前だったかしら）これと同じ場面に立ち会ったことがあるのを思い出した。その時は硝子戸の代りに姿見があり、わたしは夜おそくその鏡を見詰めて、鏡の中にもう一人のわたしと泣いている綾ちゃんとを見ていた。まるで若さを証明するかのように啜り泣いている綾ちゃんを取り巻いて、鏡の中の広々とした海の上に音もなく雪が降りはじめた（「内部K」）。

これは被爆者・素子の独白のパートで、旅先の広島で死を覚悟した素子が心中相手の綾子を見る場面である。「それ」という死の想念に取り込まれる素子には、鏡のなかの泣いている綾子を「取り巻いて、鏡の中の広々とした海の上に音もなく雪が降りはじめ」る（随所に「雪」「夜の空」「白」「硝子戸」「鏡」「錆色」と、『雪国』を連想させる表現も多用されている）。その直後、ついに「わたし」は「それ」と一体化する。「泣いている綾ちゃんを見詰めているわたしの眼がその時すっかりそれに捉えられそれに化身して、雪の降りはじめた白く平らかな海の表面のような眼で、彼女を見ていたというのだろうか。彼女を、そしてわたしを、鏡の中に。……今ほど空も海も一面に真白い雪に覆われていることはなかった。なぜならば今ほどそれとわたしとが一体になったことは嘗てなかったから。今はもうそれはわたしで、わたしはそれだったから」（同）。死に憑かれた素子の見る海には雪が降り、鏡に写る綾子も雪に包まれて、綾子と素子は混然一体となる。そして二人は「それ」＝死と「一体になった」。

被爆者・素子の見る雪＝白には広島が「死の島」と化した一九四五年八月の原爆（歴史）の虚無が重なるのは

明白で、だからそれは（被爆者でない）綾子には見えない。綾子の「雪ですって？　だって広島じゃ雪なんか降らないでしょう」（同）という応答に対して素子の「錯覚か、とわたしは考えた。綾ちゃんには錯覚でわたしには正真正銘の現実だということがいくらでもあるのだ」（同）という対照は鮮やかである。

　また、画家でもある素子が見る雪の白は、被爆＝グラウンドゼロの空白と何も描き込まれていないまっさらな画布との二重性を持つ。彼女には「一面の無益な白、或いは一かたまりの無益な白。わたしという人間をつくり上げている絶望的な夜の色の中に、時々紛れ込んで来るその不思議な色相。そしてわたしは思い出すのだ、例えば、無限の可能性を持つように見えながら、その実どんな完成への道をも鎖している白、塗り潰された白いカンヴァスとか、――土から掘り出され、魂の所属も肉体の所属ももう明かではない白、誰のものとも分らぬ白い骨とか、――多くの幸福な人たちが三々五々そこを歩いていたことを幻想によってしか示すことの出来ない白、陽光に照された白い広場とか」（同）と見える。そして、その白が鏡に写る綾子の上にも降るのが、素子には見える。被爆していない綾子も白い「死の島」＝ヒロシマの虚無に呑み込まれる。さらにそこに相馬が長旅の末辿り着く。このように雪の広島に相馬と素子と綾子が集うことは（新宿で雪のなかに行き倒れる「或る男」とも共鳴して）、ヒロシマの虚無を引き受けて戦後を生きなければならない日本人の比喩となっている。福永は、その虚無の表象に美を持ち込むために、ヒロシマという「他界」で川端の「雪と鏡と二人の女」の文法を援用した。

　ただし、『雪国』では冒頭一行で開かれる「雪と鏡と二人の女」の美的虚構世界は、『死の島』では単行本二冊分を費やす「長い汽車の旅」で徐々に準備される。雪の予兆が最初に現れるのは、上巻終盤の次の場面である。

> 彼は掌の上でノオトの重みを量りながら、雨のような霙のようなものが一面に吹きつけてくる窓硝子を、ぼんやりと見詰めている（「午後」）。

ここで相馬の汽車は静岡を過ぎた辺りである。その直前に彼は、素子と綾子をモデルに構想していた「小説」

について次のように「現実」とは何かと反芻していた。「……校正刷も大事だが「小説」も大事だ。しかしより大事なのは現実なのだ。このわけのわからない現実、彼の予期しなかった方向へと進行してしまった現実、しかもその果には二人の女の生死が懸っているのだ。／己の「小説」には結末はきまっていなかった、と彼は思う。それはノオトブックに書き続けられている彼の「小説」がまだ完成していないという意味ではない。恐らく彼の「小説」は、どこまで行っても未完成の印象を与えるだろう。そこに特徴があるだろう」（同）。

彼の「小説」のモデルである素子と綾子が自殺を図ったことは、「彼の予期しなかった方向へと進行してしまった現実」である。作中人物のモデルが書き手の想像を超えて動き始め、それが書き手の現実をも浸食した。それを受けて彼が自分の「小説」の結末の不確定性について思い至ると「雨のような霙のようなもの」、すなわち雪の予兆が出現する。いわば雪の予兆がフィクション＝虚構の作動に重ねられている。

これと呼応するように、他のパートでも雪が降り始める。素子の独白のパートでは「過ぎ去って行った時間の足音が聞えて来て、それは彼女の呼吸のように、潮鳴りのように、高まったり低まったりした。そしてわたしは夜の海の上に音もなく降り続けている一面の雪を（既に）明かに見ていた」（「内部F」）と、広島の海に降雪を見る。新宿の「或る男」も「おや雪か、珍しいものが降って来た」（「或る男の夕」）と降雪に気づく。このように各パートで雪が降り始めたところで下巻に移る。相馬の汽車では「揃えた指の背で曇った窓硝子を拭く」「霙のような氷雨」（「夕」）のように『雪国』を連想させる表現も現れた直後、名古屋を過ぎたところで「二メイノウチ一メイハケサシボウ」（同）の電報を受け取る。それに続く「或る男の夕」では新宿で雪が大降りになる。そして、いよいよ相馬の汽車でも「窓硝子に白い粉を縞状に吹きつけにしたように雪片がこびりついている」（「夜」）と本降りになる。その後も米原を過ぎて京都、大阪、山陽道を雪は降り続け、終着駅の広島も大雪である。

ただこの雪の降り方は現実的ではない。確かに米原で雪は降るが、通常はそこがピークで以西（とくに山陽道）

では小降りになるか止む。しかし相馬の旅では「一メイハケサシボ　ウ」の電報以降、広島までしんしんと降る。まさにこの現実離れした降雪こそ、この作品で雪がフィクション＝虚構に加担している裏づけとなる。つまりここでの降雪は、作中人物が書き手を離れて動き始めた合図として、小説というフィクションを起動させると同時に加速させ、完成＝広島という「雪国」を出現させるものとして、『死の島』の構造全体を統括している。

実はこうした構造の伏線は、上巻中盤の「午前」の章に敷かれている。二人の女性の自殺の知らせを受けて彼女たちの下宿先の西本家に赴いた相馬は、素子が残した遺書のようなメモを見て「小説」の構想とモデルの現実がずれたと気づいて広島行きを決意する。『福永武彦創作ノート』（二〇二〇）にはこの章（「午前」）に関する書き込みが画像で次のように掲載されている。

le 21 août, entretien avec Katô. Problème du roman. le plus grave, c'est ／l'invention, la découverte dans le procédé du roman. …Le romancier doit découvrir ／（le [sic] grammaire）ce qui est tout à fait nouveau. …（八月二一日、加藤〔周一〕との対談。小説の問題。最も重大なのは創意工夫、Ⓐ小説の手法における発見。〔中略〕小説家は〔文法を〕、まったく新しいものを発見しなければならない。……）Ⓑ「小説」の部分が現実と異なること、想像力が現実にまさること（欧文も含め転記・翻訳、ⒶⒷの挿入すべて引用者）。

ここから、この章を書くにあたり作家には傍線部Ⓐ「小説の手法における発見」が念頭にあり、その「発見」として構想したのが傍線部Ⓑ「「小説」の部分が現実と異なること、想像力が現実にまさること」であったことが確認できる。この場面で素子の部屋で遺書のようなメモを相馬が見て現実と想像のずれを意識して汽車に乗る。この伏線があるからこそ、相馬の広島への汽車の旅は、相馬が「想像力が現実にまさること」を確かめつつ虚構世界に辿り着く過程として見なすことができる。また複雑に交錯する五つのパート、到着後の広島で相馬が迎える「朝」「別の朝」「更に別の朝」と異なる顛末が並列する展開やその後の空白ページといった結末の不確実性も、これらの構造全体で、現実と想像のずれを行き来しながら小説家が物語を構想する過程を表すものとなるのである。

つまり、『死の島』は終着点の広島を『雪国』的な美的虚構世界として出現させることを見据えつつ、「長い汽車の旅」で雪を段階的・断続的に積もらせながら五つのパートを交錯させる手法で、フィクション＝虚構の創出過程を可視化する、という一種のメタフィクションを試行している。これが『死の島』が『雪国』をもとに構想した福永の「小説の手法における発見」である。

Ⅳ　『死の島』のミッション：歴史性と芸術性の追及

では、『死の島』ではなぜ『雪国』とは異なり、「長い汽車の旅」で「徐々に」雪を降らせたのか。ここに福永にとっての「歴史」の問題が浮き上がる。

たとえば、初版「作者の言葉」では「原爆という私らしからぬ社会的問題を、重要な主題の一つとして扱っている。なぜならばそれは日本人にとっての魂の問題と結びつくからである」と述べている。原爆の問題を扱うことは、『死の島』に課されたまったく「私らしからぬ」ミッションであった。『死の島』に描かれる旅の長さは、相馬を含む四人の作中人物のみならず、一九四〇年代に作家として出発した福永自身が背負う歴史の重さである。いわば『死の島』では「他界」（死者の世界）に行って戻ることが重要だった。この点について岩津（二〇一二）は「相馬鼎にできることは、ともに舟に乗って、死者の伴走をすることではない。いや、むしろ彼は素子と綾子が乗り込んだカロンの艀に乗り遅れた者なのである。彼に残された仕事は、想像力によって生きたまま死者の国へ入り込み、死者とともに生きる者の眼に映る風景を共有し、描き出すことでしかない」と述べて、この小説の核心を捉える。飯島（二〇一二）も、残された者が「語りえぬことを伝える」という本作の試みを読み解いた。福永には戦争で多くの同世代を失ったが自身は生き残った「カロンの艀に乗り遅れた者」として書く、というミッションがあった。作中小説家である相馬は、そのことを「小説」を書く意味として次のように明確に示す。

この窓の手前が生であり、窓の向うが死であるとして、その死から射すこの陰鬱な明るみが窓の内部にあるものを仄白く照し出すように。死が照し出してこそ、己たちは生の実体を知ることが出来るのだろう。窓の外にある空が虚無にすぎなくても、その虚無に照された自分の心が他人の虚無を思い出し映し出すことの出来る鏡であるならば、初めて己たちは虚無と虚無とをつなぐ関係を、結びつきを、連帯を、そして愛を、持つことが出来るだろう。

それが小説を書くという行為ではないだろうか。……しかし小説によって、己の「小説」によって、死者は再び甦り、その現在を、その日常を、刻々に生きることが出来るだろう。己の書くものは死者を探し求める行為としての文学なのだ、いなそれは死そのものを行為化することなのだ……（「終章・目覚め」）。

こうした「他人の虚無を思い出し映し出す」ことで死者と「連帯」しその記憶を引き受ける行為として書くという『死の島』の作中小説家のミッションは、そのまま福永のものでもあった。だから福永は、生き残った人間には体験しえない「死」に想像で辿り着く過程を、一九五四年の日本を生きる「四人」を通して二〇余年の時空間を包括する全体小説で可視化した。それが歴史性と芸術性とを同時に引き受ける手法となっている（結果としてメタフィクション性を帯びる）。実はこれは丸谷才一が『風土』について指摘した「歴史あるいは現代史を枠組にして芸術家小説を書くという趣向」（丸谷：一九七二）とつながる初期の頃から福永に見られる傾向である。死者の記憶を引き受けることは福永にとって制約であると同時に可能性であった。川端がこの点について取ったスタンスは、たとえば仁平（二〇一七）が示唆するような川端の「微細な歴史性の痕跡」を精査する方向性や川端と福永の「根本的姿勢」の共通（富岡：二〇一三）などと切り結ぶ問題として、検証の余地がある。

V おわりに

以上、川端の『雪国』と福永の『死の島』を結ぶフィクションの文法の一端を考察した。最後に今後の課題として、『雪国』の持つ一つの可能性に触れておく。「夕景色の鏡」から死の三か月前まで『雪国』のテクストは改稿を重ねた。最後に書かれた遺稿「雪国抄」（「昭和四十七年一月二日書く」と付記）の結末は、単行本や全集の「天の河が島村のなかへ流れ落ちる」ではなく、「日が昇る」夜明けに「燃えるやうな輝き」を放つ駒子の描写（本稿二節でも引用）である。異稿も含めるテクスト総体で見れば、『雪国』もまたフィクションの創作過程をめぐる作品として、そのメタフィクション性において福永と接近する。これはまた別の機会に論じたい。

付記　福永武彦の文章の引用は二〇巻本『福永武彦全集』（新潮社、一九八六 - 八八）により、『死の島』からの引用では章題を添えた。川端康成の文章の引用は三七巻本『川端康成全集』（新潮社、一九八〇 - 八四）による。引用にあたり、旧字体を新字体に改め、ルビを省略する等の改変を施した。

参考文献

飯島洋「福永武彦『死の島』論――語り得ぬことを伝える――」（『国語国文』第九〇・七号、二〇二一年）
岩津航『死の島からの旅　福永武彦と神話・芸術・文学』（世界思想社、二〇一二年）
奥野建男「他界の原風景――〝死者たちの住む国〟の復活」（『すばる』二二号、一九七六年）
富岡幸一郎「二十世紀の現代小説――福永武彦『死の島』」（『死の島』下、講談社文芸文庫、二〇一三年）
仁平政人「「旅行」する言葉、「山歩き」する身体――川端康成『雪国』論序説――」（『日本文学』六六巻六号、二〇一七年）
丸谷才一「解説」（新潮文庫版『風土』一九七二年）
北海道文学館叢書『福永武彦創作ノート』（フクナガ二馬力の会、二〇二〇年）

小池昌代

腕をつけかえること、「どうぶつ」になること
――小池昌代「左腕」と川端康成「片腕」

仁平政人

一　はじめに――〈転生〉する「片腕」

「片腕を一晩お貸ししてもいいわ」と、「私」は若い娘から彼女の片腕を借りる。もやの立ち込める町を抜けて、自分のアパートメントの部屋に戻った「私」は、娘の片腕と語らい、それを愛玩する。やがて無意識に自分の右腕を外して、娘の腕につけかえた「私」は、安らかな眠りに落ちる。だが、脇腹に触れる自身の右腕に戦慄した「私」は、「魔の発作の殺人」のように娘の腕をもぎ取り、腕をつけかえてしまう。深いかなしみの中で、「私」は動かなくなった娘の片腕を抱きしめる……。

右は言うまでもなく、川端の代表作のひとつである短編小説「片腕」（『新潮』一九六三・八〜六四・一）のあらすじである。この小説は「伊豆の踊子」や『雪国』のような知名度は持たないものの、独特な幻想小説として幾つものアンソロジーに収められ、文学者を含めた多くの読者から愛着を寄せられている。

そして特筆すべきは、「片腕」が川端文学中でも、特に現代作家たちによって広義のオマージュ的な創作の対象とされてきたことだ。すなわち、身体から腕が容易に取り外され、つけかえられるという奇想と、身体の断片（身体部位）との対話や性的な関わりという設定、物語の大半が「私」と「娘の片腕」との二者（?）関係からなるという簡潔な枠組み、そして「私」という男性の、女性身体にまつわる一方的・フェティシズム的な想念を縷々提示する語り――こうした本作の特徴は、その発想や枠組みを借り受けつつ、別の形で語りなおすという試みを誘ってきたと言えるだろう。例えば、石田衣良の「片脚」「左手」（二〇〇五）や、花房観音「片腕の恋人」（二〇一四）、彩瀬まるの「くちなし」（二〇一六）。また、「人間の手首にそっくりの動物」（＝「ユビ」）との性的な関わりを描く中上健次の初期小説「愛のような」（一九六八年）も、その変奏の一例ととらえることができよう。他方、乗代雄介「本物の読書家」（二〇一六）は、「片腕」が提示する二重に断片的な（身体の一部をめぐる、非完結的な）物語に対して、その背後に別の物語の存在を仮構してみせるものであったと言うことができるだろう（もちろん、同作にはそれにとどまらない仕掛けがあるが）。

だが、腕が身体から離れ、別のものにつけかえられるという発想を、こうした流れとは異なる文脈にひらくような想像力もあり得る。それを示す興味深い小説として、本稿では小池昌代「左腕」（『野性時代』二〇〇五・八、のち『裁縫師』（角川書店、二〇〇七）に収録）を取り上げたい。

II　小池昌代「左腕」と川端康成「片腕」

小池昌代は、『永遠に来ないバス』（一九九七年、現代詩歌椿賞）や『もっとも官能的な部屋』（一九九九年、高見順賞）、『ババ、バサラ、サラバ』（二〇〇八年、小野十三郎賞）などの詩集で知られる詩人であるとともに、川端康成文学賞を受賞した短編「タタド」（二〇〇六年）をはじめとした多くの小説、『屋上への誘惑』（二〇〇一年）などのエッセイ、さらには絵本の翻訳など、幅広いジャンルの文筆活動を行っている。また、優れた書評家として、古今東西の文学作品に関する多くの批評や解説を執筆しており、川端に関しても複数の発言を行っている。例えば随筆「青い火」（小池：二〇一二）では、川端を「ものや人を一方的に見る目」により「異様な官能の世界を作り上げた」作家であるとし、「わたしの好みは、妖怪度指数の高い作品に偏っている」と述べているほか、「眠れる美女」の解説的な文章（小池：二〇一五）では、同作を「魔の手が為した傑作」と評している。

が、本稿で特に目を向けたいのは、小谷野敦との川端文学に関する対談の中で、「片腕」について次のようなやり取りが交されていることだ（小谷野・小池：二〇一九）。

小池　「片腕」もいいですね。
小谷野　小池さん、「片腕」の真似みたいな小説を書いてたでしょ？
小池　『裁縫師』に入っている。意識してなかったんだけど、あとで気付きました。あれ、川端の「片腕」ですね。

ここで「「片腕」の真似みたいな小説」として話題にされている作品が、本稿で取り上げる「左腕」に他ならない。小池は同作について、「片腕」を意識的にふまえたわけではないとしつつ、両者に大きな重なりがあることを認めている。この話題はこれ以上展開されることはなく、どのような意味で両作は重なるのか、立ち入った説明はされていない。だが、私見では、「左腕」は（作者の意図如何に関わらず）、川端の「片腕」と大きな差異をもつとともに様々な点で共鳴し、批評的な対話を行っているように見られるのだ。

付け加えると、「左腕」は「片腕」以外にも様々な文学作品と関わりをもち（それは、作中の「過負荷橋（カフカ）」という橋の名などにも示唆されている）、小池の他作品とも、イメージや発想において多くの重なりを有している。（例えば次の詩の一節は、川端の「片腕」と小説「左腕」の中間に位置するようにも見ることができるだろう――「ある朝／大きな翼をひろげて鳥が／私の胸に降り立ったのだ／びっくりしてはねおきたら／それは鳥ではなく　男のおもたい右腕だった」（「おんぶらまいふ」、小池：一九九九）。）しかし、本稿ではあくまで「片腕」との関わりを軸として、この小説を読み解いてみたい。

まずは「左腕」の展開を、簡単に確認してみよう。

六月六日の午後二時ごろ、古池恵子はタクシーに乗っていた際に、乗用車との衝突事故に遭う。その時以降、恵子の中で、時間の流れが「奇妙に止まったり、ねじれたり、複雑に入り組み始め」る。二週間後に左腕に変調をきたした彼女は、事故の相手である若い男・川野に誘われて、彼の知人・下山が営む動物病院で診察を受ける。

その翌日、空を飛ぶ夢を見て目覚めた後、彼女の左腕は、痛みもなくあっさりともげてしまう。その後、再び訪れた「下山どうぶつ病院」で眠りに落ちた彼女は、「なにが夢でなにが現実か」区別のつけがたい場面（出来事）の連なりの中で、「迷路」のような町を経て「原口整形外科」に移り、そこで失った腕の代りに、筋肉のかたまりのような「翼」をつけてもらう。そして彼女は、下山や「どうぶつたち」が見つめる中、空に浮かぶ。――

こうした大まかなまとめ方をしても、「片腕」とはまた別の形で、奇妙な小説であると見受けられるだろう。なお、同作には、実はこうした「あらすじ」的な捉え方を根本からひっくり返すような仕掛けがみられるが、その点については後で触れたい。

さて、この「左腕」と川端の「片腕」とは、人間の身体から片腕があっさりと取れ、別のものに付けかえられるという要素を除いて、一見したところ大きな隔たりがあるように見える。形式面では、「片腕」が一人称の語りで、「私」という男性の意識を詳細に語っているに対して、「左腕」は三人称の語りで、語り手は恵子という若い女性に一貫して寄り添っている（物語論的に言えば、内的焦点化をしている）ものの、彼女の意識や思考はあくまで簡潔に提示されている。

そして物語内容においては、両作は様々な面で対照的であるようにも見られる。先にふれたように、「片腕」の物語は大半が「私」と「娘の片腕」という二者の関係からなっており、物語の現在時における他の登場人物は娘自身と、すれ違う自動車の「若い女」にとどまる。一方、「左腕」で恵子は、川野とその飼い犬、獣医の下山、整形外科医の原口、その妻の若い女性、子供……と様々な人物（および動物）と出会うが、その誰とも特に深い関わりを持つことはない（原口の手の「指の毛」に欲望を覚えるという場面はあるものの）。

また、物語の展開に目を向けると、「片腕」は、娘の片腕を借りた「私」がもやの立ちこめる町を抜けてアパートに帰り、以降は「私」の「孤独の部屋」の中だけで進行する。それに対して、「左腕」は、外界に関心を持たず「引きこもりに近い生活」を送ってきた画家の恵子が、他者の誘いに乗って思いがけない場所に導かれ、奇妙な町の彷徨を経て、最終的に動物たちが並ぶ野外の空間に至るという、いわば「外」に向かい続ける過程を描いているとみられる。ちなみに、恵子がさまよう「古代町」は、「どこかへ行くには、誰かの家の中を横切らなければならず、住民であれば他人の家を「勝手に通っていい」という場所であるが、この「家」の設定が、他者を閉ざした近代的な居住空間――「片腕」の「私」が住む「孤独の部屋」もそれにあたる――と、対照的であるのは見やすい。

だが、以上をもって、両者の相違だけを強調するのは適当ではないだろう。例えば、体から離れた腕を隠して持ち歩くというシチュエーションや、「ああっ」という「自分の叫び」で起きるという場面、あるいは爪と指先のあいだという微細な部位への注視など、「片腕」と「左腕」とは細部において、少なからぬ重なりを示している。そして重要なのは、作品全体に関わる表現やモチーフの特性においても、両者が興味深い共通性を有しているということだ。

Ⅲ 「円」と「回」

小説「片腕」の表現の一つの特徴として挙げられるのは、「円」という言葉やイメージ（「円み」という語や、球体、回転するものも含めて）が、繰り返し示されることだ。

作中で娘の片腕は、「私」を魅了する「肩のつけ根」をはじめとして、「円み」を特徴として繰り返し語られており（「片腕のその円み」「肩の円み」「肘のきれいな円み」「手首へ細まってゆく円いふくらみ」……）、それは「光の球形」（傍点は引用者、以下同様）といった比喩的なイメージにつながるとともに、「胸の円み」をはじめとした他の身体部位をも喚起していく。また、娘の片腕の指が作る「窓」からは、「くるくる回る」「赤や金の粟粒のように小さい輪」、「歯車」が見えるとされる。冒頭にのみ現れる「指輪」も、こうしたイメージの系列に連なるものだろう。

だが、「円」のイメージは、娘の片腕に関わる文脈でのみ示されるわけではない。娘の腕を借りて帰る途中、ラジオからの音声で、もやのために着陸できず旋回する飛行機や、湿気で時計のぜんまいが切れやすくなるという情報が聞こえてくる。それは、もやの向こうで「すさまじいものが渦巻いて」いるという想像につながるとともに、女の車についての記憶を介して、「大きく薄むらさきの目玉が迫って来そう」という怯えをもたらす。だがこうした不安な「円」の系列も、「甘やかな眠り」の中では、若い女の車が「眠りの安全を見守る」ように「私を中心に遠い円」を描くというイメージに形を変えることになる。このように、「片腕」において「円」のモチーフは、「私」の流動的な意識の動きの中で、両義性を帯びながら多様に現れているのである。

他方、小池の「左腕」では、「回」が重要なモチーフとなっているようにみられる。

まず、作中では「回文」が繰り返し話題にされる。主人公の名前「古池恵子（こいけけいこ）」や「過負荷（カフカ）」といった言葉から、整形外科で子供が次々と作り出す、「くちべらしのしらべちく（口減らしの白部地区）、かみとみか（神とミカ）、いなわしろこにころしはない（猪苗代湖に殺しはない）……」といった「はちゃめちゃ」な回文まで。恵子は自分の名前に関して、回文には「逃げ道がな」く、その中に「閉じこめられる」ような「不思議な構造」があるという。これは回文に留まらず、作中における「回」のモチーフの意味を言い表していると見られるだろう。恵子がさまよう「古代町」が、「番地が渦巻き状態」になっており、町に来た者は「ぐるぐると同じところを行ったり来たり」して「眩暈」を起すとされることは、その端的な例と考えられる。

注目したいのは、こうした「回」のモチーフが、作中の一部の場面だけでなく、物語のあり方そのものに関わっていることだ。結末部で、下山は恵子に対して、次のように語る。――「現実ってもんは、一枚じゃないんよ。同時にいくつもの層が重なっているんよ。でも、誰もがそのすべてを生きられるわけじゃない。あんた、疲れたじゃろうね。一瞬を何度も濃く、繰り返し生きて。」

この言葉に続けて、末尾の一文では、恵子が空に浮かんだのが「六月六日、午後二時を、少し越えたばかりの時刻であった」とされる。あらためて確認すれば、小説の冒頭に記される事故の時間は、「六月六日、午後二時ごろ」。ここで明らかになるのは、作中で語られる恵子の物語――腕が「回らなくなって」から、「翼」を得て空に浮かぶまで――が、事故が起きてからのわずかな時間（「一瞬」）に「繰り返し」回帰し、世界の「いくつもの層」を横断して生きるような経験であったということだ。恵子の物語はここに至って、ひとつの「瞬間」の非連続的な反復・積み重ねから成っていたとされるのである。このように小説「左腕」は、「片腕」と重なり合うようなモチーフを示しつつ、それを通常のプロットを異化する小説の実験的方法として活用していると言えるだろう。

Ⅳ 「翼」を得る、「ケモノ」になる

さて、左腕のかわりに「翼」を得たという地点で、恵子の同じ「瞬間」への出口のない回帰は終わりを迎える。興味深いのは、結末部において「翼」を得ることが、人間ではない「ケモノ」となり（「翼を持ったからには、もう、あんたはケモノよ。ニンゲンじゃないんよ」）、「どうぶつたち」と同じ地平に立つこととされることだ。

そもそも、小説「左腕」には、人間と動物の境界の流動化、あるいは越境というモチーフが一貫して認められる。まず、恵子が川野に連れられて行く「下山どうぶつ病院」は、「人間も動物もいっしょくたに」診察をする場所とされる。そこに通う川野と犬のサブロウは顔つきが「双子のようによく似て」おり、診察時のうなり声は、どちらのものか区別がつかない（「確かにこれでは、人も動物も、同じようなものである」）。

そしてこの動物との境界の流動化は、恵子の側にも及んでいる。小説の序盤、川野に声をかけられた恵子は、なぜか普段の用心深さをなくして、彼の車に「蛇のようにするすると吸い込まれ」る（これはレトリックだが、ここには、彼女の「ソンザイ」（下山の言葉）の変化が萌していると見られよう）。その後、下山から与えられた「馬の油」の

クリームを左腕の「付け根」にぬりこんだ恵子は、「春の馬の尻の匂い」が立ちこめるなか、「草原を駆け出したいと思いながら眠りにつく。それに導かれて、彼女は「空を飛ぶ夢」を見る。この夢の内容は単純なものであるが、重要なのは、それが「身体の中心から、盛り上がるように力があふれでた」、「全身を使って快楽を得たという感触があり」「夢だとは思えなかった」というように、強い身体性とリアリティをもつものだということだ。そしてそれは、まさしく性的な体験としても語られる（「まるで誰かと烈しい交わりを終えた後のよう」で、「下着が、精液で濡れていた」）。このように、動物との深い関わり（交わり）のもとで、恵子の夢、そして身体の変容は生じることになるのだ。

この夢から目覚めた後、彼女の左腕は「まるで、恵子のものではなかったかのよう」にもげてしまう。確認すれば、恵子は左腕を、自分を形づくる重要な一部分（「ああ、わたしがそこにいる」）、それも「インクで汚れた指先」に目が向けられるように、絵を描くという仕事に結びつくものとして意識している。その意味で、失われた左腕のかわりに、義手や他人の腕ではなく空を飛べる「翼」をつけることは、自己を根本的に変容させること、「古池恵子」という人間として過ごしてきた生から離陸することを意味する。結末で恵子が「ニンゲン」ならぬ「ケモノ」になったとされることとの意味は、こうした文脈で理解できよう。

さて、このような「左腕」の展開が、川端の「片腕」との批評的な対話性を有していることに目を向けておこう。次に挙げるのは、恵子が標本になった自分の左腕を見る場面だ。

「実に美しく充実した腕だ。ほどよくついた肉といい、滑らかな肌といい、真っ白でなく、黄みを帯びた透明感も東洋的でよろしい」

原口先生は、目を細めた。よろしいという冷たい評価が、恵子のなかに違和感を広げた。

（インクで汚れた指先、それだけは確かにわたしのものだ。だが、この左腕、これは本当に自分のものか。

それは最初からわたしのものでなく、たまたまわたしの身体に納められていた、「左腕」という物にすぎなかったのでは。長いあいだ、わたしはこれを借り受けていたのかもしれない）

当初「自分の腕と別れた悲しみ」を覚えていた恵子は、腕を鑑賞的に評価する原口の言葉を契機として、それが最初から自分のものではなかったような「違和感」を覚える。その後に彼女が持つ「翼」が、審美的にまなざされる女性の腕とは対照的な「生々しい肉色の筋肉の固まり」であることは、以上の文脈と対応しているだろう。いささか単純に比較すれば、川端の「片腕」では、「私」が娘の腕について「女はこんな指の先きでも、人間であることを超克しようとしているのか」と審美的に意味づけるのに対して、「左腕」においては、正しく対極的な方向で、「人間」であるという同一性からの離陸が描かれるのである。

ひるがえってみれば、「片腕」は、「孤独」な男である「私」が、自他の境界を越えた一体感のうちに一度安らぎながらも、最終的に深い「孤独」に立ち戻るという作品であった（その意味で「片腕」は、いわば変身できない男の物語である）。それに対して、「左腕」は、腕をつけかえることを、自らの「ソンザイ」を根本的に変容させるような変身もしくは転生の出来事として提示しているのだ。現代文学における「片腕」の多様な変奏の中でも、小池の小説「左腕」は、このような点で異彩を放っていると言っていい。

V　二つの「転生」の文学

ところで、小池の文学において、「変身」や「転生」といったモチーフは決して「左腕」にだけ見られるわけではない。ごく簡単に整理すれば、小池の文学にあって、人間と動植物などは確たる境界で隔てられるものではなく、その交わりや一体化がしばしば描かれる。それは、書くことを通して「自我の縛りから解放された」領域に立つことを志向し（「『私』の領域」『屋上への誘惑』二〇〇一）、また日常的な世界とその外部との境界が容易に破られうることを多様に捉える（この点については和田（二〇〇四）も参照）、彼女の表現の方向性ともつながるものであるだろう。

「色」と交合する、なんてことある？　でも、あるんだ。紅葉を見ることは、見ることを通して、樹木と性的に交信することではないか。（「恋」『小池昌代散文集　産屋』二〇一三）

右はエッセイの一節であるが、こうした感性・発想は、例えば語り手の少女が（多くの男性との関わりとともに）植物と深く「交合」し、「日々、転生し、生まれ変わり」続けると自らを語る、長編小説『転生回遊女』（二〇〇九）の物語にも明らかにつながっている。「左腕」に示される「動物」への転生もまた、こうした小池の表現世界の中に位置を占めると言えるだろう。

そして興味深いのは、川端康成もまた、一種の「転生」の思想を語る作家であったということだ。

…大体人間は、人間と自然界の森羅万象との区別を鮮明にすることに、長い歴史的の努力を続けて来たんだが、これは余り愉快なことじゃないよ。（中略）人間が、ペンギン鳥や、月見草に生れ変るというのでなくて、月見草と人間が一つのものだということになれば、一層好都合だがね。それだけでも、人間の心の世界、言い換えると愛は、どんなに広くなり伸びやかになるかしれやしない。（「空に動く灯」一九二四）

右の一節も示すように、川端は若い日から、自己と他者、人間と他の諸物との境界を相対化し、世界を一元的・流動的に捉えようとする立場――川端研究の領域では「万物一如・輪廻転生思想」（羽鳥：一九七九）と呼ばれる――を繰り返し示している。こうした川端の立場は、様々な水準で物語内容に関わるとともに、既成の「自然主義」的な文学とは異なる新しい表現を生み出すための方法としての意義も有していたとみられる。もっとも、川端にあって自他の一体化や「輪廻転生」の夢想は、必ずしも単純に肯定されるわけではなく、作品内でそれを志向する人物は、しばしば躓き、困難に出会う（詳細を示す紙幅はないが、例えば「青い海黒い海」（一九二五）や「抒情歌」（一九三二）の場合。この二編については仁平（二〇一一）も参照）。娘の片腕とひとつになろうとする一体化の夢想と、その破綻を描く「片腕」も、そうした流れにあると言えるだろう。

もちろん、この二人の作家は表現や発想のあり方、またその文学を成り立たせる歴史的文脈において大きく隔たっており、単純に重ねることはもとよりできない。ただ、少なくともここからは、川端の思想や表現を単に独自なものとして扱うのではなく、今日の文学的な思想・表現の地平との対話のもとで、あらためて読み直すことも可能となるだろう。「左腕」と「片腕」は、二つの「転生」の文学が出会う地点として、そのような読み直しに私達を誘っているのだ。

付記　小池昌代「左腕」の引用は『裁縫師』（角川書店、二〇〇七）に、川端康成の文章の引用は三十七巻本『川端康成全集』（新潮社、一九八〇～八四年）による。引用にあたり、旧字体を新字体に改め、ルビを省略する等の改変を施した。本稿の執筆後、小池昌代氏からエッセイ「極悪について」を本論集にお寄せいただいた。小池氏の川端作品に対する見方が鮮やかに示された文章であるが、執筆にあたって参照することは叶わなかったことをおことわりしたい。

参考文献

小池昌代『もっとも官能的な部屋』（書肆山田、一九九九年）
――――「青い火」（『文字の導火線』みすず書房、二〇一一年）
――――「眠れる美女　川端康成」（小池昌代・芳川泰久・中村邦生『小説への誘い　日本と世界の名作120』大修館書店、二〇一五年）
小谷野敦・小池昌代『この名作がわからない』（二見書房、二〇一九年）
仁平政人『川端康成の方法　二〇世紀モダニズムと「日本」言説の構成』（東北大学出版会、二〇一一年）

羽鳥徹哉「川端康成と万物一如・輪廻転生思想」（羽鳥徹哉『作家川端の基底』教育出版センター、一九七九年、初出一九六六年）
和田忠彦「手さぐりの境線――小池昌代と《不意のドア》」（『声、意味ではなく　わたしの翻訳論』平凡社、二〇〇四年）

5

石田衣良

裏返されなかったもの

――石田衣良『娼年』と川端康成『眠れる美女』

三浦卓

一 『眠れる美女』を「裏返した」作品

状況が一変したのは、三十代なかばをすぎて作家になってからだ。『娼年(しょうねん)』という学生娼夫の物語の構想を練っていたころ、参考になる小説はないかと読み漁ったのである。そのなかに川端の『眠れる美女』があった。今度は一撃で打ち倒された。／文章の見事さ、感覚表現の冴え、デカダンスを突き抜け黒々と澄んだロマンティシズム。ぼくは傍線を引きながら読む癖があるのだが、この小説はほとんど全ページが青いインクで汚れたのである。／結局『娼年』は『眠れる美女』の設定を裏返した作品になった。性を売る側と買う側、大学生の青年と六十代後半の老人、性的な能動性と睡眠薬によってあらかじめ禁じられた不能性。『娼年』は小説を書くよろこびにたっぷりと溺れることのできた作品になった。

石田衣良は、新潮文庫の『文豪ナビ』シリーズに寄せたエッセイで、川端康成について、「大学生のころ」に『伊豆の踊子』『雪国』を読んだ際には「他の作品を読みたいと思わせるほどではな」く、「十年以上」「敬して遠ざけ」ていたとしつつ、右のように述べている（石田：二〇〇四）。これに続いて「川端の作品にインスパイアされた小説」として「「片腕」へのオマージュ」である「片脚(かたあし)」（『新刊展望』二〇〇三）、「左手」（『小説現代』二〇〇四）、『掌の小説』のひとつ「有難う」に触発された「ありがとう」（石田衣良他『Love Letter』幻冬舎、二〇〇五年）を挙げている。石田には他に、「東口と西口を結ぶ長いトンネルを抜けると、そこは熱帯だった。池袋の街の底が白くなった。」（『西一番街ブラックバイト　池袋ウエストゲートパークⅫ』文藝春秋社、二〇一六）といったパロディ的表現もあるものの、これは常套的な〝遊び〟の範疇であり、本書が石田衣良に紙幅を割くのは、やはりこのエッセイによるところが大きいだろう。

本稿で主に採りあげるのは、石田が「書くよろこびにたっぷりと溺れることのできた」と高い熱量を持って語っている『娼年』（石田：二〇〇一）となる。なお『娼年』には続編に『逝年』（『小説すばる』二〇〇六～〇七）、『爽年』（『小説すばる』二〇一七～一八）、買い手側の女性の視点によるスピンオフ「初めて彼を買った日」（『初めて彼を買った日』講談社文庫、二〇二一）があり、アダプテーションとして舞台（三浦大輔脚本・演出、二〇一六）、映画（三浦大輔脚本・監督、二〇一七）、漫画（幸田育子『Office you』二〇〇六～〇七）等があるが、これらは構築された『娼年』の世界から広がったもので、比較的川端からは遠いため、基本的には『娼年』にしぼって議論を進めていく。

冒頭の引用で石田は、『娼年』について『眠れる美女』を「裏返した」作品と位置付けるが、この発言は注意深く読む必要がありそうである。「裏返した」ものとしてＡ「性を売る側と買う側」、Ｂ「大学生の青年と六十代後半の老人」、Ｃ「性的な能動性と睡眠薬によってあらかじめ禁じられた不能性」の三点を挙げているが、当然これらを「裏返した」裏で「裏返されなかったもの」がある。アダプテーションの議論でしばしば引き合いに出されるリンダ・ハッチオンは、それより前の著作で、パロディについて「類似よりも差異を際立たせる批評的距離を置いた反復」（ハッチオン：一九九三）としているが、「オマージュ」「インスパイア」などの用語で表されるものに近い「裏返し」の場合は差異があることは明白であり、むしろ「類似性」のほうに分析の重点を置くべきだろう。さらに一歩進めて、通底するものを探っていくべき、ともいえるかもしれない。そこに最も親和的なのが「裏返されなかったもの」になる。

Ａ～Ｃについて議論する前に、二つのテクストの構図を確認しておこう。川端の『眠れる美女』は極めて単純化すれば、睡眠薬で眠らされた裸の若い女性の傍らで一夜を過ごすという「安心の出来るお客さま」（性的に不能となった高齢男性）向けの売春宿に、実はまだ「安心の出来るお客さま」ではない六十七歳の江口が五度訪れる話である（なお本稿が対象とする『眠れる美女』の本文は、冒頭に挙げた石田衣良の受容状況に鑑み、新潮文庫版とする）。一方、石田の『娼年』は、「女なんてつまらない」「大学も友人も家族も、世のなかすべてつまらない」という二十歳の〈ぼく〉（森中領、リョウ）が身体を売ることも含む派遣型のボーイズクラブにスカウトされ、男娼として様々な女性客を相手に仕事をこなしていく中でナンバーワンとなり、「女性やセックスの素晴らしさ」に気づくなどしていく物語とでもいえよう。

この簡単な構図を念頭に見返したとき、A・BとCの間に見逃せない落差があることに気づく。Bの「大学生の青年」は〈ぼく〉＝リョウ、「六十代後半の老人」は江口を指すことは明白で、おそらくAの「性を売る側」「買う側」の対応関係も同様である。『眠れる美女』の江口はテクスト内で語り手に内面を語られる唯一の人物、『娼年』の〈ぼく〉は一人称の語り手でもあり、A・Bは一般的な用語を使えば〝主人公〟を「裏返した」ということになる。しかし、Cはそう単純ではない。まず、「性的な能動性」に対して、一般的な対義語である「受動性」でなく「不能性」という語を用いていること自体が興味深いが、この「不能性」には「睡眠薬によってあらかじめ禁じられた」という修飾が付されており、「安心の出来るお客さま」という意味での「不能性」ではなく、『眠れる美女』における眠らされた女性＝娼婦たちの就業中の状態を表していることになる。後項をこのように措定した時、「性的な能動性」という前項が示しているものを一つに絞ることはできない。「売る側」という共通項を設定すれば、〈ぼく〉の就業時のあり方ということになるだろう。また、「女性」という共通項を設定すれば、〈ぼく〉の客である女性たちの「買う」という行為にまつわるものを指しているということになる。

いずれの解釈にせよ、この「能動性」を究極の客体ともいえる眠らされた娼婦を「裏返した」結果としてとらえるならば、いくつか指摘すべき点があるだろう。ひとつは、『眠れる美女』論としてしばしば参照される三島由紀夫の「熟れすぎた果実の腐臭に似た芳香を放つデカダンス文学の逸品」（三島：一九五七）という言葉が引き出されたような、ある種の性への後ろめたさが消え、〈ぼく〉が最終的に「女性やセックスの素晴らしさ」を言祝いでいるように、性的な行為全般に対する賛歌となっている（これは誉め言葉ではない）点が指摘できる。ある種、人によっては『眠れる美女』の最大の特徴として捉えられる背徳的な匂いが裏返されている。

　また、これはAも含めてだが、売買が異性間で行われるものであるということが保存されていることも触れておくべきだろう。三橋順子は、男性セックスワーカーに取材した中塩千恵子『男娼』の帯文に寄せて、「その昔「闇の男」と呼ばれた男娼（男性セックスワーカー）には、①女装で男性の相手、②女装で女性の相手、③男性で男性の相手、④男性で女性の相手の4類型がある。」（三橋：二〇一八）としているが、『娼年』は④を描いている。石田は「裏返した」当然の帰結のように語っていたが、実は様々にある可能性から選択していることは確認しておいてもよい。このように選択的に異性間の性的な行為が保存されるのであれば、たとえ売る側の〈ぼく〉が能動的であろうが、女性が能動的に買おうが、現状に潜在している性にまつわる男女間の種々の位相における非対称性は保たれたままとなる可能性が高い。ちなみに、同性の同僚アズマとの濡れ場もあり、『逝年』では「GIOでFTM」（「性同一性障害」で、出生時に割り当てられた性別が「女性」であるが「男性」として生きることを望むトランスジェンダー）のアユムを〈ぼく〉自らスカウトするなど、性的な行為に関する範囲では〝多様性〟が保たれているようにも見える。しかし、例えば大学の友人女性メグミに足を洗うように諭された際の反論として「いろいろな女性の不思議さや、欲望の不思議をぼくは見てきた」（傍線三浦、以下同じ）と言っているように、アズマとのことはカウントされていない。またアユムも『爽年』では後景の彼方に退く。これらはあくまで容認できる範囲の「異質」なものへの目配せの域を出ず、根幹は揺るいでいない。

II 〈ぼく〉の自分探しの物語

議論を急ぐ前に、まず『娼年』における〈ぼく〉の物語をもう少し確認しておこう。『娼年』はプロローグと30まで番号が振られた節からなるが、先に述べたように、「1」で「女なんてつまらない」「世のなかすべてつまらない」としていた〈ぼく〉が、男娼の仕事を通して、「25」では「女性やセックスの素晴らしさ」を口にするような認識を持つにいたる物語である。ここですぐに気づくのは、始発点で「つまらない」としていたものと終着点で「素晴らしさ」を認識するものとの微妙なズレ、具体的には当初はなかった「セックス」の要素が殊更に強調されていることであろう。「1」は〈ぼく〉のアルバイト先に、友人でホストのシンヤが後でボーイズクラブ「Le Club Passion」の経営者と判明する御堂静香を連れてきたところから始まるが、そのズレはすでにここでの三人の会話から始まっている。これが話題に上がるのは、静香が〈ぼく〉へ「彼女いるの」と問うた際にシンヤが「女は退屈でつまらないんだって」と代わりに答える場面であるが、一通りの会話が交わされた中で静香の「でもね、リョウくん。女性やセックスがつまらないというのは、問題あると思うな」という発言が引き出されていく。注意したいのは、ここでの会話の中で「初体験」のことなど「セックス」についての話題が展開していて、その中で〈ぼく〉の内面描写においては「セックス」を「手順の決まった面倒な運動」としているものの、表立って「つまらない」とは発言していないことである。つまり静香が「つまらない」対象としての「女性」を「女性やセックス」と（意識的か無意識的かにかかわらず）拡大解釈し、近似していた〈ぼく〉の内面が呼応したことがズレを産む第一歩であり、同時にあたかも人間性の欠如を責めるかのような「問題あると思うな」という言葉も含めて受け入れ始めているのである。この後〈ぼく〉が男娼になるまでのいきさつは、後日一人で来店した静香に「あなたのセックスに値段をつけてあげる」と誘われ（「2」）、静香の娘でろうあ者の咲良との「セックス」を観察され

（「6」）、咲良の進言もあって「ぎりぎりで合格」と言われ、「退屈なセックスを、そのまま一生続けていくつもり」「まず女性やセックスを退屈だなんて思うのをやめなさい。人間は探しているものしか見つけない」などの言葉とともにスカウトされ、「あのクラブで「情熱」を探すのだ」と決断する（「7」）といったもので、すでに初めから、退屈から脱却して人間性を回復するための対象が「セックス」にずらされていたということになる（詳述する余裕はないが、もちろん、「女性やセックス」への「退屈」を人間性の欠如と見ること自体が強く非難されるべきものである）。この後〈ぼく〉はいわゆる「自分探し」のようなことを「セックス」を通して行うことになるが、それは「1」での会話からの当然の帰結であった。

〈ぼく〉が男娼となって以降のテクストの構造は、語り手の〈ぼく〉がピックアップした幾つかの具体的な就業中の描写がメインとなり、その合間にクラブのメンバーたちと交流しながら〈ぼく〉が「女性やセックス」について内省していくといったものとなっている。初仕事以後、「拾った」中年男との複数プレイを行う常連、排尿を見ることを求める者、レイプもどきの状況の妻を撮影する年の差夫婦、「手をにぎって、気をやれる」老女、〈ぼく〉の言葉が本当かどうか確かめるために客となった大学の友人メグミなど、咲良との試験や同僚のアズマとのことも含め、濃淡はあるものの、一〇回ほどの濡れ場が描かれ、これらが〈ぼく〉の「女性やセックス」に対する考察のサンプルとなっている。これらは、「名前と顔が結びつかない人もいる」「まるで思いだせないこともある」（「16」）とあるように、選択的にサンプリングされたものである。仕事にも慣れ始めた〈ぼく〉は「娼夫」の仕事を「女性ひとりひとりのなかに隠されている原型的な欲望を見つけ、それを心の陰から実際の世界に引き出し実現する」（「16」）と措定し、その後もこの点に変更はないが、これも選択的な（＝恣意的な）サンプリングから導かれた結論であろう。この少し前に、「欲望をむきだしに」自分の前にあらわれた人はなく、「欲望の真実はどこか深部にある」が、「真実も深部も見たくはない」としている。中塩千恵子は「出張ホスト」や「レンタル彼氏」

へのインタヴューを通して「性風俗は時代の風潮をあぶりだす。女性たちが出張ホストを利用する理由はその時代に生きる女性の痛みをあぶりだした。性暴力で受けた恐怖心をプロに取り払ってもらおうとする女性がいた。パートナーからのセックスの不足分をプロで補おうとする女性がいた。身近な夫からのハラスメントをプロに訴える女性がいた。男から受けた傷を男で癒す女たちの姿がそこにあった。もしかしたらこれは時代に関係なく、女性たちがずっと抱えてきた普遍的な痛みであり、叫びなのかもしれない」（中塩：二〇一八）などと述べているが、〈ぼく〉の行動にはこのような部分に触れる側面もなくはないものの、少なくとも言語化された範囲では欲望の先を見ようとはせず、買春する女性たちへの救いを平時は表面化していない性的な欲望の解消のみに一元化している。そもそもエピソードが語られた女性たちはほとんどが経済的にも文化資本の受容状況にしても裕福な人ばかりであり、サンプリングの時点で社会的な問題から来る女性たちの生きづらさとは向き合わないことを選択していて、それゆえに初期のベクトルは加速して最終的に「女性やセックスの素晴らしさ」を言祝ぐに至るのであろう。

そして、これがいわゆる「自分探し」と結びつくのは、仕事の開始とともに「金がだぶつき始め」て「実際に買えるようになるとたいていのものの魅力は失われてしまった」理由として「娼夫の仕事にやりがいを感じ始めていたせい」とし、さらに「娼夫になり、より自由になった」（「16」）としているところからも明白である。先述したメグミに諭される場面でも「縛りつけて自由を奪い、無理やり大学に引き戻すのか。表面だけ正しくても心が死んでる人間にぼくはなりたくない。娼夫の仕事でいろいろな女性の不思議や、欲望の不思議をぼくは見てきた」（「23」）などの発言が見られ、「心が死んで」ない「自由」な「人間」としてあるために必要不可欠なものとして、「女性やセックス」と関わる男娼の仕事をとらえている。テクストは、メグミの通報により静香が逮捕され、以前の生活に戻っていたところに咲良とアズマが持ってきたクラブの再建の話に二つ返事で承諾する場面（「30」）

で閉じられる。すでにクラブが〈ぼく〉の居場所となっていたのである。

以上見てきたように、『娼年』は〈ぼく〉が仕事を通して自分や居場所を発見していくという非常に古典的な物語であり、そこで見つけたものは「女性やセックスの素晴らしさ」という従来型の異性愛規範のど真ん中のものであった。「いつの間にか周囲の流れからはずれてしまう悪い癖がぼくにはある」（「27」）とアウトローを気取る〈ぼく〉は、たとえ法や道徳から外れるものがあったとしても、極めて平凡である。

Ⅲ　祝福できない〈転生〉

さて、以上を前提として『眠れる美女』と照らし合わせたいところだが、それは簡単ではない。『眠れる美女』が様々な読みを誘発するテクストであるし、すでに多くの論考が世に出ていて、何に焦点を当てるべきかを定めることが難しいのは、紙幅の問題だけではないからである。その中でまず目に留まる要素は「母」を巡るものだろう。『眠れる美女』は、終盤に「最初の女は「母だ。」」と江口老人にひらめいた」というセンセーショナルな記述などから、「母」は一つのテーマとして多くの論者に注目されてきた（この議論も含め、膨大な論考には触れられないので、石川則夫「「眠れる美女」研究史」（羽鳥徹哉・林武志・原善編『川端康成作品研究史集成』鼎書房、二〇二〇）などを参照のこと）。一方で『娼年』のプロローグではたびたび見る夢として若くして死んだ母の思い出が描かれ、この母の死が「年上の女性に抵抗がなくなった」（「15」）という仕事への強みの起源とされ、終盤には静香に交際を申し込むに至るというように、エディプス的文脈が見て取れる。ただし、幼少期の体験が後の生き方に影響を与えるというのは類型的なものであり、宇野常寛によれば精神的外傷を含む「心理主義」的な傾向が九〇年代後半に広まったということで（宇野：二〇〇八）、川端の影響というよりは、同時代的な文脈で捉えるべきだろう。また、冒頭に引用したエッセイでは、「文章の見事さ」「感覚表現の冴え」などと表現技法への賛辞が送られていたが、『娼年』

は表現の点ではスタンダードなエンタメ小説であり、読者を多く獲得できる巧みさはあっても、川端の影響を想定することは困難であろう。

『眠れる美女』を話者が主人公を演者に仕立てた「一種の《仮面劇》」と捉える城殿智行は、それまでの代表的な論考を丁寧に分析したうえで「どこへ視線をやってもただ書き割りと仮面ばかりが見える劇場へ誤って入ってしまった観客たちは、たとえば今そこで上演されているのがあたかも近代的な心理劇であるかのように錯覚しながら、主人公や人物の関係性を解釈することで無意味な《複製／模造（シミュラークル）》を前にした自分を納得させ、またある者は仮面の向こうに秘められた真実を透かし見て、ありもしない「外」の世界を語りだし、そしてたちかわりあらわれる仮面を注視しようとする者は、いつか己の視線も《複製／模造（シミュラークル）》の連鎖に巻き込まれて出口のない同語反復に陥る」（城殿：一九九九）と述べている。《仮面劇》という前提には色々な意見があるかもしれないが、認識しやすい言葉への置き換えが容易ではないこのテクストに過剰に様々な意味が見出されてきたことは確かであろう。高良留美子は「わたしはこれらの眠る少女たちをそのままにして、江口老人の性欲や過去の女たちの想起について、フェティシズムやネクロフィリアについて、あるいは処女神幻想や胎内回帰願望について考え、語る気持ちには到底なれない。少女たちがこれほど断片化され、ステレオタイプ化されているのに、相手の江口だけを全体的な人間として扱う必要がどこにあるだろう」（高良：二〇〇二）と述べているが、同語反復の遊戯に興じている中で見落としてきたのは「「ただ金がほしさ」故の眠り」（高良：二〇〇二）にあった少女たちのことであった。

ニーナ・コルニエッツは九鬼周造による「いき」の概念を「女がエロティックに消費される対象として審美化されかつ無関心な男根中心主義的経済である」としながら、川端と「いき」の関連を指摘し、『眠れる美女』もからめつつ、「川端の感覚的なエロティシズム」が喚起する「ラカン的まなざし」を「構造上は、男をまなざしを向ける全知の主体として、同時に女を、男同士が共有する快楽のための見つめられるべき消極的な対象として、位置づける」（コルニエッツ：二〇〇一）としている。川端の美学全般を対象とした広い射程を持つ論だけに慎重な検討が必要だろうが、「裏返されなかったもの」の正体はここにあるのではないか。この高度な理論を単純化してしまうのは忍びないが、三つの「裏返し」によっても裏返らなかったことは、男性が女性を見て語るというまなざしの方向性であった。コルニエッツはこの視線にホモソーシャリティを見ているが、『娼年』もその点で同様なことは前節で見た通りである。

『娼年』の〈ぼく〉は客の女性たちの欲望を観察し、時に詳細に語ることによりサンプリングしていた。原善は『眠れる美女』では「六人の美女の描き分けはされていない」（原：一九九九）としていて、それはその通りである。だが、眠った娼婦の横で過去に関わった女性たちの幻想を見ることが特徴としてしばしば挙げられるこの小説において、その「まどわしの夢」の「内実」と娼婦のタイプによって呼び起こされる江口の〈欲情の波〉の高まりの差異との関連性を指摘する片岡美有季が、五夜目の「黒い娘」に関連して（江口は）「自分の行為に対して敏感に反応してくれる娘に対してしか欲情を高まらせることができない」（片岡：二〇一〇）としているように、江口自ら主導権を握れた時にのみ見る幻想が語られることによって過去の女性たちがサンプリングされていると見ることもできる。さらに、サンプルそれぞれが詳細に描かれれば、その部分が脱文脈化された時にポルノとなる。事実、執筆時現在Amazonの映画『娼年』のDVDページでは「男性目線のAVの手腕が発揮された」と低評価をつけるレビューが最上位となっている。極論すれば『眠れる美女』のホモソーシャルなまなざしは、ポルノを産み出した。平井裕香はジェンダー論的な批判の必要性を認めたうえで、「明言されない暴力を自ら想像することか、明言された暴力を忘却することのどちらかを、小説の読者に強いている」（平井：二〇二一）と従来とは異なる可能性を『眠れる美女』に見ているが、この前提の一つが「江口老人」「江口」「老人」という三つの呼称が語り手によって使い分けられていることである。しかし、一人称〈ぼく〉により語られる『娼年』には、そのような相対化の契機もないであろう。

「文豪」の作品がその権威ゆえに堂々と享受できるポルノとして受容されることはままある。もちろんアダプテーションは「垂直にではなく、水平に存在している」（ハッチオン：二〇一二）ものとして捉えられるべきだし、それだけではない重要な可能性を見せるものも多いであろう。しかし『眠れる美女』自体にもそのような側面が強くあることは忘れてならないし、忘れて懲りずに「出口のない同語反復」を繰り返すべきではないだろう。川端が〈転生〉することにより文学史から名前が消えることが先延ばしになることを喜んでも仕方がない。〈転生〉の質が問われるべきである。少なくとも、『娼年』という〈転生〉を祝福する気にはなれない。

参考文献

石田衣良『娼年』（集英社、二〇〇一年、書き下ろし）
――――「幸福な日本の作家」（新潮文庫編『文豪ナビ　川端康成』新潮文庫、二〇〇四年）
宇野常寛『ゼロ年代の想像力』（早川書房、二〇〇八年）
片岡美有季「「禁制」と「まどわしの夢」――川端康成「眠れる美女」における性の〈再生〉――」（『立教大学大学院日本文学論叢』二〇一〇年）
川端康成『眠れる美女』（新潮文庫、一九六七年、初出は『新潮』一九六〇～六一年）
城殿智行「仮面劇がきざむ産児――『眠れる美女』論――」（田村充正・馬場重行・原善編『川端文学の世界3　その深化』勉誠出版、一九九九年）
高良留美子「弱者へのサディズム――川端康成『眠れる美女』『美しさと哀しみと』」（岡野幸江・長谷川啓・渡邊澄子編『売買春と日本文学』東京堂出版、二〇〇二年）

中塩千恵子『男娼』（光文社、二〇一八年、三橋順子による帯文も同書）
ニーナ・コルニエッツ（豊崎聡子訳）「川端康成論――ホモソーシャリティと「第二の自然」の政治」（『文学』二〇〇一年）
原善『川端康成――その遠近法』（大修館書店、一九九九年）
平井裕香「近さとしての曖昧さ――川端康成「眠れる美女」のリアリティの構成をめぐって――」（『言語情報科学』二〇二一年）
三島由紀夫「解説」（川端康成『眠れる美女』（新潮文庫、一九六七年））
リンダ・ハッチオン『パロディの理論』（辻麻子訳、未来社、一九九三年）
――――『アダプテーションの理論』（片渕悦久・鴨川啓信・武田雅史訳、晃洋書房、二〇一二年）
「Amazon 娼年［DVD］」（https://www.amazon.co.jp/ 娼年 -DVD- 松坂桃李 /dp/B07D354K3D、二〇二一年二月二六日最終閲覧）

小川洋子

小説家として生きること
――川端康成と小川洋子

高根沢紀子

一　いちばん好きな作家――「眠れる美女」と「ミーナの行進」

私がいちばん好きな作家は川端康成です。

小川洋子は、〈小川さんにとって目標となるような作家、その作品をどうしても手にとってしまうとか、小川さんの創作意欲の原動力となっているような作家はいますか?〉という読者の問いにこう答えている。川端康成は、〈人間のもっている、本当は隠したい嫌らしさを書いて、それを美と醜の極地の域にまで到達させた作家で、繰り返し読んでい〉ると言う。

もっとも、小川洋子といえばまず『アンネの日記』が思い浮かぶだろうし、質問の回答も〈でも他にもいっぱい〉と続けているように多くの作家・作品への思いを様々に伝えている。エッセイ集ではもちろん、『小川洋子の偏愛短篇箱』(河出書房新社、二〇〇九)、『小川洋子の陶酔短篇箱』(河出書房新社、二〇一四)といった読書案内、さらに平松洋子との共著『洋子さんの本棚』(集英社、二〇一五)では、少女時代からの思い出のつまった本を介して対話をしている。

また、小川は〈未来に残したい文学遺産を紹介する〉ラジオ番組、『Panasonic Melodious Library』(TOKYO

FM ほか JAN 38局で放送中、毎週日曜日一〇：〇〇〜一〇：三〇）で、パーソナリティを二〇〇七年七月からつとめている。番組では、毎週〈未来に残したい文学遺産〉一冊を選び音楽とともに紹介する。十五年つづく番組のなかで川端康成の作品は、「片腕」（二〇〇八・四・一三）、『雪国』（二〇一〇・一二・一二）、『古都』（二〇一二・一一・一一）、『伊豆の踊子』（二〇一六・四・二四）、『眠れる美女』（二〇一七・四・一六）、『みずうみ』（二〇一八・四・一五）、『山の音』（二〇一九・四・一四）、『掌の小説』より「雨傘」（二〇二〇・四・一九）、『千羽鶴』（二〇二一・四・一八）、再び『掌の小説』より「指環」（二〇二二・四・一六）と、これまで十作品が紹介されている。複数回取り上げられている作家は夏目漱石や村上春樹など何人もいるが、二〇〇八年の初登場から命日が意識され、二〇一七年からは、その命日（四月十六日）に合わせて作品を紹介することが恒例化されている。そのように特別扱いされているのは川端だけであり、確かに〈いちばん好きな作家〉なのである。

〈いちばん好きな作家〉に続いて、〈川端の中でいちばん好きな作品は?〉の問いには、

> 『眠れる美女』ですね。老人が昏々と眠る美女のそばで添い寝するという話です。濃密に死の香りがするエロスが立ちこめています。

と答えている。「眠れる美女」（『新潮』一九六〇・一〜一九六一・一一）は、「ミーナの行進」（『読売新聞』二〇〇五・二・一二〜一二・二四）に直接引用されている。十二歳の朋子は、家庭の事情で一九七二年の春から一年（十三歳まで）、芦屋にある伯父の家で一つ年下の従姉妹ミーナと過ごす。ミーナは〈四月十七日の月曜の朝〉〈川端康成氏、自殺〉という新聞の見出しを〈悲鳴に近か〉い声で読みあげた。この出来事がきっかけで、朋子は喘息持ちで外に出られないミーナの代わりに芦屋市立図書館に川端康成の本を借りに行くことになる。そこで出会った司書のとっくりさんに薦められたのが『眠れる美女』だ。返却の際、感想を聞かれた朋子は、ミーナの言葉をそれとは言わずに答える。

確かにちょっと奇妙な本だなとは思いました。老人の他には、眠っていて一言も口をきかない女の人が出てくるだけですから。でも、分かりました。この老人は死ぬ練習をしているんです。薬で眠らされて、半分死んだも同然になっている若い娘さんのそばで一晩過ごすことは、布団の中で死と一緒に眠るのと同じです。そうやって老人は、死ぬことになじもうとしているのです。いざその時になって、怖くて逃げ出したりしないために……

眠らされた若い娘の横で一晩すごす老人、江口にミーナが感じているのは、死への親和であり、そこにある魅力である。喘息の発作で入退院を繰り返しているミーナにしてみれば、十一歳といえども死は身近なものなのだろう。自分にはよく分からないとしながらもすでに父の死を体験している朋子は、図書館の青年とっくりさんに淡い恋心を抱いている。死と生（性）は常にとなりにあることが、「眠れる美女」の引用によってより甘美なものとして読者に提出されているのだ。

そもそも「ミーナの行進」には多くの《死》が描かれている。四月の川端康成の自殺、それにショックを受けて後を追った独居老人、九月、ミュンヘンオリンピックの会期中に起こったテロ事件で人質となり亡くなったイスラエル選手団九名、十月、ジャコビニ流星を探そうとして転落死した団体職員、死を新聞に見つけるたびミーナと朋子は追悼の祈りを捧げる。ミーナに選ばれる死は、輝かしいものと対比するかたちで登場する。川端の死についてミーナは、〈自分の知らん誰かが、自分の書いた本を開いてんの。そんな素晴らしいことが起こってんのに、死んでしまうやなんて、なんでなんかしら〉と不思議がり、ミュンヘンオリンピックでは、日本男子バレーボールチームが劇的な金メダルを獲得する様子が描かれる。ジャコビニ流星はなぜか現れなかったが、流星が星の死であるなら現れなかった夜空には、生きている星が輝いていたはずである。

一九七二年は、クリスマスの夜の火事とミーナの飼っているコビトカバのポチ子の死で終わる。作品は、三十年前の〈一九七二年から七三年にかけて一年あまり過ごしたあの芦屋の家を、私は決して忘れることができない〉という朋子の視点で語られている。朋子は、すでに多くの人を見送っているが〈現実が失われているからこそ、私の思い出はもはや、なにものにも損なわれることがない〉と考える。《死》は三十年の時を経て《物語》となり、今も色あせることなく記憶のなかで生き続けている。

「ミーナの行進」には、作者小川洋子の子ども時代を反映した部分が多くみられる。小川作品において、具体的な地名が記されるのは稀だ。小川の出身地は岡山で、執筆時は芦屋に住んでいる。朋子はもともと岡山に住んでいて、芦屋の伯母の家にあずけられている。年齢的にも一九六二年生まれの作者は、一九七二年には十歳でミーナや朋子と同年代であるし、現在四十三歳となる朋子は、執筆時の作者とも重なる。ある程度作者を知る読者ならば、ミーナや朋子はそのまま作者の分身であると受け取るだろう。また川端の死について小川は、ラジオで子どもの頃の重大ニュースだったと述べており、ミーナの衝撃は当時の作者のものであったことが明かされている。

II　部分と全体──「片腕」と「バックストローク」

小川が取り上げた川端作品は、幻想的なものが多い。ラジオで初めに選ばれた川端の作品は「片腕」である。〈「片腕を一晩お貸ししてもいいわ。」と娘は言った。そして右腕を肩からはずすと、それを左手に持って私の膝においた。〉と始まる「片腕」(『新潮』一九六三・八〜一九六四・二)は、発表当初は、〈うすきみわる〉い〈奇怪な抽象小説〉(平野謙)として、それほど高く評価されていたわけではなかった。一方で、谷崎潤一郎の脚フェティシズムと比較し、それより〈こういう妄想を生み出す孤独の心の深遠を、私はおそろしいと思う〉(山本健吉)と、〈私〉の《孤独》の深さや、「眠れる美女」の延長線上にある〈ミスティックなエロチシズム〉(河上徹太郎)としてエロティシズムの美が指摘された。小川も、家に娘の〈片腕〉をつれて帰った〈私〉がガラスびんの泰山木の花のしべが散っているのをながめていると〈テエブルの上においた娘の腕が指を尺取虫のように伸び縮みさせて動いて来て、しべを拾い集めた。〉という部分をあげ〈気味が悪い〉と述べている。しかしそれは、とても〈淫靡（いんび）〉で、〈尺取り虫のように動く指の関節の、微かな音や、テーブルを這う掌の気配が、ページから立上ってくるよう〉と、それこそが作品の魅力であると語る。小川は、人を好きになる時〈相手の全体を何となく好ましく思うのが、健全なあり方〉だと前置きしつつ、

> 川端康成が描こうとしているのは、女性の肉体のごく一部だけに心を奪われるという、狂気をはらんだ愛の形です。
>
> 娘の片腕という一部分だからこそ、男にとっては完璧（かんぺき）なのです。
>
> 娘の価値観や人生観や人格などを無視して、腕だけをとにかく愛する。腕だけとかかわりを持つ。ゆがんだ欲望が幻想的な情景の中にじつにリアルに描かれています。
>
> この片腕の描写が生半可ではありません。短い作品にもかかわらず、片腕がいかに美しいかということをかなりの枚数を割（さ）いて描写しています。

と、「片腕」の《愛》を分析する。小川は〈健全なあり方〉でない〈狂気をはらんだ愛の形〉を特殊なものと捉えているわけではない。「片腕」を〈異色の作品〉としながらも、〈ふだんは心の奥底に抱えていて、理性で押し隠している部分。人には知られたくない、また自分でもどう扱っていいのかわからない暗闇。それを容赦なく描き出した一編〉と評しており、「片腕」の〈奇怪〉さは、誰もが持っている〈暗闇〉であり、むしろそこに人間の普遍的な部分を見ているのだ。

「片腕」を連想させる小川作品に、「バックストローク」（『海燕』一九九六・一一）がある。〈わたし〉は、〈雑誌に掲載する長編小説の取材で〉訪れた、東欧の〈ナチス・ドイツ時代の強制収容所〉で、かつて〈収容所の看守と

その家族が〉〈休日を楽し〉むために〈囚人たちが作〉ったプールを目にする。その痛ましさに、弟と過ごした過去を思い出すのだが、それがとても〈奇怪〉な話なのだ。

すばらしい〈水泳の選手だった〉〈わたし〉の弟は、十五歳の時〈オリンピックの強化選手に選ばれ〉たが、〈左腕を挙げたきり、下へ降ろさなくなってしま〉う。そのせいで、母は鬱状態になり父はアルコールに溺れ、家族は崩壊する。左腕をあげたまま五年がすぎ〈次第に左腕は血行が悪くなって黒ず〉み〈身体の中で左腕だけが、勝手に死に近づいて〉いる。〈わたし〉は、自身の二十三の誕生日に〈もう一度だけ泳ぐ姿を見せてほしい〉と願う。弟の背泳ぎに〈どこにも無駄なところがなかった。左腕も含め、すべてが完成された調和の中にあった。〉と〈わたし〉は思い、それが〈求めるもの〉だと気がつく。しかし、そう感じた〈その時左腕が、何の前触れもなく付け根から抜け〉〈朽ちた枝が折れるように、腐った果実が落ちるように、彼から離れてい〉く。〈痛そうにもしなかったし、血も出なかった。すばらしいフォームでわたしの前を横切〉り、〈左腕は少しずつ向きを変えながら、水の上を漂ってい〉く。〈わたし〉は、それを〈拾い上げて胸に抱き寄せ、頬ずりし、温めてやりたかった〉が〈どんなに身体をのばしても、左腕は指先のほんのわずか向こうにあ〉り届かない。

弟の〈左腕〉の自然に離れる様子、〈わたし〉が「片腕」の〈私〉のようにその〈左腕〉を抱き留めようとする様子、そしてその願い（調和）がかなわないという結末は「片腕」にある《孤独》とよく似ている。使われなくなったプールが表しているのは幸せだった〈家族の記憶の残骸〉として〈わたし〉と今もある。

「片腕」において、部分が全体を表していたように、弟の〈左腕〉は家族がそろっていた過去（全体）を表している。二作品がにかよっているのは、初めから求めているものがまったくの全体ではなかったということだろう。「片腕」の〈私〉が《孤独》を抱えていたように、水泳選手だった弟の陰で、すべて我慢させられていた姉、〈わたし〉の〈左腕〉への執着は、《孤独》を表し、アウシュビッツの強制収容所からの連想として描かれる弟のプールは、消えない《孤独》を浮き彫りにする。二作品はいずれも《愛》を問題にし、その歪んだ執着に見える《孤独》と、美しさを持つという点で、類似している。

小川はたびたび部分へのこだわり（執着）を描いている。「匂いの収集」（『サントリークォータリー』五十八号、一九九八）には、男たちの体の一部分を集める女性が登場する。収集された部分は、〈歯、耳たぶ、乳首、舌、眼球……〉で〈それらはみな気絶した小動物のように、か弱くうずくま〉り〈怯えて震え〉ており、部分は、部分として生きているかのように描かれる。作品は、少しずつ人間のすべてが収集されてしまう予感で終わる。

「薬指の標本」（『新潮』一九九二・七）で、工場事故で薬指の先を失った〈わたし〉は、奇妙な標本室へ就職する。標本になるのは、焼けた家に残されたキノコや、別れた彼に送られた曲などで、標本技師はそれらを持ち主から分離し、閉じ込め、完結させる。それらは部分であり同時に全体でもある。顔の火傷の跡を標本に望んだ少女は標本技術室から出てくることはなかった。〈わたし〉も標本技師の弟子丸氏のものになりたいと考え、欠けた〈薬指〉を標本にしてもらおうとする。失われてしまった〈薬指〉を標本にするために全体を差し出す〈わたし〉の奇妙な愛は、部分から全体を指向している。

「匂いの収集」も「薬指の標本」も始めは、部分へこだわるが次第に全体が求められていく。部分を集め全体を完璧に閉じ込めるという、ある意味でハッピーエンドと捉えられる小川の世界観は、部分は全体になりえなかった川端の《孤独》とは対極にあると言ってもよいかもしれない。

III　見えないものを見る――「たんぽぽ」と「人体欠視症治療薬」

小川洋子が直接の川端作品へのオマージュとして書いたのが、クラフト・エヴィング商會との共著『注文の多い注文書』（筑摩書房、二〇一四）の一篇、「case1　人体欠視症治療薬　『たんぽぽ』川端康成」（「web ちくま」

二〇〇六・一〇・六～二〇）である。

川端の「たんぽぽ」には、突然そこにあるものが見えなくなってしまう〈人体欠視症〉を患う若い娘稲子を、〈気ちがい病院〉にあずけた日の、稲子の母と稲子の恋人久野との会話が描かれている。二人の会話は、稲子がなぜそのような奇病になってしまったのかに終始する。父親の変死を核として、病気を治してから嫁がせたい母と、結婚をして自らの元で治療させたい久野との間で、稲子を取り合うような堂々巡りの会話がつづいていく。

「たんぽぽ」（一九六四・六～一九六八・一〇）は、『新潮』に断続的に二十二回にわたって発表された。二十二回の末尾には〈未完〉の記述があったが、その後のノーベル文学賞の受賞（一九六八年）の多忙もあり、つづきが発表されないまま一九七二年作者の死によって本当に〈未完〉となった作品として知られている。

〈未完〉であるからか「たんぽぽ」には、謎が多い。父の変死の理由、それが稲子の病気の原因なのか、久野が見た白い鼠と母親が見た白いたんぽぽ、妖精のような少年、〈気ちがい病院〉で〈仏界易入　魔界難入〉と習字をする西山老人の存在、なにより〈人体欠視症〉とは何なのか、それらが思わせぶりに放置されている。それもこれも〈未完〉だから、当然結末は見えないわけで、そのことは読む者の想像力を増幅させ、読む者は空白に意味を見出そうとする。高橋真理は、その劇的な死と重なって、〈物語自体の抱えた形や内容に従う形で、見えないものを見ようとする作業を、克明に積み重ねてきたと言えるのではないか〉と研究史を総括した。それは作家も同じである。小川は「たんぽぽ」について次のように語っている。

肉体が感じるもの、肉体が語るものをすべて排除したあとに何が残るか、余計なものが蒸発したあとに残る結晶はどんな形や色をしているのか、久野と稲子二人の場面はわずかしか描かれていないのだが、それが読み手にもじわじわと見えてくる。久野と母親の会話と回想にしかあらわれない稲子の姿が、段々と見えてくる。読み手もまた、この物語の中で、見えないものを見てしまう。

そして結局、未完であるがために、見えていたものの形を完全にとらえることはできない。白いたんぽぽをもう一度、見に行くこともできない。ふと気がつくと、それはまた見えないものに戻っていて、物語も消える。

未完のおかげで、見えないものを見せてもらえた。これは、終わる必要のない小説なのかもしれない。

さらに「たんぽぽ」のような〈終わりのない小説を書けたら、どんなにいいだろう〉という作家としての理想は、初期にも見ることができる。「冷めない紅茶」(『海燕』一九九〇・五)の結末のあいまいさ(K君夫妻の生死)への質問の多さに、読者が〈現実の枠に縛られたさまざまな価値観や感情や論理から解き放たれ、不可思議で自由な世界を漂〉うような〈自分のいる場所があいまいに揺らいでしまうような小説〉を書きたいと願い、小説が終わったあとも読者のなかでそれぞれのつづきが紡がれるような〈あいまい〉さを残すのが、小説の理想だと述べている。「妊娠カレンダー」(『文学界』一九九〇・九)で、芥川賞を受賞(一九九一・三)した際も〈終わりを持つべきではない小説を、終わらせなければならないという矛盾が、これからの私を最も苦しめる気がする。〉と作者の求める理想と現実との間にある書くことの辛さを吐露していた。

「たんぽぽ」は、小川にとってまさに理想とする〈自分のいる場所があいまいにゆらいでしまうような〉〈終わりのない小説〉であるだろう。〈終わり〉は、常に読むものにゆだねられている。その意味では二十二回の〈未完〉の記述もまた作品の一部であると言えるのだろう。〈未完〉が、そのままに放置された部分が謎を生み、その謎が読者のこうあってほしいという夢の投影を許しているのだ。

その夢を描いたのが、『注文の多い注文書』の「人体欠視症治療薬」だ。作品は「注文書」(小川)、「納品書」(クラフト・エヴィング商會)、「受領書」(小川)という構成で展開される。〈「ないもの、あります」なる謳い文句〉のクラフト・エヴィング商會へ持ち込まれる依頼は、現実には〈ないもの〉ばかりで、それぞれ〈昔、読んだ本〉に由来する文する。

〈もの〉だ。愛する彼に触れるたびに触れた部分が見えなくなってしまう〈私〉は、〈人体欠視症の治療薬〉を注文する。

この作品について平松洋子は文庫の「解説」で、謎の多い〈未完の絶筆にあらたな物語が書き加えられている〉、〈「人体欠視症治療薬」によって、未完の「たんぽぽ」に終章が授けられた〉と評した。しかし、〈終章〉というより〈人体欠視症〉とはいったい何なのか、という謎に対する解釈を作品化としたと考えたほうがしっくりくるだろう。なぜ稲子に久野の姿が見えなくなるのか。それは〈あまりにも深い愛〉のためであり、小川はそこに〈一つの完成された純粋な愛の関係〉を見ている。恋人の姿が消えてしまうのは〈愛の結果として肉体がもたらすものへの不安が、彼女を人体欠視症にし〉、〈肉体がないところにある、愛の形を確かめたかった〉のではないか、という仮定から〈彼女は形のないものを見ようとした〉と結論づけている。つまり〈人体欠視症〉は、彼女の強い《愛》(執着)によって発症したものであるということになるだろうか。

「人体欠視症治療薬」では、「たんぽぽ」とは異なり〈人体欠視症〉を患う〈私〉の視点から語られる。恋人の体は少しずつ見えない部分が増えていくが、それを〈一人の人間のすべてを触り尽くすって、すごい事態〉で〈愛し合っている者同士にしかできない〉ことだと肯定的に捉えている。〈彼の姿が少しずつ見えなくなってゆくその様子が、彼への思いの深まりを表し〉ていると〈私〉には理解され、〈人体欠視症〉は見えない《愛》を見えるものへと変える装置となっている。

しかし、納品された薬(蝙蝠屋の蚊丸涙)を〈私〉は見ることができない。この薬は、〈「欠視症」になってしまった人にしか見ることが出来ない〉が、〈私〉は完治していたからだ。別の女性と歩く彼を見かけた〈私〉は、〈彼の心が冷めたから、私の欠視症が治った〉ならば〈いつまでも、欠視症のままでいたかった〉と思う。彼の心変わりによって〈私〉の病気が治るということは〈あまりにも深い愛〉が、どちらか一方では成立しない、双方の想いによってなりたっているということだろう。だとすれば、やはり「たんぽぽ」は、〈未完〉であるからこそ稲子と久野の間に、小川の言う〈一つの完成された純粋な愛の関係〉を永遠に継続させることが可能なのかもしれない。

＊

ところで「たんぽぽ」において言葉は、〈核心の奥に触れる力〉がないものとして語られている。

言葉の生まれぬ前から男と女のつながりがあり、それが生まれてから男と女のつながりを現わす言葉は、あるいはもっとも微妙に精緻に進みみがかれたかもしれないけれども、しょせん言葉は言葉であって、言葉のために愛の心がいくら豊饒に複雑になったにしろ、その言葉によって失われ、仮りの姿に装われ、人工的の高ぶりの虚しさに酔わされて来たことは少なくないであろう。男と女との愛の身方は言葉の進みであるとともに、言葉は男と女との愛の敵ともなって来ているのであろう。男と女との愛とは言葉のとどかぬ、ふしぎな奥に今もあろう。愛の言葉は刺戟剤であり、麻薬であるとは少し言い過ぎるが、愛の言葉を人間につくらせたのは、愛の最も根元の生命ではないので、最も根元の生命を生みはしないのである。

稲子の場合でも、その人体欠視症にしても、言葉の彼方であった。

言葉（形のあるもの）を否定しながらその実、言葉をつくしてそれぞれの形のない《愛》を浮かび上がらせようとしているのが「たんぽぽ」である。

『密やかな結晶』（講談社、一九九四）では、秘密警察の〈記憶狩り〉によってさまざまなものが消えていく。小説家である〈わたし〉は、〈記憶〉を所有できるＲ氏を秘密警察からかくまうが、最後には体も声も、やがて存在そのものが消えてしまう。すべてのものが消滅するなかで最後にはＲ氏の解放と、Ｒ氏の〈記憶〉のなかで確かに存在する〈わたし〉が残る。読者には〈わたし〉のＲ氏への愛がしずかに満ちてくる。〈あなたの心を通して、記憶がここでずっと生き続けられることを祈っている〉と消える〈わたし〉の言葉に読者は、目には見えない〈心〉を見せられている。

小川は〈主人公である「私」(ママ)は、記憶を全部失って、身体も記憶も全部失って消滅してしまうけれども、R氏の記憶の中に〉〈結晶のように〉残るから〈二人とも本当の意味では消えていない〉のだと言う。さらにその〈記憶〉は、読者のなかに残る。だからこそ消えないのだろう。

自分が死んだ後、自分の小説を誰か必要としてくれる人がいて、その人が小説を読んで、書いた私自身が想像もしなかったような、新しい、作者自身が込めた記憶のないような風景を、そこに読み取ってくれる、そういう小説を書かなきゃいけない、いや、書きたいと思います。

という小川の宣言は、一読者として自分のなかに川端康成が生きていること、また、自らが作家であることの必然性を告白している。川端康成は作家の死に際して、〈我々文学者の生命は最も深く自らのうちに生れ、最も豊かに他のうちに生きる。〉（「武田麟太郎弔辞」一九四六・四・二）と述べていた。〈他〉（読者）のなかに生きる生命は、次世代の作家（読者）に受け継がれ、さらに生き続ける。優れた小説家は何度でも転生する。

参考文献

小川洋子『妖精が舞い降りる夜』（角川書店、一九九三）
――――『心と響き合う読書案内』（ＰＨＰ新書、二〇〇九）
高橋真理「「たんぽぽ」研究史」（羽鳥徹哉・林武志・原善編『川端康成作品研究史集成』鼎書房、二〇二〇）
田畑書店編集部編『小川洋子のつくり方』（田畑書店、二〇二一）

7

原田マハ

絵画小説としての『異邦人（いりびと）』
――川端康成との関連性に触れて

李雅旬

1　はじめに

原田マハ『異邦人（いりびと）』は、二〇一二年五月から二〇一四年四月まで（二〇一三年九月を除いて）、二三回に亘って『文蔵』に連載された。翌二〇一五年三月にＰＨＰ研究所より単行本として刊行された。さらに、加筆修正の上、二〇一八年三月には文庫版がＰＨＰ研究所より出版された。また、二〇二一年一一月二八日から一二月二六日までＷＯＷＯＷプライム「連続ドラマＷ」で「いりびと―異邦人―」と題して高畑充希主演で放送され、好評を博した。原作よりもドラマの方が評価され、ドラマを見てから原作を読む人もいたが、その理由には、原作では京都がひたすら賛美され、東京は露骨に貶されるところが恣意的であるといったことが挙げられる。

『異邦人』は、二〇一一年四月上旬、銀座の老舗画廊の専務を務める篁一輝が、一〇日前に京都に来ていた妊娠中の妻の有吉菜穂に会うために、深夜の京都駅に初めて到着するところから始まる。有吉美術館の副館長である菜穂が、美濃山画廊で白根樹の絵に出会ったり、京都の画壇や文化界と関わったりしているうちに樹を応援すると決める。一二月下旬、菜穂は、養母の克子と関係した夫の一輝と別れ、生まれたばかりの赤子とともに京都で生きていくと決心する。春から冬までの八ヶ月余りの間の出来事が語られている。

『異邦人』は、3・11東日本大震災と原発事故が背景にあることから、「3・11小説」、「震災後文学」、「原発文学」とされてきた。また、川端康成の「古都」と類似していて、原田も自ら「この春上梓した京都が舞台の小説『異邦人』は、敬愛する川端康成『古都』へのオマージュ」と述べていることや、第六回京都本大賞を受賞したことから、「京都小説」と読まれてきた。さらに、老舗画廊や美術館、数多くのアート作品が登場していることから、「アート小説」と、画家多川鳳声の謎の死や姉妹の出生の秘密などが描かれていることにより、「アートミステリー」と評されてきた。本稿では、『異邦人』における絵画にフォーカスし、絵画小説としての『異邦人』のあり方を明らかにしていく。

II　『異邦人』の文体

『異邦人』において、顕著な文体的特徴は、体言止め表現が多用されていることである。たとえば、テクストには、菜穂と樹を引き寄せることになる青葉の絵という重要な絵画作品が登場するが、その青葉の小品について、以下のような記述がある。

――クレーのような、青葉の連なり。

一輝と一緒に行った、パウル・クレーの展覧会。淡い色、ときには深い色彩を重ねて、クレーの絵の数々がさざ波のように菜穂の胸に立ち上った。

まさか、クレーの絵ではあるまい。けれど、クレーの絵のいちばんいい部分を集約し、日本画に翻訳したような、抽象的な青葉の絵だった。ショウウィンドウに出ていた志村照山の作品よりも、はるかに強い磁力を放つ絵。

自分の中で、何かが、ことりと動く感じがあった。

いや、違う。動いたのではない。刺さったのだ。

菜穂の胸中に、得体の知れない感情が、つむじ風のように巻き起こった。

えも言われぬ感情。見果てぬ欲望の予感があった。(「青葉萌ゆ」)(傍線波線引用者以下同様)

菜穂が初めて青葉の絵を見た場面である。傍線部にあるように、「連なり」、「展覧会」、「絵」、「感情」と名詞で文が結ばれる。このような体言止め表現は、優れた絵に出会った時の主人公の感動をあらわすために用いられたと思われるが、省略されたものとも解釈できる。体言止めは、もともとは和歌に用いる技法であり、余情を残す効果があるとされている。

『異邦人』では、ほかに「そのとき、菜穂の胸中にあったのは、あの青葉の絵。」(「山鳩の壁」)、「白いシャツに、ジーンズ。ベージュのパンプス。バレッタで無造作に結い上げた黒髪。(中略)凪いだ湖面のように静まり返った瞳。冬の木立のような凛とした立ち姿。」(「無言のふたり」)、「鮮やかな杉苔の緑、その上を覆う紅葉の落ち葉。その鮮烈な赤。」(「紅葉散る」)などとあり、とりわけ絵を描出する際に体言止め表現が多用されている。

さらに、『異邦人』には絵画作品が数多く登場しているほか、「絵のような〜」といった表現が目立つ。たとえば、以下のような比喩表現がしばしば見られる。

A　後ろ姿が遠ざかっていた。やはり、絵のような後ろ姿だった。(「うつろい」)

B　せんは隷書を得意としていたが、文字のひとつひとつには踊り出すような躍動感があった。それは、ほとんど「絵」といってもいいような、すぐれた造形だった。(「花腐す雨」)

C　クレーの絵に向き合う後ろ姿こそが絵のようで、思わず見とれていた。(「無言のふたり」)

D　ひと目見たら強く印象に残る絵のような佇まいが、彼女にはあった。(「寄るさざ波」)

E　朝から降り続いていた雨が上がり、薄雲が嵯峨野の山のいただきを墨絵のように霞ませている。(「睡蓮」)

上記の例文では、それぞれ「後ろ姿」、「書道」、「佇まい」などを絵画に喩えている。

ほかにも、「まるでクレーの画集を目の前に広げたかのようだった」(「無言のふたり」)、「それはまるで、音を消して眺める、創り込まれた映像のワンシーンのようだった」（「寄るさざ波」）といった表現が使用され、画集や映像などに喩えることで、テクストと絵画・映像の親密度が高められている。

ちなみに、掌編小説「背中」（『20 CONTACTS 消えない星々との短い接触』幻冬舎、二〇一九）において、川端がノーベル文学賞を受賞した理由について、川端の小説が「映像的」だからであると原田は言っている。「まるで映画のカットインのような場面のつながり。状況説明が一切ない、だからこそ、まるで一幅の絵のようでもある」と、川端作品についてやはり「一幅の絵のようでもある」と説明している。また、川端作品の読書体験は、「すぐれた美術館で、すばらしい絵や彫刻や書画骨董を目にしたときの幸福感に、とても似ています」とも記し、川端文学の「美術的」な部分の秘密を的確に指摘している（「背中」）。ただ、川端文学には絵画が登場することが多く、また川端文学は直喩依存症とされてはいるが（石川則夫「言語観―言語不信が要請する言語依存―」田村充正・馬場重行・原善『川端文学の世界5　その思想』勉誠出版、一九九九）、「絵のような」という表現が頻繁に使用されていない。

無論、「絵のような」という比喩表現の多用は、小説の視覚性が高いということを意味しているわけではない。また、絵画作品が多数登場しているからといって、必ずしも絵画小説であるとは言えない。次節では、絵画小説の定義および『異邦人』における絵画について検討していく。

Ⅲ　絵画小説としての『異邦人』

絵画小説に関する研究は、芳賀徹によるものがある（『絵画の領分　近代日本比較文化史研究』朝日新聞社、一九八四）。芳賀の研究以降は、とりわけ夏目漱石の「草枕」や「三四郎」を絵画小説としてとらえることが、なかば定説となっている（渥美孝子「夏目漱石『草枕』―絵画小説という試み―」『国語と国文学』東京大学国語国文学会、二〇一三）。

「絵画小説」の定義は決まっていないが、芳賀によれば「絵画小説」では、絵画の成立のプロセスが、小説の冒頭から結尾までの潜在的な強い原動力となっている。ただ、芳賀によるこの定義は「絵画小説」よりも、むしろ「絵画制作小説」（絵画制作のプロセスを中心に展開していく小説）のことを指していると考えられる。その後、林正子は芳賀論を踏まえた上で、「絵画（実在でも架空でも）のイメージやその派生的なイメージが作品中で重要な役割を担うような小説」を「絵画小説」と規定している（「森鷗外ドイツ三部作のイコノロジー――「絵画小説」の方法による作家の〈自画像〉創出」『森鷗外と美術』鷗外研究会編、双文社出版、二〇一四）。本稿では、林の定義に従うことにするが、「絵画小説」という概念をより明確にするために、翻訳・引用の理論を参照する。

「絵画小説」という概念は、大正期から今に至るまで、「挿絵小説」と混同して使われることがある。その区別を明らかにするうえで、われわれに示唆を与えてくれるいくつかの記号学的理論がある。

ロマーン・ヤーコブソンは、「すべての言語記号の意味とは、その記号と置き換えられ得るもっと別の、交替的な記号への翻訳であ」るとして、さらに、言語記号を解釈する方法を、「言語内翻訳」「言語間翻訳」と「記号法間翻訳」の三つに区別し、翻訳の観点から異なる記号体系の相互翻訳の可能性を提示している（「翻訳の言語学的側面について」『一般言語学』川本茂雄監訳、みすず書房、一九七三）。「記号法間翻訳」の例としてヤーコブソンが挙げているのは、「ことばの記号をことばでない記号体系の記号によって解釈することである」が、言葉でない記号体系の記号を言葉の記号によって解釈することも「記号法間翻訳」の一種に違いない。

一方、豊崎光一は「あらゆる翻訳は引用である」（「翻訳と／あるいは引用」『他者と（しての）忘却』筑摩書房、一九八六）と主張している。豊崎によると、「翻訳というものは引用の極めて特異なケース」に過ぎず、あらゆる翻訳が一種の引用であるばかりではなく、およそあらゆる言語活動は一種の翻訳ないし引用と見做すことができるという。

それに対して、ネルソン・グッドマンは翻訳を直接引用と間接引用の中間物であると解釈し、また、言語的引用に限らず、絵画や音楽の引用、引用されるものと引用するものとが異なった体系に属する場合の体系間の引用、さらには異なる記号媒体間の引用についても考察を行なっている。グッドマンは、「絵を言語に直接または間接に引用できるように、言語表現も絵によって引用できる」（『世界制作の方法』菅野盾樹・中村雅之共訳、みすず書房、一九八七）と指摘している。つまり、絵を言語に直接引用した場合、そのテクストは異なる体系の混合物になるが、絵をいったん言語に言い替えたうえで、テクストに間接に引用し、表現することもできるということである。グッドマンの考えに従えば、絵画小説は「体系間の引用」を内包しているのに対し、挿絵小説は「体系の混合物」ということになる。

『異邦人』において、樹の描いた青葉の小品について、「クレーの絵のいちばんいい部分を集約し、日本画に翻訳したような、抽象的な青葉の絵だった」（「青葉萌ゆ」）と表現されているが、上記のような引用・翻訳に関する理論を参照すれば、ここではまず西洋画が日本画に翻訳されてから、「記号法間翻訳」によって、青葉の小品という抽象的な日本画が言語の形になったのである。

『異邦人』では、クロード・モネの「睡蓮」など実在する絵画作品が登場するほか、言葉によって数々の虚構の絵画作品が創出されているが、その言語表現は特徴的である。以下に、一例を見てみよう。

> 目の前に、いちめんに紅葉が散る庭が現れた。
>
> 鮮やかな杉苔の緑、その上を覆う紅葉の落ち葉。その鮮烈な赤。その合間を縫って、一条の陽光が差し込む。光に照らされたところだけ、苔も、落ち葉も、黄色く、また白く輝いている。
>
> 紅葉散る庭の絵を畳に敷き詰め、その上に板を渡して、樹が立っていた。彼女の背後にある本物の庭では、燃え上がるような紅葉の木々がしんとして佇んでいる。
>
> 広間の右手には、すでに完成している六曲一双の屛風、「焔」。左手には、祇園祭の際に瀬島邸に飾られて

いた「睡蓮」。そのすべての中心で、小宇宙を支配する女神のように、樹が立ち尽くしていた。（「紅葉散る」）

普通であれば、「鮮やかな緑の杉苔」または「杉苔の鮮やかな緑」というだろうが、テクストでは「鮮やかな杉苔の緑」となっている。このような「修飾語を本来かかるべき語とは別の語に割り振る文彩」はレトリック上では転位修飾法と呼ばれている（野内良三『日本語修辞辞典』国書刊行会、二〇〇五）。転位修飾のレトリックは絵画小説においては珍しくない。画家または美術関係者の視点から絵画などの物事について記述する際に、色彩の方に焦点が絞られているからである。要するに、「紅葉散る庭の絵」が菜穂の目に映る時、上記の傍線部のように知覚されるのである。

『異邦人』に登場する絵画作品についての描写は、ほぼ菜穂の視点からなされている。ほかの登場人物、克子などにどう見えるのかは、会話形式でしか表現されていない。例えば、樹の青葉の絵が菜穂の目に映る時は、障子越しの淡い光にも敏感に反応して、豊かに表情が変わるのだと擬人化して表現されている。また、有吉美術館の目玉作品であるモネの「睡蓮」については、「親しい友の訃報に触れた思いだった」や「まるで友だちが売られてしまったような無念を味わった」と菜穂は受け取る。要するにモネの「睡蓮」は、絵に対する主人公の心情しか読み手に伝えられておらず、中身や色彩は描かれていないのである。

モネの「睡蓮」とは違って、簡略ではあるが、樹の「睡蓮」はどういうものであるかは、作中では記述されている。「床の上いちめんに広げられた和紙に描かれていたのは、空を映して沈黙する水面。そして、そこに浮かぶ睡蓮だった」（「睡蓮」）と菜穂の目には映っている。モネの「睡蓮」は有名すぎて、あえて描写しなかったのであろう。樹の「睡蓮」も、どんなものが描かれているのかは書かれているが、どのように描かれているのか、具体的な手法や色彩までは記されていない。結局、樹の「睡蓮」は、屏風祭での人々の賛嘆によって間接的にしかその見事さが語られていない。

さて、『異邦人』には「睡蓮」の絵が三点登場している。一輝と菜穂の夫婦関係が破綻するきっかけとなった取引のモネの「睡蓮」と、樹の才能が周囲の人々に認められるきっかけとなった樹の「睡蓮」の屏風と、そしてもう一つ、菜穂が百万円の高値で直接樹から購入した「睡蓮」の小品である。この三点目の六号サイズの「睡蓮」の小品については、「紫がかった青い池にぽつぽつと花弁を開く睡蓮。みずみずしい真珠の粒のような花が日差しに輝いている。一見すると、油彩の作品のようにも見えるが、繊細な色の岩絵の具で緻密に描き込んでいるがゆえである」（「送り火」）と色彩や顔料まで具体的に解説されている。「送り火」の章では、一輝に内的焦点化しながら語られているが、「睡蓮」の小品については語り手によって解説が行われているとも読める。

以上のように『異邦人』において、絵画作品は言葉によって描かれるが、くどくど描写されておらず、簡略に記述されている。実際、テクストでは、言葉と絵の関係について、「ほんものの傑作に出会ったとき、人はどんな言葉も失うものだ」（「宵山」）、「言葉の一切を奪い去ってしまう、それほどまでにその絵は圧倒的であった」（「宵山」）などと、絵画は言葉によって表現しがたいという芸術観が作中から読み取れる。このような認識は、川端と共通している。川端にとって文学と絵画には根本的な差異があり、絵画は完全に言語化できないのである。つまり、川端も原田も絵画は言語化しがたいということに意識しながら、絵画を小説に取り入れる方法を模索していたのである。

『異邦人』には、画廊に展示される絵や美術館所蔵の絵、菜穂の購入した絵、登場する画家が描きかけた絵など絵画作品が散りばめられている。とりわけ、樹の創作に限って言えば、十号程度の青葉の絵から六曲一隻の睡蓮の屏風、六号サイズの睡蓮の小品、燃え上がる焔の絵、紅葉散る庭の絵までいくつかの絵画作品がリレーする形で、物語の発展上、重要な役割を果たしている。菜穂と樹姉妹が出会う契機となったのは青葉の小品である。その後、睡蓮の屏風によって樹の画才が周囲の人々を驚かす。さらに、姉妹が組んで樹が京都でデビューすることなって、樹は次々と大作を手がける。最後に、志村照山への復讐を遂げ、姉妹は新しい生き方の可能性を開くことになる。樹の絵は季節に合わせて、春には青葉、夏には睡蓮、秋には紅葉をそれぞれ画題としている。絵画作品が物語のなかで重要な役割を担う『異邦人』は絵画小説であるには違いない。

ただ、川端の絵画小説と比較して、『異邦人』において、風景描写が少ない。川端は風景描写を重要視する作家である。一方、『異邦人』では、例えば、樹の青葉の絵と、美濃山画廊のショウウィンドウに飾られていた照山の「青葉萌ゆ」の絵と、萌え出る青葉の景色と、三者は類比関係をなしながら、対比されているが、青葉の風景は描かれておらず、青葉の絵も手短に記述されているだけである。『異邦人』では、描写的場面（ジュネットの用語でいう示すこと）がやや少ない。どちらかというと、ミメーシス性よりは、物語性優位の記述的な作風である。

Ⅳ　川端康成の京都小説との関連性

原田マハは掌編小説「背中」において、「しかしそんな激務の中でも、私がもっとも愛するあの美しい物語たち――『美しさと哀しみと』や『古都』を書き上げたというのだから」と川端の創作について記している。確かに、原田の『異邦人』は川端の古都三作『虹いくたび』（『婦人生活』一九五〇・三～一九五一・四）、『美しさと哀しみと』（『婦人公論』一九六一・一～一九六三・一〇）、『古都』（『朝日新聞』一九六一・一〇・八～一九六二・一・二三）と物語の構成やモチーフなどの点において共通している。

大木年雄と上野音子の間で視点が変わる『美しさと哀しみと』は、年の暮れから夏までのメインストーリーと、錯時法による数多くの挿話からなっている。挿話を引き出す装置は作中作の「十六七の少女」だけでなく、絵画作品とりわけ音子の絵によっても担われている。メインストーリーから挿話に及び、またメインストーリーに戻ってくるという往復運動の構造となっている。音子はメインストーリーにおいては絵を創作する行為はあっても、完成した絵画作品は全て挿話にある。振幅の差こそあれ、それぞれの絵から相関する挿話が引き出される。音子の絵で、一番長い振幅と射程を持っているのは「嬰児昇天」で、二〇年の物語時間が流れている。

全二三章からなる『異邦人』は、奇数章は一輝に即した語りであるのに対して、偶数章は菜穂に焦点化している。同じ出来事に対して夫婦それぞれの心情が語られたり、内的独白が行われたりするがゆえに、物語言説の時間的順序は一層多重化する。このような構成は川端の『美しさと哀しみと』と明らかに似ている。また、『異邦人』でも、錯時法が多用されている。ただ、『虹いくたび』や『美しさと哀しみと』など川端文学においては、絵画が挿話を引き出す装置となっているが、『異邦人』では例えば多川鳳声の死や菜穂の出生の秘密などの挿話は、絵画によって引き出されるのではなく、回想の形式をとっているのである。『美しさと哀しみと』は、音子が絵画を通して、大木と文子の家庭に復讐を遂げた絵画制作小説であるといえる。原田の『異邦人』は、父を殺された樹が絵を描くことを通して、志村照山への復讐を遂げた絵画小説として読むことができる。

さらに、物語内容からいうと『異邦人』は、『虹いくたび』や『古都』の血縁というモチーフを受け継ぎ、姉妹関係を描いていると考えられる。異父姉妹再会の物語としての『異邦人』は、見方を変えれば、同一の男性をめぐる母娘の物語としても読むことができるが、川端作品にも、娘が母の恋を受け継ぐという小説が多い。昭和初年代の「父となる話」（『週刊朝日』一九三三・四）、そして、「母の初恋―愛する人達―」（『婦人公論』一九四〇・一）、戦後の『千羽鶴』（一九四九・五～一九五一・一〇）、『東京の人』（一九五四・五・二〇～一九五五・一〇・二〇）は、いずれも母娘が同一の男性を愛するという設定となっている。

大森望は「解説」（『異邦人』ＰＨＰ研究所、二〇一五）において、「春から冬までの京都を舞台に、さまざまな年中行事を織り込んで描くという『古都』のスタイルは、本書に引き継がれているし、菜穂の実家の事業が傾きかけているという設定も、『古都』の千重子と重なる。その意味では、現代版の『古都』として『異邦人』を読むこともできるだろう」と記している。確かに、葵祭や祇園祭など京都の行事と、姉妹の巡り合いが書かれていることは、川端の『古都』を思わせるが、屏風祭りなど『古都』で描かれていないところを『異邦人』が補うというところもある。また、芸妓の真樹乃が「へえ、生みますえ。そやけど、この子は、有吉家のお子として育てておくれやす。うちは、一生、そのお子の母やとは名乗らしまへん。あんさんの息子さんのお子として、息子さんご夫婦にお育てもろておくれやす」と提案したことや、菜穂が一輝と別れると決心したことなどからは、川端の京都三部作にない女性の主導的立場が読み取れる。上記のように『異邦人』は、川端文学における物語の時間的構造、そして姉妹関係、母娘関係といったモチーフを受け継ぎながら、川端文学と相違点を示している。

V　おわりに

以上、本稿ではまず、『異邦人』における絵画の表現方法、例えば体言止め表現や、「絵のような」という直喩表現、転位修飾のレトリックなどを分析した。また、翻訳・引用の理論を参照しながら、「挿話小説」と「絵画小説」、「絵画制作小説」の区別について考究した上で、絵画小説としての『異邦人』のあり方を検討した。樹の描いた絵画作品がリレーする形で、物語の発展上、重要な役割を果たしている『異邦人』は絵画小説にほかならない。

一方、川端の絵画小説では、体言止め表現や、「絵のような」という直喩表現が用いられていない。原田も川端も、言葉によって実在または虚構の絵画作品を創出しているが、絵画は言葉によって表現しがたいという芸術観が一致しているといえる。両作家とも絵画は言語化できないと自覚した上で進んで絵画を小説に取り入れることに腐心する。ただ、川端の絵画小説と比較して、『異邦人』では、風景描写や人物描写がやや少なく、描写よりも、記述的な作風である。

付記　本稿はSupported by the Fundamental Research Funds for the Central Universities S20220071 また、浙江省社会科学界联合会研究課題 2022N03 による研究成果の一部である。

8

乗代雄介

スパイより愛を込めて
——「最高の任務」と川端文学

平井裕香

Ⅰ　はじめに

小説家の乗代雄介は古今東西の文学者たちと真摯な対話を重ねることで自らの作品を生み出しているが、川端康成にも相当な思い入れがあるように見える。「こういうものをつくりたい」と中学時代に思ったというい がらしみきおの『のぼるくんたち』には（「受賞のことば」『群像』七〇巻六号、二〇一五）、明らかに川端をモデルとしたキャラクターが登場する。その乗代がデビュー作の「十七八より」から「未熟な同感者」、「最高の任務」、「フィリフヨンカのべっぴんさん」と書き接いでいるのが、東京の裕福な家庭で育ち、独身だった父方の叔母の死を経験した美貌の女性・阿佐美景子を書き手として設定した小説だ。非凡な知性と教養を持つその叔母・ゆき江を追いかけるように文学にのめり込んだ景子が、日々の出来事や思索について魅力的な饒舌で語る。この乗代のライフワークとも呼ぶべきシリーズに川端への言及は未だないものの、その気配を濃密に感じ取れるということが本稿の動機かつ主旨である。保坂和志が対談で川端の影響を指摘する「未熟な同感者」の性愛の場面（「書かない者のまなざしを忘れて書くことはできない」『群像』七四巻一号、二〇一九）、あるいは茶道や禅のモチーフに注目してもよいのだろうが、今回は二〇一九年の「最高の任務」に焦点を据えたい。

同作において、阿佐美景子は小学五年生の頃から断続的につけていた自分の日記を読み直し、その一部を書き写す。この〈昔の自分の日記を写す〉営みは、川端が「十六歳の日記」という初期作品で行っていたか、行っているふりをしていたことである。どちらにおいても書き手は日記に忘れていた過去を見出し、そうした書き手による過去の発掘が主題となっている。その過去が叔母か祖父という、書き手の近親者が生きていた時間だという点も重なる。ちなみに、景子は叔母と茨城県の閑居山（かんきょさん）へ行く約束をしていた日、未明に「年は問わず五月四日にまつわる日記や書簡」を叔母と共有の書庫から持ち出し、「気に入ったものをノートにせっせと書き写」していたために大寝坊をかましてしまうが、「十六歳の日記」の日記は五月四日から始まっている。景子がそれを読んでいたと断定する無茶をしなくても、川端を想起するように促す作者の目配せを受け取ることはできるだろう。景子が読んでいなければ、まして叔母の膨大な蔵書に同作が含まれていなければ、それはそれで意義深い。

もちろん、「最高の任務」は「十六歳の日記」という短編よりも複雑で、これから詳しく論じる通りそれとはいくつかの重要な点において異なっている。本稿が試みるのはそうした違いにこそ着目し、「最高の任務」を中心とする阿佐美景子シリーズを川端文学全体への批評として読むことである。そのような読解を通じて、現代文学とモダニズム文学を結ぶ線という大きな問題を見据えつつ、乗代雄介と川端康成それぞれの個性に迫りたい。

II　「最高の任務」の記憶と風景

まずは、「最高の任務」において日記を書き写す行為がいかに過去の発掘に組み込まれているかを押さえよう。そもそも、本作は景子の「大学の卒業式の日の日記」だということが終盤で明かされる。ただし、すぐに「もはや日記とは言い難いこの書く営み」と留保が付けられるように、ある日の日記と言うには長く、実際に書かれる出来事も同じ年の二月から式後の小旅行を終えて書庫で相澤忠洋の『赤土への執念』を見つけるまでにわたっている。後半の式当日についての記述に差し挟まれる二〇一九年五月十五日の日記が、茂林寺前駅を通過する電車の中での回想の代わりとなっているのに対し、前半で書き写されるその他の七日分の日記は、卒業式に出ないことを叔母が認めるかといえば「それが、そうでもないのよね」という母親の謎めいた言葉を受け、その根拠を確かめるための手段となっている。つまり五月十五日の日記は、書き写す時点の景子が忘れていたことを含んでいる点で二〇〇九年七月三十日、翌年三月十五日の日記と共通しているが、書き写す時点の景子が既に思い出していたことも含んでいる点で特殊である。さらに、二〇一九年五月五日と十五日の日記は他よりずっと長く、叔母の死後に綴られている。生前の叔母と訪ねた場所を再訪したうえで書かれたそれは、それ自体が景子による過去の発掘の記録と言える。二〇一一年九月二十九日の日記も、叔母生前の短いものだが、「あんた、誰？」という小学生の頃の日記の書き出しを想起したことを記録している。加えて、二〇〇九年七月三十日の日記は、式後の小旅行のさまを書く過程で想起され、『赤土への執念』とそれにまつわる過去の発掘へ景子を駆り立てている。要するに本作における日記は、景子が過去を掘り起こす手段であるだけでなく、掘り起こした結果として書き写しているものであり、かつて掘り起こした記録であり、さらなる掘り起こしへと彼女を促すものでもある。

そうした複雑なプロセスの末に景子が発掘する過去は、もはや彼女一人に属する記憶などではないだろう。茂林寺前駅よりも先、藪塚駅に着く頃に母親と交わした会話の後、景子は次のように書く。

こう書いていて、車内で母と話している時には思い出しもしなかった日記のことに気がついた。六年生の夏休みのある日の「読書感想文は相澤忠洋の『赤土への執念』で書くことにした」という記述のことだ。私はそれで読書感想文を書いた記憶がない。他の年の読書感想文だって、学校代表になったこともあったけれど何一つ覚えていないから無理もない。私には、叔母が「それで書いたから」というだけで十分だったのだろうし、それが未来の私に何をもたらすかなんて考えもしなかった。だから、この先は相澤忠洋の縄張りだからと叔母に言われた時も、そんなことは全然思い出さなかった。叔母は思い出していたに決まっている。

傍線部に目を留めるなら、景子はそう書く時もなお感想文を書いたことを自分自身の経験として確かに想起してはいない。叔母が「それで書いたから」『赤土への執念』で感想文を書いたという日記は思い出されているが、そう書き綴った記憶が景子に感想文を書いた記憶を蘇らせてはいないのだ。それはむしろ「この先は相澤忠洋の縄張りだからと」景子に言った時の叔母が、昔の自分か景子が同書で感想文を書いたことを「思い出していたに決まっている」との信念をもたらしている。ゆえに、この後「矢も楯もたまらず」「叔母の蔵書である『赤土への執念』を探」す景子の行為は、自らの過去を掘り起こし記憶を呼び返そうというより、叔母が持っていたはずの記憶を自らの身体に迎え入れようとする営みだと考えられる。結果として発見される同書について、「おそらくそれは叔母の蔵書で、これを私も読んだのだろう」と、景子は留保を交えて書く。さらに、そこに挟まれていた三枚の手書き原稿について、叔母がそれを書いたという可能性を残しつつ、自分が書いたことを示唆する筆跡や構成にも触れる。それは、景子が求める過去が誰か一人に属すのではない、言わば〈誰でもないところからの思い出〉であることを意味している。確かにそれは欲望され、徹底した自己言及を通して見出されるに過ぎない幻のようなものだが、そのことが露わになったとしても欲望する主体の記憶に回収されはしないだろう。あえて付けた「おそらく」叔母の蔵書であるという留保、強いて残した原稿を叔母が書いた可能性は、『赤土への執念』とそこに挟まれた原稿が叔母と同じ宿題を小学校で課されていた父親のものであるという可能性を呼び寄せる。もちろん、そうかもしれないこと自体が重要なのでなく、景子がそうかもしれないと思い得ることが重要だ。

ところで、景子が求めるものを〈誰でもないところからの思い出〉と先に呼んだのは、『誰でもないところからの眺め』といういがらしの近作のタイトルを踏まえてだった。そうした換骨奪胎を大胆にも行ったのは、彼女一人の所有を越えるものに対する景子の志向が記憶だけでなく風景に関しても見て取れるからである。例えば、二〇一九年五月五日の日記には石岡駅と閑居山の間の公園の風景が次のように描かれる。

狭い区画のどこもかしこも、草花が春を謳歌している。ブランコはほとんど草に埋もれ、砂場にさえナズナが生えそろい、奥の雑木林にそのまま続くゆるい傾斜ではサクラソウの淡紅色が点々と、木陰の内や外で穏やかな風にそよいでいた。上空ではクマバチが縄張りを見張って浮揚して、ふいの旋回が引き起こした小競り合いで私のそばまで相手を追い立ててまた戻る。ベンチの前に目を落とせば、さっきから目の底にかかっていたハナアブの低い旋回。背伸びしたシロツメクサの花の隙間を飛び回り、時折ぶつかるようにとまって玉のような白を震わせている。タンポポの綿毛は風の吹き込む道路側だけが禿げて見事な半球を並べて、そこを飛びすぎるツグミの影は強い陽射しのせいでとても黒く小さくいつまでも目に残った。

小説家の町屋良平はあえてこの直前の一段落を引用し、それがこの風景を「心象でないものとしての外界」にすると指摘する。その段落では叔母と来てから「季節は何度か巡ってしま」い、自然は細部においては変化し、全体においては当時も今も変わらないかのように見えるが、「少なくともその風景は、二人でいた数年前のために、今も心をこめて書き足すことができる」と述べられている。町屋によれば「そうしたある種の諦念からいいわけを、すでに書かれたものや物語を捧げることによってますます阿佐美景子という語り手の内在が内にこもっていき、いわば内在の内在として外界を暴き出」した結果が、右に引いた風景なのだ（「ぶかぶかの風景——乗代雄介「最高の任務」」『群像』七五巻七号、二〇二〇）。徹底した自己言及により誰かの心象風景ではない、外界としての風景を追求する営みは、〈誰でもないところからの思い出〉を追求する営みと表裏一体と思われる。景子が描く風景について町屋の出色の乗代論に付け足せることはほぼないが、そこに多く現れる動植物の名前には注意を促していいかもしれない。五月十五日の日記には、いつかどこかで叔母が景子の「次から次への質問に野草図鑑でいるのに飽きて」、ものにふさわしい名前なら「ひとりでに判って来る」という太宰治の一節を引用したことが書かれている。生物の名前の一つ一つがそのものを見た瞬間に正しく認識されていたのか、それを描写するために後で調べ直されたのかは当然ながらわからない。しかし後者の場合でも、日記を書き読むことでその主人公と書き手として立ち上がってくる阿佐美景子は、叔母が口にした引用を胸に刻むだけでなく、ものの名前を「皮膚から聞い」て、「ぼんやり物象を見つめているると、その物象の言葉」に肌をくすぐられるようになっている。半ば叔母として風景を眺めていると言ってもいい。さらに、叔母が引用に続けて話した阿佐美という彼女たちの名字のいわれが、卒業式後に父親の口から語られるにあたり、景子はアザミを父親としても眺めていたと知ることになる。それもまた書き綴る景子は、まさに〈誰でもないところからの眺め〉を志向しているだろう。

Ⅲ　川端文学の記憶と風景

以上のような思い出・眺めは、川端が「十六歳の日記」に立ち戻りつつ、生涯を通して追求していたものでもあると考えられる。一九二五年に発表された同作で、既に過去は書き手一人に属さないものとして扱われている。川端は一九一四年の日記に書かれている生活を忘れていたことを受け、「私が記憶してゐないとすると、これらの日々は何処へ行つたのだ」、「どこへ消えたのだ」と自問する。尤も、直後に「これらの日々」が「私の記憶に蘇つた」と述べるその時の川端に、文字通りの他者の記憶を迎え入れようとする姿勢は見て取り難い。しかし、日記の中の「祖父の姿は私の記憶の中の祖父の姿より醜くかつた」と、そうして蘇った記憶と元々持っていた記憶とのずれは感じられている。さらに一九四八年、同作を十六巻本の全集に収録するにあたり、川端は後書きの中で「記憶してゐないからと言つて、過去のなかへ「消えた」とも「失つた」とも簡単には考へられない」と語る。川端の記憶をめぐる意識は、敗北に終わった戦争を経て深化してゆくと言っていい。加えて「十六歳の日記」を発表する際に、当時の自分は祖父の姿を「写して置きたいと思つてゐた」、「祖父の言葉をそのまま筆記しようと思つた」と、川端は日記における表現態度を説明していた。そして一九三八年、同作を九巻本の選集に収めるにあたっては、「ただ身辺の素直な写生が、動かし難い作品を残した」という後書きを付す。先ほど挙げた一九四八年の後書きにも一九一四年の日記が「作品としてとにかく読めるのは、この写生のせゐ」だとある。注意したいのは、川端が「十六歳の日記」の手法をこうして写生と名指す時、そのあるべき対象として新たに想定していたものが風景らしいということだ。川端は一九三六年、「鈴木三重吉」というエッセイで鈴木の「風景の写生」には感心したと書いている。また、前年から連載を始めた「雪国」において「自然の写生につとめた」ことを、一九六七年の「一草一花(8)――「伊豆の踊子」の作者(八)」で振り返っている。一九三〇年代半ば以降の川端が「十六歳の日記」の手法を変形しながら応用し、風景や自然の描写に注力していくことは間違いない。

そのような記憶と風景に対する認識の深まりが、とりわけ互いに絡まり合って結実した作品が、一九五八年の「弓浦市」だと考えられる。主人公でベテランの小説家・香住庄介は、ある日、九州の弓浦市で三十年ほど前に彼と会っているという婦人の唐突な訪問を受ける。三人の先客たちの前で、今は村井で旧姓は田井だというその婦人は香住と会った経緯を語り、香住もまた九州をともに訪ねた今は亡き先輩小説家を想起する。しかし、その時行ったという彼女の部屋が香住には全く思い浮かんで来ず、二人きりになった際、その部屋で香住に結婚を申し込まれたと言われても、そのことをまるで思い出せない。自分を不気味に感じた香住が、村井婦人を見送った後で先客たちと調べると、「弓浦といふ地名の市は、九州のどこにも見あたらなかつた」。

三人の客たちは今の婦人客の幻想か妄想かについて、こもごも意見を言つては笑つた。勿論、頭がをかしいといふ結論である。しかし、香住は婦人客の話を半信半疑で聞きながら、記憶をさがしてゐた、自分の頭もをかしいと思はないではゐられなかつた。この場合、弓浦市といふ町さへなかつたものの、香住自身には忘却して存在しないが、他人に記憶されてゐる香住の過去はどれほどあるか知れない。

香住が他の客とは違って婦人の妄想を笑えないのは、自分が忘れているからといって、ある物事が「過去のなかへ「消えた」とも「失つた」とも簡単には考へられない」ことを知っているからだろう。それはまた、香住にも弓浦の小さい神社の「椿や弓形の港の夕焼け」が「婦人客の話に誘はれて頭に浮んで」いたからだ。そうして香住が探していた弓浦の記憶と風景は、自分がそれを経験したと確信してはいない点で婦人の記憶と風景であり、弓浦市という町が実在してはいない点で誰にも経験され得ない、誰でもないところからの思い出・眺めと言うことができる。この短編における記憶と風景の特異さに関しては既に多くの議論があるが、それと名前の関係に改めて注目しておきたい。婦人によれば弓浦市は「山つづきの海岸線に刻んで作つたやうな、弓形の小さい港」だから弓浦と名付けられ、その窪みにたまるような美しいと有名な夕焼けを香住とともに見た。香住が婦人に対して自らその名前を口にするほど弓浦市の実在を信じて記憶を探していたのは、その名前といわれとなった風景がぴったり重なり合い、香住の中でリアリティを持ったからと思われる。そもそも、三人の客たちが婦人を狂人とみなすのは弓浦という地名がないから、それ以上でも以下でもない。記憶の真偽や風景の存否は明らかになっていないのに、それを信じさせてしまう名前というものの力も、この奇妙な短編で川端は問うていたように見える。

こうした川端の文章を、「最高の任務」執筆時の乗代がどこまで実際に踏まえていたかはわからない。しかし、「十六歳の日記」と一九四八年の後書きも「弓浦市」も、「本物の読書家」の引用・参考文献である最新の三十五巻本全集の第二、第八巻に加えていくつかの選集や文庫に収められている。「最高の任務」で景子と叔母が師付(しづく)の田居(たい)を訪れることはおそらく偶然に過ぎないが、本稿で取り上げた記述を乗代もまた読んでいた可能性は極めて高い。そして読んでいなくても、論じてきた共通点を現代文学とモダニズム文学を緩やかにつなぐ線として見ることはできるだろう。町屋は「最高の任務」における風景について述べる前、それと異なる方法で、けれども同じく小説でのみ可能な風景を描いたとして、ヴァージニア・ウルフの『灯台へ』、『歳月』、『波』に触れている。町屋によれば、そこにおいては感覚の帰属先となる登場人物が曖昧な「非人称的風景」と「意識の流れ」の手法で書かれた「(有)人称的風景」が対置され、関係し合う。その「絶え間ない運動において読者の意識にもある「風景」らしきものがうつり込む」と考えられる。徹底した自己言及により内在の内在へ達することと、二種の風景を擦り合わせて「反響余韻」を生み出すこと。そのあわいで外界としての風景を描こうとしたのが川端康成なのではないか。この点を十分に論証できる紙幅も力も今はないが、二人がともにモダニズム文学の担い手とされているうえ、「十六歳の日記」が『灯台へ』の二年前に発表されている事実は指摘しておける。

Ⅳ（小説を）書くことと愛すること

以上のように「最高の任務」と川端文学の記憶と風景の扱いが似ていることを押さえたところで、両者における小説と小説家の位置づけにさらなる検討を加えてみたい。「最高の任務」の阿佐美景子が作者の乗代と区別され、自分の書いた文章を小説として発表したとは限らないのと異なって、「十六歳の日記」の書き手は豊正という別の名前で祖父に呼ばれているとはいえ、昔の日記を小説として発表していることは確かで、川端と一体になっている。こうした設定の違いは何を意味しているのだろうか。まず窺い知れるのは、景子が常に叔母への愛、おそらく少しの不満や不安を孕んだそれに突き動かされてものを書いていることである。景子は叔母から日記帳を贈られてからしばらくの間、叔母に読まれ褒められることを願って日記を書いていた。やがてそうした望みは消えるが、叔母の死の約一年後、ともにいた時間を「再読」し、叔母の「真意」を探るため、やめていた日記を再開する。確かに、書庫から本を持ち出し、気に入った文章を写すという「実用的にも文学的にも不毛な日課」に勤しんで、寺の公式サイトにも載っている説明に集約される分福茶釜（ぶんぶくちゃがま）の伝承を読み、「しまらない話」と悪態をつく二〇一七年の景子は、小説家になるという野心を持っていたかもしれない。しかし、だとすれば二年後の彼女はその願望を宙吊りにするべきことを強く感じているように見える。「お話の中にまぎれたこの世のものについて」「強く優しく礼儀正しく考え」るためには、「守鶴の如く「け」とも言わずに」、そばにいる人々を愛しつつ「この風景を見」なければならない。「見続けたいと願い、しっぽを出さぬように気を張って」、正体を隠さなければならない。スパイに興味を惹かれてやまず、「「あんた、何者?」と問われ続ける緊張の中で死ぬまでを生きること」を是とするらしい大学卒業の年の景子も、同じように小説を、不特定多数の人間に読ませるための文章を書こうと企てないことを自らに課しているのではないか。そうしてこそ誰でもないところから思い出し、眺めることが可能になると考えているように思われる。「自分を書くことで自分に書かれる、自分が誰かもわからない者だけが、筆のすべりに露出した何かに目をとめ、自分を突き動かしている切実なものに気付くのだ」。景子が気づく原動力とは、「閑居山の穴で叔母が闇に見ていたものがすてきな姪っ子であったなら」という祈りである。

私はいつだって、叔母がその目に浮かべるようなすてきな姪っ子でありたいと願ってきたのではなかったか。そして、定まらないその姿をどうにかこの目に映したくて、せっせと書いてきたのではなかったか。そういう意味では、あの日の姪っ子も、今この姪っ子も、まだまだ任務を果たしたとは言えない。二人は思いをともにして、小走りで父の後を追いかける。

叔母の希望になり得る自分を見出し、叔母の生を言祝ぎ、ひいては死を受け入れること。そのためには書くだけでなく、父と母、弟と過ごすことが必要だ。そうして「今見てるものを、今見てるように見続けたくて」、阿佐美景子はスパイとして、言い換えれば乗代は景子というスパイになって、「最高の任務」を書いている。

「十六歳の日記」でも、十六歳の豊正は「日記が百枚になれば祖父は助かる」ような気がして、「祖父が死にさうに思へるからこそ、せめてその面影を」写しておきたくて書いている。しかし、そうした理由は作者が「二十七歳の時書き加へた説明」に過ぎない。もちろん、二十七歳の作者も祖父への愛情からそう書き加えているのだろうが、彼自らが「十六歳の日記」という小説の作者を名乗っている以上、小説として発表するため日記を書き写している印象もまた付きまとう。なお、五月八日には「私は祖父に自分の将来の希望を告げて慰めてやらうかと屡々思つた」と記されている。二十七歳の「私」が小説の作者であることは、その希望が小説家になる野心であったことに加え、当時の「私」がそれを隠して、スパイでいたことを意味する。ではなぜ「私」は十一年後スパイでいるのをやめたのか。事実として川端が既に小説家であって、自分自身の昔の日記を書き写していたからというのが大きいことは間違いないが、「最高の任務」を踏まえて読むと「私」の孤独が改めて目を引く。「私の名は決して呼ばれなくなつた」と五月十四日に述べられる通り、祖父が「私」を呼び求めるのは五月四日と七日だけで、あとは美代と常という手伝いの女性を呼び求める。さらに五月八日には、祖父が「私」の将来について出世も「高が知れてる」と吐き捨て、「僅か中学をまだ卒業せんくらゐではな」と嘆く。つまり「私」は景子と違い、死を前にした愛する人の「それだけで何も心配いらないくらいの希望」ではなかった。そう知らざるを得なかった、そうでないと教えてくれ得る存在が周りにいなかったため、二十七歳の「私」は豊正という名前を放棄し、小説家の川端として日記を発表したのかもしれない。そして、そのような小説をデビューしてすぐに発表したため、川端はスパイ、すなわち文学的素養を持つがまだ小説家でない者として自らの書く行為について書けなくなったのではないか。これ以降の作品にも「散りぬるを」の瀧子と蔦子、「母の読める」の春治と母、「無言」の富子など小説家未満と言うべき人物は登場するものの、彼(女)らがその文章の書き手に設定されはしない。

注意したいのは、川端が小説家というものの位置をアンビバレントに捉え、そうでない者の文章に惹かれてもいたことである。川端は女性や子供の文章、とりわけそこに現れた周囲の人々への愛を賞美し、雑誌への投稿原稿の選者を務めるだけでなく、しばしばその一部を自作に取り入れてもいた。また、芸術と生活あるいは小説と現実の関係について複雑な思索を展開していた。例えば、一九三三年の「末期の眼」というエッセイは死の肯定を芸術の極意として価値づけたものと読まれることが多いが、ポール・ヴァレリーの「プルースト」から「我々の生きる能力は」「作中の諸人物」を「生きさせる能力をも含んで」おり、「我々は〔…〕我々の裡にあるあらゆる人間を、それらの模擬物に付与する」という議論を引用してもいる。さらに、一九三九年の「徳田秋声氏の「仮装人物」」は作品の表題が指している主人公の老作家を小説家一般の象徴とみなし、「実生活に登場することが、遂に出来ない」点にその宿命を見出している。そうして他者と現実にかかわることの重要性と小説家における不可能性を感じていた川端にとって、スパイとして書くことは有効な方法であり得たはずだ。にもかかわらずできなかった、小説家未満の立場から書く自己を省みなかったことに、彼の非小説への憧れが戦時下で帝国主義的ナショナリズムに流れていった理由の一つもあるかもしれない。いずれにせよ乗代は景子という書き手を通し、川端が立ちかけ立ち得なかった場所から記憶と風景を描こうとしていると考えられる。もちろん、書き手の正体を棚上げにしても小説はできる。幼鳥の頃から田に獲物を探し続ける青鷺のように「いつ練習でなくなるのかわからない」練習を繰り返せれば、自分にも何に対しても「あんた、誰？」と問う必要はない。日記を認めることと小説を著すことの間にいかなる断絶もないのなら、自分の正体、書く目的は追及しなくて構わない。しかし、「小説家でもないのに「小説」を書くというのは恥ずかしい」と語っていた乗代が、おそらくその恥じらいを捨てずに書いた処女作で、書き手の正体が意味を持つのは当然のことと思われる。景子は乗代のように小説家になるのか。なってしまうのか、なれるのか。それは彼女の叔母への愛に何が起こるか、つまりゆき江の生がどのようだったかに加え、乗代自身の小説観とも絡み合った謎として、阿佐美景子シリーズを突き動かしてゆくだろう。

付記　本稿は、日本学術振興会科学研究費補助金（特別研究員奨励費）による研究成果の一部である。また、「最高の任務」の引用は『最高の任務』（講談社、二〇二〇）、川端の文章の引用は三十五巻本全集と『川端康成選集第六巻』（改造社、一九三八）に基づき、旧字は新字に改めた。傍線・傍点、中略は引用者による。

9

ガブリエル・ガルシア゠マルケス

『眠れる美女』以後のガルシア゠マルケス
――紡がれる文学の糸

見田悠子

I　はじめに

ガブリエル・ガルシア゠マルケス（以下マルケス）の小説作品は、一九八二年あたりを境として、前期作品群と後期作品群に分けることができる。一九八二年とは、彼がノーベル文学賞を受賞した年であり、川端康成の『眠れる美女』（一九六一年初刊、日本文学翻訳作品データベースによると一九七八年初西訳）へのオマージュ記事を初めて記した年でもある。

本論考では、前期作品群と後期作品群の特徴を明らかにしたうえで、マルケスの作品に登場する年若い娼婦の存在を軸に両期間の異同とマルケスの行う翻案の様態を確認する。そのなかでおのずと『眠れる美女』がマルケスにあたえた衝撃の大きさと、同作から『わが悲しき娼婦たちの思い出』（以下『思い出』）への翻案を通してマルケスが見せようとする世界が明らかになるだろう。

II　孤独とは愛（＝連帯）の欠如

マルケスの初期作品から『百年の孤独』（原文初刊一九六七）『族長の秋』（一九七五）は、「孤独」というテーマの統一性からも時期からも、ひとまとまりの前期作品群と定義することができる。『コレラの時代の愛』（一九八五）から『思い出』（原文初刊二〇〇四）が含まれる後期作品群とは、一言でいえば「愛」についての試論である。彼にとって孤独とは、愛とは何だったのだろうか。

同じく一九八二年に行われたインタビュー『グァバの香り』にて、マルケス自身が前期作品群を「孤独」というテーマでひとくくりにし、それに対置する概念として「愛」という言葉を使っている。引用文内、「――」以下はアプレヨ＝メンドーサによる質問、回答はマルケス。

> ――君が言うようにマコンドものでないのなら、君にとってたった一冊の本はどれなの？
>
> 孤独について語った本だよ。いいかい、『落葉』の中心人物は完全な孤独の中に生き、死んで行く。『大佐に手紙は来ない』の登場人物にもやはり孤独の影がある。妻と雄鶏と一緒に暮らしている大佐は、毎週金曜日、来るはずのない恩給を待ち続けている。『悪い時』の町長もそうだ。彼は、住人の信頼を得られず、彼なりに権力の孤独を味わっているだろう。（…）
>
> 孤独は『族長の秋』のテーマであり、むろん『百年の孤独』のテーマでもある。（…）
>
> ――小説に話を戻すけれど、ブエンディア家の人間の孤独はどこからきているのだろう？
>
> 原因は愛の欠如にある、とぼくは思っている。小説を読むとわかるが、一世紀にわたるブエンディア家の歴史の中で、豚のしっぽのあるアウレリアーノだけが愛の中で孕まれたんだ。ブエンディア家の人間は人を愛することができなかった。そこに彼らの孤独や挫折の秘密がある。ぼくに言わせれば、孤独というのは連帯と正反対のものだからね。（マルケス、アプレヨ＝メンドーサ：二〇一三）

一九七〇年の別のインタビュー記事「そして二百年の孤独へ」でもほとんど同じ言葉が使われており、孤独と愛によって構成される世界の見取り図は、かねてより彼のなかで確立していたことがわかる。マルケスにとって、「孤独」である現状を打破するには「愛(=連帯)」という解決策が必要なのである。『百年の孤独』という空前の大ヒットを飛ばして一躍著名人となった作家マルケスは、ラテンアメリカ地域のために政治的な活動もしてきた。彼の講演録である『ぼくはスピーチをするために来たのではありません』の訳者木村榮一は、同書のあとがきにてこうまとめている。

一九七〇年代は創作活動を続けながら、一方でジャーナリズムを中心に政治的なメッセージを発信していた。しかし、一九八〇年代、特にノーベル文学賞を受賞してからは、視野がそれまでよりもはるかに広がり、ラテンアメリカをはじめ発展途上国の生きるべき道を模索するようになる。そのことは、核の脅威と軍拡競争の愚かしさを指摘しながら、そこに投じられている膨大な費用を発展途上国のために、とりわけ子供たちのために使うべきだと語っている一九八六年の「ダモクレスの大災厄」や自然保護の重要性を強調している一九九一年の「ラテンアメリカ生態学同盟」などから読み取れる。(マルケス:二〇一四)

『百年の孤独』を下敷きとしつつ被植民地としてのラテンアメリカ地域の歴史を語る、ノーベル文学賞の受賞講演「ラテンアメリカの孤独」も有名だ。ノーベル文学賞受賞講演の舞台においても、マルケスはラテンアメリカの現状を乗り越えることを目指して政治的、文学的に活動しているのである。こうした活動の記録は、マルケスの前期作品群がラテンアメリカの「孤独」という現実を暴露するものであること、後期作品群は世界を乱立する孤独から解放するための「愛」の試論であることをいっそう明確にする。

III　エレンディラとデルガディーナ

マルケスの作品には、初期より年若い娼婦が登場する。若いころに見かけた実在の娼婦がモデルとなっており、こうした幼い娼婦への関心も、川端の作品と共鳴したポイントのひとつなのだろう。前期と後期、つまり『眠れる美女』と出会う前と後で異なるのは、相手役の世代である。川端以前の年若い娼婦は、『百年の孤独』でも「エレンディラ」でも相手役に同年代の魅力的な青年が選ばれている。対して川端以後の相手役は、父親どころか祖父よりも年上かもしれない年齢の男性となっている。

前期を代表する年若い娼婦は、一九七四年に中編「無垢なエレンディラと無情な祖母の信じがたい悲惨の物語」（以下「エレンディラ」）の主人公エレンディラとなる。祖母によって処女を売り飛ばされた時、エレンディラは、一四歳。この一四歳という大人になりかかった無垢を思わせる年齢にも、マルケスのこだわりがうかがえる。

エレンディラは、彼女の相手役ウリセスにアリドネレという呼び名をつけられている。この呼び名は、「無垢なエレンディラ」と表題にも書かれた彼女が、「もっとも純粋な」という意味の名を持つギリシア神話のアリアドネの書き換えであることを示唆している。そしてエレンディラに恋をし、その祖母を殺す美少年ウリセスは、ミノタウロスを殺すテセウスの書き換えと読める。

ただし、本作とギリシア神話を比べると、名前同様に結末や関係性もツイストされている。ギリシア神話では二人で駆け落ちした後にテセウスがアリアドネを置き去りにするのに対して、「エレンディラ」ではエレンディラがウリセスを置いて走り去るのだ。ここでは、搾取される若い女性の運命が、自由へと解き放たれる方向に書き換えられている。

また、「エレンディラ」の主人公と祖母の関係に着目したアーノルド・M・ペニュエルは左のように書く。

最終的に「エレンディラ」とは、植民地主義それ自体にも敷衍可能な、スペインとスペイニがアメリカ大陸に持った植民地との関係についての、寓話にも似た、複合的な文学的言説である。（…）「エレンディラ」においてマルケスは、植民地化の過程とそれをつき動かす精神を、スペインによるアメリカ大陸の植民地化を

象徴的に記述することを通して再解釈している。（Penuel: 拙訳）

権力の孤独をテーマとする『族長の秋』のための文体を模索しつつ書かれた当作品について、右のような作品把握は妥当である。マルケスは、植民地化され搾取されるラテンアメリカ地域を、年若い娼婦として表象しているということだ。

後期を体現する年若い娼婦は、『思い出』の眠れる美女デルガディーナ。彼女も一四歳で処女を売る決心をする。彼女の本名は全編を通して明らかにされず、デルガディーナという呼び名は、「枯れ丘」こと語り手兼主人公が、メキシコ革命時に隆盛したコリードと呼ばれるジャンルの民衆歌「デルガディーナ」から借用したものである。コリードの「デルガディーナ」は、元はスペインにあったロマンセが簡略化されて今の形になった。粗筋は、王である父親が王女である娘に結婚（性的関係）を迫り、それを拒絶した娘は幽閉されて水も与えられずに飢え死ぬというもの。この筋書きが、政治的そして金銭的な権力者と労働者の関係のメタファーとして民衆に歌われた。左に引用するのは、コリード「デルガディーナ」への意味づけをめぐる聞きとり調査の一例である。

回答者1：ロベルト・ロドリゲス、（…）

彼の説明によると、「アセンダド」（スペイン語で、地主であり政治的なボスを表す）は労働者とその家族の生活を支配していた。コリードにおけるデルガディーナの父親は、スペインのロマンセの王が「アセンダド」へと変容している。そのうえ、その世代の人々の生活にメキシコ革命という歴史が大きな意味を持っていたチワワでは、この物語はパンチョ・ビジャ（北部の指導者でメキシコ革命の英雄）がどのように反逆し労働者を組織しようとしたかについても語っていた。彼の妹が「アセンダド」によって凌辱されていたからだ。（Soledad Garcia: 2010: 拙訳）

ここに、コリードの「デルガディーナ」は性愛に関する貞節の物語であると同時に、権力に対する命を賭した抵抗の物語として歌われていることが証言されている。

コリードの「デルガディーナ」は王の権力に服従せず、性的な搾取に甘んじることなく、死を選んだ。それに対して、マルケスのデルガディーナは、娼家の女主人ローサ・カバルカスの口を通してではあるものの、彼女を買おうとしていた老人である枯れ丘の愛を受け入れて金銭的にはより余裕のある生活をするだろうことになる。ギリシア神話と「エレンディア」の関係と同じく、ここでも引用元と引用先の結末がツイストされている。

さらに『思い出』では、お金に困っている少女の肉体を買おうとした他人が、最終的には少女を愛して父親役に収まってしまう。夫と息子に死に別れたローサも巻き込み、孤独を埋めあうように、母親役、父親役、娘役をそろえた家族を形成してしまうのだ。左記は、『思い出』の終わり近くの場面の、ローサと枯れ丘の話し合いである。

つまり、生き残ったほうがもう一人の財産をすべて受け継ぐという内容の遺言書を書いて、公証人の前でサインするのよ。それではだめだ、私が死んだら、すべてあの子のものになるようにしないといけない。同じことじゃない、とローサ・カバルカスが言った。そのときは私があの子の面倒を見て、その後すべてを、つまりあんたの財産と私の財産すべてをあの子のために遺してやるのよ。（マルケス：二〇〇六）

契約によって、親の財産は一方が死ねばもう一方に受け継がれ、生きている限り娘役の面倒を見つつ、両親ともが他界した暁にはすべて娘のものとなる、という関係性が作られる。そして互いになくてはならない存在だと感じている彼らの間には、ある種の愛がある。実際に存在している家族であっても、構成員の役割も家族の構成員間の関係も互いへ向けられる心情も多種多様である。ここで形成された三人の共同体は、伝統的な核家族に限りなく近い。こうして、最終的に枯れ丘がデルガディーナへ向けている感情は、自己保存（複製）を望む欲動ではなく、他者の生存と幸福を願う欲動となっている。

エレンディラは、自分を生み出した祖母を殺し、性愛の対象である美少年も捨てて、自由へと走り去った。対してデルガディーナは、自分を愛する老人を受け入れ、安定の道を選ぶ。長らく、性愛がマルケスの「愛」の大要素だったのに対して、この遺作では互いに補い合い連帯する家族的な愛が提示された。この、性愛に端を発しながら自分の母や娘に思いを飛ばす老人の在り方は、『眠れる美女』から得た閃きだと考えられる。

ちなみに、『思い出』の語り手であり主人公のあだ名「枯れ丘」は、スペインの黄金時代の詩人ロドリーゴ・カーロの詩「イタリカ遺跡に」から引かれている。現在のスペイン国内に位置するイタリカ遺跡とは、ローマ帝国初のイベリア半島外の植民地である。こちらも植民地という単語が直接的に使われる詩だが、むしろローマの栄光が廃れ、この地から去ってしまっていることを嘆いている。ここには、ローマの植民地であったスペインの植民地であったイスパノアメリカという重層構造と、それぞれの対植民者への感覚感情の相違も見えてくる。

Ⅳ　世界への解

後期のマルケスが想像したユートピアを、一九九〇年にラテンアメリカの画家の作品を集めた展覧会のオープニングセレモニーにて行われた講演の記録、「新しい千年への序言」の結部に見てみよう。

その考えに立てば、ごく近い未来の世界では前もって定まったものは何ひとつなく、神聖化された幻覚も存在する余地がなくなるでしょう。昨日真実だった多くのものが、明日はそうでなくなるでしょう。(…)

私たちは、いうなればラテンアメリカの時代に入ったのです。ラテンアメリカは、新しい世界の基本素材として最も素晴らしく必要不可欠なものとなる創造的想像力の、第一産出地域です。これについては、この100人のヴィジョナリー・アーティストによる100点の絵画が、単なる見本以上のものとなるでしょう。まだ発見されていないひとつの大陸の大いなる予感となるのです。その大陸では、死は幸福によって打ち負かされ、いつにも増して、永続的な平和、ゆとりある時間、より健康で、よりたくさんの温かな食べ物、より豊かな心地よいリズムのルンバ、すべての人にすべての良いものがより多くあることでしょう。一言でいうと、より多くの愛があるのです。（Márquez: 2022: 拙訳）

この講演は「この向こう見ずな展覧会は、人類が異質のものに変わろうとしはじめる、歴史的な瞬間に開催されます」という言葉から始まり、ラテンアメリカの想像力は新しい千年紀を迎える世界の幸福な未来に資するものだと説いている。ノーベル文学賞受賞講演では虐げられてきたラテンアメリカの解放を訴えていたマルケスが、自身の国際的な大成功を通してラテンアメリカの持つポテンシャルを確信し、ここではラテンアメリカが世界全体を幸福へと導くというビジョンを描いているのである。

この意識の変換は、「エレンディラ」と『思い出』の結末、つまりエレンディラとデルガディーナそれぞれの相手役に対する身振りの変容と呼応している。虐げられ搾取されていた若い植民地（エレンディラ、ラテンアメリカ）が、過去（祖母、スペイン）と、さらにはそれに変わるもの（ウリセス）も振り払って、無に向かって解放されるのか。それとも自分（デルガディーナ、ラテンアメリカ）が老人（スペイン、征服者）に与えている活力（想像力と生命力）に自信を持ち、相手を受け入れながら堂々と対価を受け取り、共存していくか。この二つの結末のどちらが小気味よいかどうかはおいておくと、全ての関係を捨て去って物語の中から消え去ることこそ孤独であり、過去のあらゆる面での悪行を乗り越えて相手と向き合うことこそ愛である、と読むことができるのではないだろうか。

デルガディーナの名に象徴されるように、歴史的な人権蹂躙（じゅうりん）、大量虐殺、ありとあらゆる方面の搾取をされた者たちが、そして搾取をした者たちが、永遠の記憶のなかに、そして現在の世界に存在している。マルケスは、もはや存在してしまっている先進国と後進国、旧宗主国と旧植民地、小金持ちの老人と体を売る覚悟までした少女という他人同士でさえ、和解し愛し合い家族になる可能性を模索していたのだ。それは世界的な大作家となり著名人となった彼が、素直に視野を広めて自分がかかわる「生きとし生きるもの全て」（Márquez: 1983: 拙訳）の幸福の世界を想像するなかで、必然だったのかもしれない。過去のあやまちは決して忘れるべきではないけれども、客観的に考えれば、どこかで手を取って許しあわなければ、双方ともに平和と幸福はありえない。このような、一見ロマンティックに思えるが、合理的な事実がここに解として提示されている。

マルケスは、『眠れる美女』に初めて言及した記事「眠れる美女の飛行機」内で、パリで日本の作家たちと知り合ったことを語っている。日本の作家たちは、マルケスの作品には彼らの作品と通底するものがあり、彼らにとってマルケスは日本の作家であると説得したという。このあたりのエピソードは後に同記事が短編小説として書き直された際に削除されているが、初出のものは以下のように締めくくられている。

私はニューヨーク発の飛行機で、眠れる美女のそばにいるという経験を生きたが、うれしい気持ちにはならなかった。反対に、飛行も終わりに近づいたときの唯一の願いは、私の自由と、もしかすると私の若さまで取り戻すことができるように、スタッフが彼女を起こしてくれることだった。しかしそうはならなかった。(…)私は同じ便でメキシコまで飛び、彼女の眠りのぬくもりが残った座席の横で彼女の美しさの最初の追憶をひきつれて、パリの狂った作家たちが私の本について言ったことを反芻していた。着陸前に出入国カードが渡され、私は苦々しい気持ちでそれに書き込んだ。職業：日本の作家。年齢：九二歳。(Márquez: 1991: 拙訳)

九二歳の物書きは、この文章の二二年後に「枯れ丘」として『思い出』の主人公となる。

V 『眠れる美女』と『わが悲しき娼婦たちの思い出』、紡ぎ合わされる思考の糸

II、IIIにおいて、マルケスの作品内で採用される呼び名はより広い読みへと読者をつなげる間テクストの鍵であること、彼が翻案をする際にはかならず登場人物の関係およびストーリーが強いメッセージを供ってツイスト

されていることを確認した。

最後に『眠れる美女』と『思い出』の関係を検討していこう。

『思い出』は九二歳を迎えた主人公の手記という体裁をとり、一人称で語られている。そのため、著者マルケスと一人称の語り手＝主人公を同一視し、作家自身のインモラルな願望を吐露した作品だと読む人もいる。著者＝一人称の語り手とみなすことが素朴な誤謬（ごびゅう）であることは言うまでもないが、ここではあえて、一人称の語りを採用することが、むしろ主人公の存在を記号化し一般化する手法となっていることを指摘しておきたい。眠っているという状況設定によって自ら名乗ることができないのと同じくらい自然に、一人称で語ることは、主人公であり語り手である人物の名を隠している。名がないということは、彼らは特定の人物として限定されないということである。

本名のない二人の主人公は、『眠れる美女』の最後の夜に江口老人の両脇に添い寝する、両極端な特徴を備えた二人の眠れる美女と同様に徹底的に記号化されている。つまり、江口老人／色白の美女と色黒の美女の関係は、「枯れ丘」／「デルガディーナ」ではなく、読者／「枯れ丘」「デルガディーナ」に置き換わっているのである。『眠れる美女』の江口老人が眠れる美女たちを自省のための鏡とするように、『思い出』では読者が二人の主人公をのぞきこむ。

表面的なテーマに怖気づくことなく一歩踏み込んだ読者は、この二つの大きな空洞に気づくだろう。ぽっかりと開いた記号の通路が、老いた男が十代前半の少女を性的に玩（もてあそ）ぼうとするという卑俗なテクストを、読者自身が生きる世界の歴史と結びつける。その時、読者の内に呼びおこされた嫌悪感は、いまなお繰り広げられている紛争地での赤子ともいえるような少女たちへの凌辱や人身売買へ、ある国や民族のまとまりが他の地域や民族のまとまりに対してなにがしかの権力をふるおうとすることへ、生々しく振り向けることができるだろう。

後期のマルケスは、乱立する「孤独」の世界をつなぐ「愛」の形を模索していた。その探索は、『眠れる美女』との出会いによって、時を超え世代をつなぐ愛の可能性へと向かう。川端がもたらした閃きはめぐりめぐって、自己複製の欲動ではなく、他者を守り保存したいという欲動へとたどり着いた。性的な関係も遺伝子のつながりも、会話すらなく人を愛することができるか。テレビの映像でしか見たことのない「どこかのだれか」に資する想像力が、ここに表れている。

マルケスは、二〇〇二年に癌に倒れてから体力が落ち、判断能力なども低下していったという（ガルシア＝バルチャ：二〇二二）。『思い出』についても、読者からは往年の完成度がみられずにがっかりしたという声も聞かれる。しかし研究者にとっては、少しでも文学的思考の軌跡を残してくれるのはありがたいことだ。もし彼に時間と体力があったなら、奴隷として骨の髄までしゃぶりつくそうとしていた過去をも改めて、あるいは戦争によって深く傷つけあった過去を乗り越えて、損得の勘定不能なところで必要なものを補い合う「愛」で結ばれる人間関係が、説得力を持って提示されたのかもしれないと想像してしまう。

川端康成の没後三二年にマルケスが『思い出』を上梓し、ここに川端の閃きと発明が継承された。この思考の糸はこれからも、多くの人々に紡ぎ合わされながら太く長くなってゆくだろう。近代科学的な合理性とはまた別の説得力を持つ文学というツールによって、いつの日か世界中の紛争を解決するような大きな功績が、川端康成とガブリエル・マルケスの撚（よ）った糸から織り出されることを願ってやまない。

主要参考文献

Soledad Garcia, S. (2010) . Delgadina: From Romance to Corrido on the US-Mexico Border. In E. b. Widmaier., *From "Wunderhorn" to the Internet: Perspectives on Coneptions of "Folk Song" and the Editing of Traditional Songs*. Wissenschaftlicher Verlag Trier.

González Bermejo, E. García Márquez: ahora doscientos años de soledad. *Triunfo*. Año XXV, n. 441（14 nov. 1970）, p. 12-18

García Márquez, G.（1983）. La soledad de América Latina. En *La Soledad de América Latina Brindis por la Poesía*（págs. 3-12）. Cali: Editorial Universitaria de Colombia.

———（1991）. *Notas de prensa 1980-84*. Madrid: Mondadori España.

———（2004）. *Memoria de mis putas tristes.* Barcelona: Random House Mondadori.

———（2006）. *Doce cuentos peregrinos*. NY: Random House.

———（2006）. *La increíble y triste historia de la cándida Eréndira y de su abuela desalmada*. Barcelona: Random House Mondadori.

———（10 de 1 de 2022）. *Centro Gabo*. Obtenido de prefacio-para-un-nuevo-milenio-discurso-de-gabriel-garcia-marquez-sobre-el-potencial: https://centrogabo.org/gabo/gabo-habla/prefacio-para-un-nuevo-milenio-discurso-de-gabriel-garcia-marquez-sobre-el-potencial（最終閲覧：二〇二二年二月二二日）

———（2003）. El amor en los tiempos del cólera. New York: Random House.

Martin, G.（2009）. *Gabriel García Márquez Una vida.* New York: Random House Mondadori.

Penuel, A. M.（1988）. THE　THEME OF COLONIALISM IN GARCÍA MÁRQUEZ' 'LA INCRE:IBLE Y TRISTE HISTORIA DE LA CÁNDIDA ERÉNDIRA Y DE SU ABUELA DESALMADA.'. *Hispanic Journal,* 10（1）, 67-83.

ガブリエル・ガルシア＝マルケス「私の人生と創造の核」（『すばる』八号、一九八三年）

———『わが悲しき娼婦たちの思い出』（新潮社、二〇〇六年）

———『予告された殺人の記録　十二の遍歴の物語』（新潮社、二〇〇八年）

———『ぼくはスピーチをするために来たのではありません』（新潮社、二〇一四年）

ガブリエル・ガルシア＝マルケス、プリニヨ・アプレヨ＝メンドーサ『グアバの香り——マルケスとの対話』（岩波書店、二〇一三年）

ゴンサレス・ベルメホ「二百年の孤独へ」（『海』新春二月号、一九七九年）

ロドリゴ・ガルシア＝バルチャ『父マルケスの思い出』（中央公論新社、二〇二二年）

朱天心

〈引用〉による共振
――朱天心『古都』と川端文学

坂元さおり

1 はじめに

台湾の作家・朱天心(しゅてんしん)(一九五八―)には「古都」(一九九七、麥田出版、清水賢一郎訳で二〇〇〇、国書刊行会)という作品がある。本作は川端のノーベル賞受賞作の一つ『古都』(一九六二)と同名で、同作からの大幅な引用が見られる。台湾でもその文学的到達は高く評価され「行政院新聞局図書出版金鼎賞」(創作部門)、「中国時報」十大好書、「聯合報」最優秀図書賞の「三冠王」に輝き、第二十一回時報文学賞推薦賞も受けた」(清水:同)。

台湾で朱「古都」のような作品が書かれる背景として、川端を含む多くの日本文学が翻訳も含めて広く受容されてきた点をまず言わなくてはならないだろう。古典を含む日本文学の台湾での翻訳の歴史については頼振南(二〇〇四)がまとめているが、川端に関してはノーベル賞受賞をきっかけに「川端ブーム」が起こり、「爆発的量」の翻訳・出版が相次いだことを黄翠娥(二〇一六)は紹介している。

次にこうした受容(翻訳)と共に生まれる発信の問題にも触れておく必要がある。台湾は一八九五年清朝から割譲され五〇年間日本の植民地統治を受けるが、戦後一九四九年には国民党(中華民国)が政府を台湾に移し、一九八七年まで戒厳令下におかれる。その後一九九〇年代から「本土化」(台湾ナショナリズム)の動きが急激に高まり、二〇〇〇年には野党であった民進党が政権を取るが、同時期、中国の経済力・国際的発言力の大幅な躍進もあり、台湾の「統一/独立」をめぐる激しい議論は今なお続いている。こうした時代の大きな変化の中で、日本や日本語、日本文化に対する様々な思いはこれまでも多くの作家によって台湾で表現されてきた。

例えば近年、台湾作家十八名による日本旅行記『我的日本』(二〇一八)が話題となったが、本書出版の理由を編訳者・呉佩珍は次のように述べる。「台湾作家にとって〈日本〉は重要な創作テーマの一つ」であり「一九五〇年代から一九八〇年代生まれの作家が〈日本〉というテーマについて書き続けてきた」。「台湾と台湾人にとって〈日本〉とは何か? 台湾作家はいかに〈日本〉を描いてきたのか?」。

これに対し、朱の「古都」日本語訳は二〇〇〇年と早く、川端『古都』をはじめ多くの文学テクスト引用を含む、現実と虚構が複雑に入り混じる小説だが、一九五八年生まれの朱は『我的日本』に収録された何人かの作家たちと同世代でもある。また朱の『古都』で物語を大きく動かしていく「京都への旅」は、『我的日本』で台湾作家たちが描く「日本旅行記」と重なってもいる。そんな朱の「古都」が「日本」や「台湾」に向ける眼差しはどのようなものなのか。そして朱の「古都」は川端文学「引用」によって、どのような共振が起きているのだろうか。

II 朱天心「古都」が書かれる背景

台湾で多くの日本文学が翻訳・出版されてきた点については前節で触れたが、朱の母親である劉慕沙(一九三五—二〇一七)も翻訳者として知られ、川端康成『女であること』(一九五六)他、三島由紀夫、遠藤周作、大江健三郎、吉本ばなな等の作品を訳している。また朱の父親・朱西甯(一九二七—)や姉の朱天文(一九五六—)、妹の朱天衣(一九六〇—)もそろって著名な作家であり、こうした家庭環境が朱の創作に与えた影響は計り知れない。ちなみに二〇二二年三月、朱姉妹の自伝映画『願未央』(監督:侯孝賢)、『我記得』(監督:林俊頴)が相次いで封切られたが、中国山東省出身の外省人(蒋介石と共に来台した人々への呼称)で軍人作家の父と、台湾苗栗出身の客家系・本省人(蒋介石来台以前から住む人々への呼称)で日本文学翻訳者である母、朱姉妹が育った高雄の眷村(外省人の軍人村）での思い出、そして朱一家全員にとっての師・胡蘭成（一九〇六―一九八一）とのことなどが語られている。この胡は朱姉妹に大きな影響を与えた「啓蒙之父」的存在でもあった（黄：一九九七、張：二〇〇七）。

胡は中国浙江省出身の文人・政治家だが、作家・張愛玲（一九二〇―一九九五）の元夫としても知られる。一九五〇年中華人民共和国成立後、汪兆銘に加担した「漢奸」と見なされ日本に亡命、一九七四年から七六年までの台湾滞在期間を除く三十年近くを日本で過ごした。その間、保田與重郎や川端康成、尾崎士郎、数学者岡潔等、多くの文人と交流を持ち、多くの文章を発表した（金・濱田：二〇〇一、金：二〇一八、濱田：二〇二二）。

川端は胡の書画に特に強く魅せられ、その鑑識眼にも深い敬意を抱いていたが、川端に胡を紹介した人物として「遊記山人」こと広東料亭・山水楼（一九二二―二〇〇二）主人・宮田武義（一八九一―一九九三）の名が挙げられている。上海の東亜文書院卒の宮田が開いた山水楼は近衛文麿や犬養毅など多くの政治家・文人を顧客に持ち、周作人日本訪問の際の歓迎会の会場ともなっている（『読売新聞』一九三四・八・二）。宮田は来日した胡を援助し、胡も宮田を「大兄」と呼び親しく付き合った。川端も「ここ二三年、遊記山人に文雅について、書画について教えられることが多い」（「書」一九七二）と書き、山水楼は川端が会長を務める日本ペン・クラブの会合にも使われた。晩年川端が書画の世界に親しみ胡とも知り合った背景に、こうしたサロンがあった点は興味深い。

この胡への敬意と親しみは、朱「古都」日本語版前書き「日出る処に致す書」（二〇〇〇）にも記されているが、若き日の朱が「当時東京に寄寓していた胡蘭成先生のお招きで」姉・天文と共に東京に滞在したのは一九七九年と八〇年春のことである（張：二〇〇七）。当時川端は既に他界していたが、胡の紹介で「知る機会に恵まれ」た「日本で最も優れた人々やものごと」には、胡が山水楼などで築いた文人ネットワークや彼らの作品などが含まれるだろう。

朱は当時の記憶を懐かしみつつ、それは台湾の現状を映し出す鏡ともなると苛烈な批判を次のように続ける。

> ここ数年、台湾の政治指導者は、かつての統治者のやり方に倣って、政治の力を動員して歴史を語ろうとし、

それどころか歴史を創り変えようとさえしています。蒋家の国民党時代には、日本統治期に残された有形無形のあらゆる歴史遺産をほとんど洗い流してしまいました。李登輝時代も、同様の手法で、およそ中国に関わる事柄を、良いものも悪いものも、「本土化」の名のもとに、何もかもいっしょに歴史のゴミ箱に吐き捨て、かくしていわゆる台湾意識なるものが誕生したのです――しかし、もしも一つの主体意識の確立に、再三にわたる記憶の洗い流しが必要だというなら、栄光、恥辱、喜び、悲しみといった、かつてほんとうに存在したものが消し去られた後に、果たして何が残るというのでしょう?

星野幸代(二〇〇二)はこうした「記憶の喪失」は台湾知識人の共通認識だと言う。例えば『ヤンヤン　夏の想い出』(二〇〇〇)でカンヌ映画祭監督賞に輝いたエドワード・ヤン(一九四七―)や、その脚本を担当し映画『多桑(父さん)』(一九九四)の監督・脚本でも知られる作家呉念真(一九五二―)は「東京」を彼らの少年時代の思い出を蘇らせてくれる特別な場所だと語る。なぜなら彼らの子供時代の風景にあった「日本的なもの」の多くは一九七二年日本との国交断絶を境に壊され、台北から姿を消してしまったからだ。しかし台北はその後「本土化」の名のもと、再び大きく姿を変える。上水流久彦(二〇一一)によると、一九九五年を境に多くの「古跡」が新たに認定されるが、その九割は日本統治期に作られた建築物(二〇〇六年までで八九件、その多くが西洋建築)である。この時期の古跡指定推進運動は主に「本省人グループ」によって担われるが、これら「古跡」は日本出自の点よりむしろ台湾独自の近代化を示す「見証」として位置付けられた。それに対し、中国国民党主席であった馬英九らは新たな古跡認定を渋り、「本土化」の動きを批判するためもあって「日本統治の負の側面に目を向けるようにした」。

このように台湾では「過去の建築物」が政争のシンボルとなってきたわけだが、「再三にわたる記憶の洗い流し」に対し朱は抗議の声をあげ、「かつてほんとうに存在した」「失われた時間」を手繰り寄せようとする。その際引用されるのは「あなた」が一九七〇年代前後歩き回った台北の地名であり、その頃街に流れていたアメリカン・

ポップスの楽曲名であり、川端『古都』や陶淵明『桃花源記』、連横『台湾通史』等膨大な文学作品や歴史書の断片なのだ。

Ⅲ 朱「古都」と川端文学〈引用〉による共振

Ⅲ―1 朱「古都」の概要とその評価

朱「古都」で主人公に設定される「あなた」は、台湾に住む外省人二世・三〇代後半の女性であり、作品執筆時の朱に重なる。「あなた」は激しい政論が戦わされる台湾での生活に傷つき、そこから逃れるように大好きな京都を訪れる。今回の旅は、高校時代の親友で今はアメリカ在住の「A」に誘われてのことだった。そのため、京都旅行にはいつも同行する娘も今回はいない。「あなた」は川端の『古都』をなぞるように、桜芽吹く前の京都の街を一人で歩き（計九回『古都』からの直接引用が行われる）、そこに自らの様々な記憶を重ね合わせていく。

しかし物語中盤、川端『古都』からの引用は唐突に終わる。最後に引用されるのは、初雪の降る明け方、一晩だけ千重子の家へ泊まりにやってきた双子の姉妹・苗子を千重子は見送り、今生の別れが匂わされる『古都』最後の場面だが、これと並行して「A」はきっと来ない、という強い焦燥感に「あなた」は駆りたてられる。そこで京都旅行を早々に切りあげ、残りの休暇を台北での一人旅に使うことにする。ここで旅の指南役として川端『古都』の代わりに登場するのは、日本で手に入れた植民地時代の台北の地図である。そこには京都で「あなた」が辿ったのと同じ地名「円山（まるやま／ユアンシャン）」が記され、まるで双子のように見える。それなのに「あなた」は自分の「故郷」をどこにも見つけられず、自分を孤児のように感じる。深い悲しみに襲われた「あなた」は泣き崩れる。

以上が朱「古都」の概略だが、日本語翻訳を行った清水賢一郎（二〇〇〇）は本作を優れたポストコロニアル小説であるとして次のように言う。朱の「『古都』は、そのタイトルに示されるように、川端康成の京都を舞台にした美しい双子の姉妹の物語の〈引用〉から成っている。それはまずは京都の永遠性と台北の刹那的転換とを対比するための仕掛けなのだが、それに留まらず、小説を読み進めるにつれ、京都と台北との間に、さながら川端の造詣した千重子と苗子のごとく、〈双子の都市〉という〈記憶されざる歴史〉が刻印されていることが明らかにされていく」。

清水は朱「古都」において川端『古都』と「双子」というモチーフがずらされながら引用されることで、〈記憶されざる歴史〉としてのもう一つの都市・「台北」が浮かび上がってくると指摘する。そして以降の研究史においてもこうした読みは受け継がれてきている（星野：二〇〇〇、濱田：二〇〇一、星野：二〇〇二、坂元：二〇〇二、黄：二〇〇五等）。また、清水は朱の「古都」が「単一の意味や全体性へと還元されることを拒絶するような複数の〈声〉を響かせ」る優れたテクストであるにもかかわらず、「外省人二世」という出自ゆえに、政治的立場の異なる読者から攻撃を受ける事態も「残念ながら存在する」と言うのだが、この問題に関しても、朱の用いる二人称主人公「あなた」が現実の「眷村外省人二世」という共同体といかに切り結びながら形成されてきたか朱「古都」以外の作品も含めて読み解く作業もなされてきている（赤松：二〇〇八、倉元：二〇〇九等）。他に川端『古都』や『平家物語』、『桃花源記』との関りから朱「古都」を読み解こうとする論考（石川：二〇一六）や、「民国文学」の中の「女学生言説」や胡蘭成・張愛玲からの影響に注目しながら朱「古都」のテクスト分析を行う論考（濱田：二〇二一）、さらには「サイノフォン」（横断的中国語圏文学の創造）の立場から朱「古都」を読もうとする論考（呉：二〇二二）もある。

このように日本語で書かれたものに限ってみても多彩な論が既に多く発表され、中国語で書かれたものは更に多いのだが（管見の及ぶ範囲で朱「古都」をメインに据えた学術論文や修士論文は現時点でそれぞれ二〇本以上ある）、本稿では朱「古都」を考える際、その引用関係を川端『古都』に限定せず、より広範囲な「川端文学の世界」とし、そこで見られる多層的な共振に目を向けてみたい。というのは前節で朱「古都」の特徴として、「失われた時間・記憶」を求めての遡行（「現在」の否定）、そのために引用される膨大な文学作品や音楽、風景の断片、という二点を挙げたが、それに加え「双子」「孤児」というモチーフも、全て川端文学の大きな特徴だからだ。

Ⅲ—2　川端と朱「古都」を繋ぐ補助線としての「反橋」連作

川端を「日本伝統美」の文脈で語る際、「美しい日本の私」（一九六八）が必ず引かれるが、本スピーチに先立つ作品としてしばしば挙げられるのは「反橋」連作（「反橋」（一九四八）、「しぐれ」（一九四九）、「住吉」（一九四九））である。三島由紀夫によって「中世的美」と絶賛された本連作は、戦後川端の「日本回帰」、「魔界」を徴付ける作品として位置付けられてきたが（原：一九八七）、室町末期の第八代将軍・足利義政やその子第九代将軍・義尚の歌、『梁塵秘抄』など膨大な日本古典や古美術の断片的引用がなされ、そこに語り手「私」（行平）の「汚辱と背徳と傷枯の生涯」、「双子の母」に対する性的憧憬が重ねられていく。また本連作の各冒頭には「あなたはどこにおいでなのでしょうか」という一文が置かれており、この「あなた」が何を指すのかという点も多くの議論を引き起こしてきた。

本稿では朱に引用される川端文学の世界を見ていく上で、特にこの「反橋」連作を補助線として参照してみたい。というのはまず第一に、「反橋」連作の語り手「私」の「汚辱と背徳と傷枯の生涯」を決定づけた「双子の母（実母と養母）」や、その後「私」が買い馴染む「双子の娼婦」、そして「私」の孤独を照らし出す「雷の光」や「鈴虫の音」といったモチーフは川端『古都』でも形を変えながら重要な場面で登場しており、「反橋」連作の世界を川端『古都』と重ねて読むことで、朱「古都」の追求する世界をより鮮やかに浮かび上がらせられると考えるからである。そして第二に、「反橋」連作各冒頭に置かれる「あなたはどこにおいでなのでしょうか」に着目し、この「あなた」を朱「古都」の主人公「あなた」と対照させることで、どのような問題が見えてくるか考えたいからである。

さて、「反橋」連作の「あなた」が何を指すのか、川端研究では多岐にわたる見解がこれまで示されてきたが、しかし「既に指摘されているように」「この連作は具体的な他者を想定して呼びかけるような表現を徹底して欠いており、その点においてこの文は、多様な解釈を誘惑しつつも決定的に充填されることはないテクストの空所としてある」（仁平：二〇一二）。「あなた」への哀切な呼びかけが行われるのに、その「あなた」は「決定的に充填されることはない」。ただ「人の音せぬ暁にほのかに夢に見え給う」（「反橋」冒頭『梁塵秘抄』）のみである。そのような「私」（行平）にとって「あなた＝〈起源〉」は、生きていくためのかすかな希望であり、しかし同時にその生きづらさを決定的にしたものでもある。そして本連作に断片的に引用される膨大な古典や古美術は、既に失われてしまった「あなた＝〈起源〉」を「私」（行平）に少しだけ垣間見させるものとして機能している。

川端『古都』でこの「私」（行平）の面影を色濃く宿すのは、千重子の養父・佐田太吉郎であろう。京の老舗問屋の主人だが「心の調和がない、荒れて病的」な自らの心を持て余し、鬱々とした日々を送っている。養女・千重子の優しさと美しさは、太吉郎を慰める。本稿Ⅲ―1で引いた清水は川端『古都』を『美しい双子の姉妹』と『京都の永遠性』の物語」と朱「古都」との対比で規定したが、太吉郎の側から見るならそれは「心の調和がない、荒れて病的」な世界であり、「美しい双子」と「京都の永遠性」は「人の音せぬ暁にほのかに夢に見え給う」ものでしかない。そして朱「古都」が川端『古都』を「引用」するのは、そうした太吉郎の側に身を置いて「あなた＝失われた〈起源〉の記憶」を「人の音せぬ暁にほのかに夢に」見たいと願うからに他ならない。それをよく示す例としては次のような点を挙げることができる。朱「古都」に川端『古都』の直接引用は九回現れるが、それらの引用を繋いでいくのは「あなた」の幼い「娘」が京都旅行のたびに、池に手を入れ「鯉」と戯れる姿なのだ。朱「古都」では直接引用されることのない川端『古都』「鯉のむれ」の場面を以下に引く。

龍村から帰った夜、千重子は夢を見た。――さまざまな色の鯉のむれが、池の岸にしゃがんだ、千重子の足もとへ、寄り集まって来た。鯉は重なり合い、身をおどらせて、頭を水の上に出すのもあった。

これだけの夢である。そして昼にあったことである。千重子が、池の水に手を入れて、少し波立たせると、こんな風に、鯉が寄り集まったのだった。千重子はおどろいて、なんともいえない愛情を、鯉のむれに感じた。

そばにいた龍助は、千重子よりもおどろいたらしかった。


「千重子さんの手は、どんな匂い――どんな霊気が出てるんです。」と言った。（三七九－三八〇頁、傍線引用者）

「霊気」を発し、「鯉のむれ」が寄ってくるような不思議な手。それが千重子の「夢」と「現実」のあわい目に描かれるのだが、朱「古都」においては、「あなた」の娘が幾度となく池の畔にしゃがみ込み、鯉を撫でていた情景が「あなた」の脳裏に浮かんでは消える。そして今回の京都旅行の出発前にも、「あなた」は娘から「池の鯉を代わりに撫でて」と頼まれたのだった。だが結局、「あなた」が鯉を撫でることはない。ここで「美しい双子の千重子」が夢の中で鯉に触れる場面は、「あなたの娘」と重なり合い、「あなた」の「失われた時間・記憶」を呼び起こそうとする。しかし「あなた」はそこから決定的に隔てられている。

濱田（二〇二二）は朱の作品には「『神と未分化の、一蓮托生を誓った少女たち』（胡蘭成）」のイメージが登場すると言い、朱「古都」においてはそれが既に失われた時点から語られると指摘する。そのような語りを成り立たせるのが「あなた」という二人称呼称であり、「鏡像」として登場する「A」だと言うのだ。濱田の指摘は強い説得力に富むが、「あなたの娘」への言及はなされていない。もしここで川端『古都』の「千重子」と「あなたの娘」が「鯉」を媒介に重ねられ、「失われた時間・記憶」への遡行が図られていると考えるなら、朱「古都」の世界は川端文学が求め続けてきた「あなた＝失われた〈起源〉の記憶」とも強く共振していると言えるのではないか。

そして強い共振が起きているもう一つの箇所として、両作品の「樹々」の描かれ方を挙げることもできる。朱「古都」では新政府の方針で街の樹々が無残にも切り倒され、それに傷つく「あなた」の姿が繰り返し出てくるが、川端『古都』でも京都の樹々が当時京都に駐留していた米軍に伐採されないか恐れる太吉郎の姿が描き込まれている。「切り倒される樹々」に心を痛め、そこに「あなた=失われた〈起源〉の記憶」を見出そうとする点で、川端と朱、二つの『古都』の共振は見て取れる(坂元:二〇〇二)。だがこの点を一歩掘り進めて考えるなら、より複雑な問題が浮かび上がってくる。川端『古都』では太吉郎と養女・千重子は強い精神的紐帯で結ばれている。だが千重子は養父・太吉郎から大きな愛情と信頼を受ければ受けるほど、自分を捨てた実父、そしてもう一人の双子の姉妹の存在を思わずにはいられない。そして朱「古都」はこれを川端「古都」の「引用」を通して浮き彫りにする。というのは朱「古都」四番目の引用は、太吉郎と千重子の強い繋がりを最も印象的に示す場面(太吉郎が現在の問屋を売り払い、千重子に二人で暮らす提案をする、五二頁)だが、次いで五番目に引用されるのは、千重子が美しい北山杉を思い、自らの「分裂」の根源(自分を捨てた実父と双子の姉妹)に胸を痛める場面(五七頁)だからである。つまり「『美しい双子の姉妹』と『京都の永続性』」を描いたかに見える川端『古都』は、その「起源」に「実父(実母)/養父(養母)」、「私/双子の姉妹」の分裂が刻印されているのであり、その「永続性」は根底に大きな矛盾を孕んでいる。そして自らの生命や記憶を内包し永い時間を生き延びるはずの樹々は、同時に自らの生命や記憶の分裂の根源に位置してもいる。これは川端が「日本伝統美」を描いたとされる「反橋」連作においても同様である。冒頭に置かれた「あなたはどこにおいでなのでしょうか」という「多様な解釈を誘惑しつつも決定的に充填されることのない」問いかけは、それをしるし付けるものなのである。

Ⅳ さいごに

朱天心が「啓蒙之父」胡蘭成から大きな影響を受けた点は既に述べたが、胡は川端や保田與重郎等の同時代人であり、彼等との交流を重ねながら「民族と文学」「伝統美」の言説を紡ぎ出している。当時彼らの間でどのような共振が見られ、それは次世代・朱天心にどう受け継がれていくのか。この問題は今後、より詳細な検討が必要だろう。

また本稿Ⅰで朱天心と同世代の台湾作家作品も含まれる日本旅行記『我的日本』についても触れたが、例えば舒國治（一九五一―）「門外漢の見た京都」（二〇〇六）では京都への偏愛が語られるが、京都は溝口健二映画の世界が味わえ、かつ「他の地で消え失せた唐代、宋代の情緒」が残る地である。こうした京都への眼差しは、朱「古都」にも見られる。他にも、朱の一世代後の呉明益（一九七一―）「金魚に命を乞う戦争」（二〇〇五）では、第二次世界大戦下の日本に徴用され亡くなった記憶を想像することから語り起こされ、「勤労動員」の三島由紀夫や従軍作家・高見順の記憶や記録ともクロスしていく。これらの例から明らかなように、「日本の記憶・歴史・文学」が引用されながらも、引用を通じてその起源は揺さぶられ、鮮やかな複数性が立ち上がってくる。〈引用〉とはこうした豊饒さをその根底に孕むものと言えるかもしれない。そしてこうした豊かな文学が翻訳を通じて台湾から次々に日本に発信される今、それらの作品を読むことで、新たな共振が今後も様々な形で生まれていくのではないだろうか。

付記　底本は『川端康成全集』三十五巻本（新潮社）。引用は現代かなづかいに変えた。

参考文献

赤松美和子「朱天心「想我眷村的兄弟們」にみる限定的な「私たち」」（『お茶の水女子大学中国文学会報』、二〇〇八年）
石川隆男「文学におけるトランスナショナル的な痕跡」（『東アジアにおけるトランスナショナルな文化の伝播・交流』臺大出版中心、二〇一六年）

上水流久彦「台北市古跡指定にみる日本、中華、中国のせめぎあい」（『台湾における〈植民地〉経験』風響社、二〇一一年）
金文京・濱田麻矢「日本亡命後の胡蘭成」（中文研究会、二〇〇一年）
金文京「〈中国学　私の一冊〉吉川幸次郎『元雜劇研究』」（神戸大学、二〇一八）
倉本知明「身体的記憶が喚起する廃墟の記憶」（『日本台湾学会報』、二〇〇九年）
呉穎濤「朱天心の《古都》における記憶と忘却」（『アジア太平洋論叢』、二〇二一年）
呉佩珍「あとがき」（『我的日本』白水社、二〇一八年）
黄英哲「歴史・記憶とディスクール」（『言語文化』、二〇〇五年）
黄錦樹「大觀園到咖啡館」（朱天心『古都』麥田出版社、一九九七年）
黄翠娥「⑥台湾編」（『川端康成スタディーズ』笠間書院、二〇一六年）
坂元さおり「川端康成と朱天心、二つの『古都』」（『日本語日本文学』、二〇〇二年）
――――「二つの「古都」」（『アジア遊学』勉誠出版、二〇〇四年）
清水賢一郎「〈記憶〉の書」朱天心『古都』国書刊行会、二〇〇〇年
張瑞芬『朱天文與「三三」』（秀威資訊科技出版、二〇〇七年）
仁平政人『川端康成の方法』（東北大学出版会、二〇一一年）
濱田麻矢「書評　朱天心著・清水賢一郎訳『古都』」（『東方』、二〇〇一年）
――――『少女中国』（岩波書店、二〇二一年）
原善『川端康成の魔界』（有精堂出版、一九八七年）
星野幸代「草木は語る城市の記憶」（『言語文化研究叢書』、二〇〇二年）
星野智幸「私が私でいるために」（『ハイセンス』、二〇〇〇年）
頼振南「日本文学翻訳史概観」（『アジア遊学』勉誠出版、二〇〇四年）

李昂

毒を盛られたオマージュ
――李昂の『眠れる美男』を読む

李哲権

一　オマージュと父殺し

読後、忘れぬ小説というものがあり、文豪川端康成の『眠れる美女』もその一つである。忘れられない理由はさまざまであるが、『眠れる美女』が最も印象深いのは以下の点による。すでに老衰して性的能力を失ったあの男性が、薬物で昏睡させられた若い女体に対して許される男性の代替的性行為に参加することである。（中略）

今になって、女性の老いに関する小説を書こうと思うと、幾つかの題名が浮かんできたが、最終的には『眠れる美男』とすることに決めた。

文豪に敬意を表する。「後記」

李昂（りこう）が『眠れる美男』を書こうとしたのは、川端の『眠れる美女』を読んだからである。そして川端というこの東洋の男性作家に「敬意を表する」ためである。彼女にいわせれば、自分と同じように川端康成にオマージュを捧げている作家にガルシア・マルケスがいる。彼の川端康成へのオマージュ、それは男が男に送る敬意である。それに対して、李昂のそれは女が男に送る敬意である。男の男への同性愛的なオマージュは無害で危険を伴わないものかもしれない。しかし、女の男への異性愛的なオマージュは危険で殺意を隠しもっているかもしれない。なぜなら、『眠れる美男』において女性は単なる産む性ではなく、食事を作る人でもあるからだ。

私たち女性は、基本的に食事を作る人、男性に作ってあげる人であり、食事を作ってあげる際に、時に毒を盛るということを考えはしないだろうか⁉

ちょっと待って、たとえ毒「殺」まではいかぬにせよ、一服盛るだけのことであればどうだろう⁉

男性に一服盛るのだ！

Drug a man !?　『眠れる美男』

李昂自身『眠れる美男』の「後記」に記しているように、彼女がこの作品を書こうと決意し、実行に移しえたのはその背後に一人の偉大な存在がいたからである。その人とは、「日本の著名なフェミニストの上野千鶴子教授」である。李昂のこの偉大なフェミニストに対する敬意は川端康成へのそれを越えている。李昂には彼女の一押しが必要だった。それがあったからこそ、李昂は川端康成の『眠れる美女』を意識した『眠れる美男』を書き始めたのである。李昂は作家であると同時に女性である。ゆえに、李昂の作品論理に従えば彼女は食事を作る人でもある。食事を作る人が同時に作家であり、食事を作る人が同時に毒を盛る潜勢力を有した存在であるとしたら、彼女が作る食事、彼女が作る作品は同じく毒を盛る可能性を有している。

したがって、川端康成への李昂のオマージュ、それは敬意の鞘の中に復讐の凶器を忍ばせた殺意であり、敬意の盃の中に毒蛇の猛毒の滴を垂らした謀殺である。

人類の歴史は男性中心主義的である。それはいつかは断罪されなければならない運命を自らの構造の中に内包している。いまやそのような断罪が行なわれようとしている。

『眠れる美男』の登場人物である潘（パン）は、美しいボディーを有しているために選ばれたのではない。潘がパンと同音異義だったために選ばれたのである。潘はパンであり牧神である。パンは神話の世界においてもっとも安価な投資——野原に咲く花や野原に生る果実をもって数えきれないほどの無数の乙女たちを篭絡（ろうらく）し、その純真な心を奪った無法者であり、乱暴者である。彼はそのような無法者の代表格であり、男という種族のリーダー格であり、「神の名で呼ばれた」男である。だから、彼は「イマ・ココ」という女性たちによる断罪の時代に生贄（いけにえ）として捧げられなければならない。アブラハムが自分の息子イサクを神ヤハウェの命令に従って神に捧げなければならなかったのと同じように、男性中心主義的な人類の歴史、人類の文明のために贖罪（しょくざい）の山羊として捧げられなければならない。殷殷夫人に代表される女性種族たち（＝アマゾンたち、弓矢を射るために右の乳房を失った女の巨人族。男たちは彼女たちの皆殺しと言われる襲来にいつも戦々恐々としていた。）が執り行なう儀式のために供されなければならない。

よって、『眠れる美男』における潘の肉体構築は美ボディーの入手を念頭においた功利的で利己的なものではない。それはある事業、ある裁判が必要とする絶対不可欠な構築であり、過程である。潘は美ボディーを構築し、獲得することで自らをその事業、その裁判に供されるにふさわしい存在へと無限に近づけていく。彼は贖罪の山羊、身代わりの山羊である。彼は潘という名字を有していたためにパンと音韻上の婚姻関係を結び、そのために無法者、乱暴者として断罪される運命を背負わされている。ゆえに、李昂の『眠れる美男』は川端康成の『眠れる美女』の単なるオマージュテクストではない。それはギリシア悲劇が強いる運命を背負わされた生贄の物語であり、オイディプス的な運命の叙事詩である。

しかし、潘の運命にはニーチェが語ったような運命愛はない。というのは、彼は目に見えないものが強いる運命を自らの意志で受け入れたのではないからである。彼には何も知らされていない。人類には愚人祭が必要である。そのために祭の主役になるための愚人が必要なのだ。狡猾な神官なる人類はその愚人を指して「我らの偉大な王様」と讃える。王様の称号の付与、気前のよいポトラッチ、潘は人類の愚人祭が必要とする愚人であり、王様である。そしてその王様は愚人祭が内包している論理によって殺される運命を背負わされている。カーニバル、人肉嗜食会、それが愚人祭の論理であり、人類が諸危機を乗り越えるために考案した千年の知恵である。しかし、潘はアブラハムの息子イサクではない。ヤハウェは潘を知らない。だから、ヤハウェは彼を選んだのは殷殷夫人である。「羚羊の狩猟旅行」にうつつを抜かし、優雅の極みを演じてみせる外交官夫人である。潘はこの狩猟民族の血をひいた殷殷〔〈殷殷〉には盛大な、憂鬱な、ねんごろな、愛情深い、などの意味がある」と訳者の藤井省三は労をいとわずに自ら注釈を施している。『眠れる美男』には至る所にこのような注釈が散在している。それがわれわれ読者の読みに待ったをかけ、流れを堰き止めて、読みの快楽を奪う。むろん、読者の理解を助けるためにはこうした注釈は必要であろう。しかし、そのような注釈を必要とする知性の閃光をこれ見よがしに灯さずに済むこともできたはずだ。にもかかわらず、強いてそうした注釈抜きには読めない隠喩の次元にこだわる李昂は聡明すぎる。知性的すぎる。知性と聡明はかならずしも作家の武器ではない。李昂がもう少し馬鹿であったら、彼女の文体は川端康成の文体のように、水の柔らかさ、絹の滑らかさを勝ち得ていたはずだ。そして彼女のこの好戦的な『眠れる美男』も「完全な剽窃」、「完璧な模倣」を試みたものとして後世に傑作の名を遺すことができたはずだ。李昂は聡明であるために、知性的であるために却って不幸な作家なのだ。）夫人の「ファウストの呪い」の藪に角をひっかけられた牡羊なのだ。

李昂の『眠れる美男』は、女性たちの復讐の物語である。ゆえに、それは男性たちの受難の物語でもあるのだ。男性読者たちにとって、このテクストを読むことが一つの受難、一つの受苦であるのはそのためである。サルトルの『嘔吐』のロカンタンが蛇のトグロを想起させるマロニエの根っこの不気味な隆起を見て嘔吐を催したように、男性読者たちはこのテクストを前にしてある種の名状しがたい居心地の悪さ、胃袋が煮えたぎるような嘔吐感を覚えなければならない。『眠れる美男』の翻訳者、藤井省三が翻訳を依頼されながらも一向に訳す気を起こさなかったのも、またしぶしぶ訳し始めても遅々として進まなかったのも、その背景にはこのように予測される受難、受苦、嘔吐があったからであろう。したがって、彼にとって、上野千鶴子が『眠れる美男』の中国語版を携えて彼の会議に乱入してきて翻訳を迫ったことは事件であり、最後通牒であった。

それによって藤井省三も兜をぬいだ。男たちも兜をぬいだ。そして男たちは自分の死に立ち会わねばならなかった。李昂の『眠れる美男』は男たちに喪を強いるテクストである。川端康成の『眠れる美女』に向かって勝利宣言をするテクストである。オマージュは偽りの敬意であり、糖衣で包んだ殺意である。

II　川端康成の文体　李昂の文体

李昂の『眠れる美男』は川端康成の『眠れる美女』というアダムのわき腹から生まれてきたイヴである。川端康成は男としてイヴの物語を書き、李昂は女としてアダムの物語を書いた。二人はこの共同作業によって、「人間的なあまりにも人間的」な「男女(おめ)の物語」を完成させた。一対の美男美女、二人は動く生ではなく眠る生を生きることで、自分たちを大地の上に横たわらせる。地上における「男女(おめ)の物語」の完成は、この横臥の姿勢の強制によって達成される。

しかし、両テクストに共有された横臥は疲労や睡眠不足によるものではない。あるいは性の欲望が充足された瞬間に訪れる甘美な眠りでもない。それは薬によってもたらされた休息ならぬ睡眠である。そのような睡眠にはモノになろうとする意志、オブジェになろうとする意志が内包されている。しかし、そのような意志は薬によって強いられた意志であるために、主体性を持たない意志である。川端の『眠れる美女』も李の『眠れる美男』も、そのような横臥の姿勢を保つことで、フィクション空間における登場人物の資格を獲得する。『眠れる美女』の江口老人の視線にさらされた乙女たちは、男たちの性の欲望の力線が交錯する場でもなければ、想像力の資本が投資される場でもない。彼女たちは老人たちの「イマ・ココ」という不能と瀕死の状態を忘却の揺り籠に寝かせてくれる契機であり、媒体である。薬はこのような契機、このような媒体を促成栽培するためのもっとも効果的な「補助手段」である。

『眠れる美女』は、娘たちと老人たちのそれぞれに薬による契機と媒体の関係を強要することで、窃視症に侵された川端康成的視覚、川端康成的エクリチュールに被写体と描写対象を提供するだけでなく、十分な距離と時間をもってそれを観察し、分解して、ばらばらのイメージへと凝固させる可能性を獲得させる。『眠れる美女』のフィクション空間に散乱している娘たちのバラバラになった身体の各部分は、このような窃視症に侵されたデカダンス的な視線が捉えたオブジェにほかならない。

> 色の濃くて広い盛んな乳かさ／性に濡れている乳首／低くひろがった乳房／円みを帯びた膝頭／細く長い指／小麦色をした顔／やわらかい寝顔／安らかな寝息／幼なじみた舌／ういういしい円みを帯びた小さい肩／性の味わいで濡れて動く小さい娘の唇／こまかい、きれいにそろった歯／血の色が生き生きとしている爪／匂い出るしめりけをおびている肌／長くてしなやかな娘の足指／自然に長い髪／富士額／少し汗ばんでいる額の生え際／細長い白い腕／小さな寝息のする鼻／温かい血の赤みを帯びた耳たぶ／眠らされた眼／細長い眉／閉じた瞼／素直にやわらかくかぐわしい首／いい姿のきれいな足／高い低いのややとぼしい胸／円みを帯びている腰／整った美女／黒光りの長身の娘／手首の小さな脈／弱い心臓の鼓動……

ここにあるのは解剖を施された娘たちの身体の各部分を指示する名詞であり、その属性を表わす形容詞である。川端康成的エクリチュールはこのような名詞と形容詞の組み合わせによって、それ固有のデカダンスの紋章学を創始し、解剖学を創始する。したがって、娘たちの身体は飲まされた薬によって「生きた人形」になっているのではない。名詞と形容詞の連結による羅列と並置を好む川端康成的エクリチュールによって、娘たちの身体は切り刻まれてバラバラになる。江口老人が娘たちと同じように薬を飲んだのも、目を瞑（つむ）ることで夢を見、失われた記憶を取り戻すためである。結局、薬を飲むこと、目を瞑ること、夢を見ることは、いずれも川端康成的エクリチュールが企てる陰謀に加担し、貢献するために考案された巧妙な装置である。したがって、江口老人も娘たちももはや人間でもなければ、主体でもない。川端康成的エクリチュールが必要とする記号であり、感覚の束である。こうした記号、こうした感覚の束を前にする時、川端康成的想像力は純粋な観想に身を委ねながら、父を持たない、ジェンダーを喪失した単性生殖へとつき進む。

『眠れる美女』は、上述したオブジェを江口老人の記憶を蘇生させるための装置、小道具として用いることで、筋なき筋を展開しながら、テクスト空間に二つの異なる時間を刻みこむ。一つは「秘密の宿」における「イマ・ココ」という時間であり、もう一つは江口老人の記憶に刻まれた過去の「イマ・ココ」という時間である。その意味で、「眠れる美女」はプルーストのプチ・マドレーヌのように、老人たちを「イマ・ココ」からひき離して想起の生、記憶の生へと誘っていく手招きの役割を果たすようになる。

李昂の『眠れる美男』が、彼女自らが言うように文豪川端康成へのオマージュであるとしたら、その敬意は川端康成のこのような回想の手法を忠実に模倣している点にこそ表われている。彼女は自分の煽情的で背徳的な赤裸々な描写と記述に赤面し、羞恥を覚えて逃げたくなる時は習慣的に川端康成の真似をして、現在詩の「イマ・ココ」を想起させた過去の「イマ・ココ」に入れ替えて記述する。すると、異なった性格を有した二人の文体は、おもむろに腰を上げて、それぞれの記憶の世界、回想の世界へと赴いていく。それによって、男性読者たちに嘔吐を催させてやまなかったポルノ並みの「イマ・ココ」の描写は回避されて、無害な別の風景の叙述へと入れ替わる。模倣された川端康成の回想の手法は男たちの受難を軽減し、救済の役割を果たしている。

いってみれば、川端康成の文体は窃視症に冒されていて視覚的である。李昂の文体は愛撫に飢えていて触覚的である。ゆえに、川端康成は見者であり、李昂は触者である。男に性の倒錯があるように女にも性の倒錯があるとしたら、川端康成のそれはやはり見ることによって代理的に充足されるものであり、李昂のそれはやはり触れることによって代理的に充足されるものである。殷殷夫人の食事を作ったことのない手、いわゆる労働を知らない手は官能と無縁であり、享楽を知らないものであった。それが性的欲望の究極の対象であるパンとの真の遭遇を果すために、男の遍歴を繰り返しているうちに、快楽を覚えて官能的になり、触れる手、愛撫する手になっていく。『眠れる美男』の「小鮮肉」なるトビーはそのような手の育成と完成にもっとも貢献する存在である。

殷殷夫人の身体が試され、作られていく過程において、夫をのぞいた二人の男たち、いわゆる「小鮮肉」なるトビーとパンは彼女の力と存在を確かめるための道具であり、計測器である。特にあの「パッションの暗黒の通路」なるヴァギナがまだその機能を失っておらず、まだ使えるかどうかを試すための媒体、バロメーターなのだ。したがって、性の倒錯、性のフェティシズムはただ代理となる対象を求めるだけではなく、そのリビドーが配分されるべき欲望の対象を物化——生命を知覚し生命に反応する能力を減少させる——するのである。愛とは、所詮対象という手段を用いて自己を拡大することを目的とするものであるとしたら、殷殷夫人の身体にとって、トビーもパンも窃視症的な視線の対象でもなければ、官能的な手の愛撫の対象でもない。それは殷殷夫人の存在証明に貢献すべく呼び集められた媒体であり、記号である。したがって、そのような記号には血もなければ肉もなく、つまり生命はないはずだ。ゆえに、性差を超越しているはずだ。にもかかわらず、それが「真に能力の高い小鮮肉」であるせいか、依然として殷殷夫人のヴァギナ——「下半身の両足の間の腫れて熱い粘液を分泌するあの秘処」——に性の松明を灯して、「半百の老嫗」の「ghost town」なる性の世界を一瞬にして初夜の性の世界に一変させてくれる。では、そのようなマジックショーを支え、可能にしているのはいったい何なのだろうか。それはヴァギナという「小さな穴」——殷殷夫がいつも自信なさそうに大量の潤滑剤クリームを塗りこむ処——とペニスという筋肉の塊である。殷殷夫人が「内側のフィットパンツはブリーフタイプかボクサータイプか？」と妄想をめぐらしながら、「彼女は手を伸ばしてジーンズのジッパーを開いた。」「ついにその時がやって来た。彼女はジーンズの中へと手を伸ばす。」「ついに、彼女の手はすっぽりと進入した。予期した通りブリーフタイプである。」といって読者を焦らしまくった末に手（＝殷殷夫人の手は食事を作ったことのない、労働を知らない手である。また享楽を教えこまれたことのない手でもあるのだ。）に握るもの、それは布に包まれた「隠す筋肉」である。それに対して、殷殷夫人がセックスのあとに「最も深く最も沈み最も重く眠りに睡入」した時にその胸の上に置かれる筋骨隆々たる長い腕は「隠す筋肉」ではなく、外に露出したペニスにほかならない。長い足も同様である。李昂の『眠れる美男』のテクスト空間には隠喩の次元を隠しもった無数の「細長いもの」が散在している。殷殷夫人はそのような隠喩物の上に頭をのせて「最も深く最も沈み最も重」い眠りをむさぼる。李昂の文豪川端康成へのオマージュとしての進物は裸形のペニスではなく、長い「片腕」だったのだ。川端康成はその腕を『片腕』において、自分の傀儡である登場人物にしゃぶらせている。それに対して、李昂はその腕を自分の傀儡である殷殷夫人に与え、そしていつでも涎（よだれ）を垂らして眠れる枕として使うように命じる。腕と頭の隣接、エロスと知性の錯乱。川端康成のテクストも李昂のテクストもいずれもこの二つの要素の混合と錯乱によってできている。

李昂の『眠れる美男』は、そのようなヴァギナとペニスの饗宴がもたらす恍惚と絶叫を恥じることも憚ることもなく、しかも疲労を知らぬ筆致で繰り返し赤裸々に描いている。

しかし、李昂の『眠れる美男』が提示するその性的多形体の記述には、名詞と形容詞の連結による羅列と並置を好む川端康成的なエクリチュールの窃視症的な性格はない。あるのは、視覚、触覚、嗅覚などの中枢が交換され、ずらされ、混合されたような五感の錯乱が織りなす感ずる身体、味わう身体、貫通される身体である。ゆえに、ここでは形容詞と名詞の組み合わせではなく、副詞と動詞の組み合わせが支配的である。感ずる身体、味わう身体はこの組み合わせに自分を載せることで、自分好みのフェティッシュで動物的な感覚をたぐり寄せて満喫し、飽食する。李昂の文体は川端康成のそれに比べると、はるかに背徳的であり扇情的である。しかし、だからといって倒錯的とはいえない。なぜなら、彼女はまるでサド的快楽の処方箋を隠しもっているかのように、実践においては川端康成をしのぐような形で理性的であり、知性的であり、論理的だからである。ゆえに、李昂の物語的ディスクールには川端康成的エクリチュールに装着された視線が欲する所有と凌辱の意志はない。むしろ、それは所有され、凌辱されて横たわろうとし、感じようとし、眠ろうとしている。「男性に一服盛るのだ！」と絶叫しておきながら、自らが感じる身体であるゆえに、味わう身体であるゆえに、頭は記憶を失い、身体は戦意を喪失して、薬を飲まされたパンのように無限の恍惚に酔いしれながら絶叫する気力もなく、うっすらと目を開いたまま失神している。分厚い唇と白い頬に殷殷夫人の手から流れ落ちた血なのか、それとも体の中に鬱血していた悪血なのかわからない液体を浴びながら静かに横たわり、パンのように仮死している。李昂の『眠れる美男』が川端康成の『眠れる美女』へのオマージュであるのは、このような魅惑的な恍惚と失神と仮死が性的倒錯の差異を乗り越えて、両テクストに共有されているからである。

Ⅲ　結び

従来の愛の物語には目に見えない境界線が引かれている。その境界線を乗り越えて赤裸々に描くものをポルノと言い、その境界線を乗り越えることなく、薄い膜のような隠喩のヴェールを窃視症の上に被せながら、さりげなく描くものをエロティシズムと言う。あるいは精神分析学が好んで用いる中性的で代理的な用語、つまりフェティシズムと言う。川端康成が用いる手法はエロティシズムであり、フェティシズムである。彼はリアリズムの作家ではない。自然主義の作家でもない。

現実を「自然らしさ」を失うことなく忠実に描くこと、それがリアリズムの至上命令である。リアリズムが窮屈なのは、現実模倣と「自然らしさ」の確保を求めているからである。数多の作家たちが逃げたくなるのもこの窮屈のためである。川端康成の『眠れる美女』はまさにそのような窮屈さからの逃避行が敢行された地点に成ったテクストである。彼の『片腕』も同様である。リアリズムが標榜する「自然らしさ」が眠っている現実という自然は夢想の生を生きる作家、想像の生を生きる小説家にとっては窮屈すぎる。だから、みな逃げたくなる。彼らからみれば、リアリズムの畑には創作の種はなく、現実という日常生活には拾うべき落穂はなかった。だから、逃げたくなるのである。言い換えれば、彼らはこの世に来るのが遅かった。あまりにも遅かったので、リアリズムの畑は荒廃し、現実という日常は灰色に塗りつぶされていて描くに値しなかった。それでもこの現実から逃げることなく、作家の生業を引き続き営もうとしたらどうすればいいのだろうか。フェミニスト的な筆致、フェミニスト的な心理、フェミニスト的な夢想、フェミニスト的な想像力、フェミニスト的な心象、フェミニスト的な大胆さ、をもった作家に変身すればいい。しかし、たとえ彼らがこうした諸性質、諸特性を獲得しえたとしても、肉体改造をして性転換をしないかぎり、李昂のような「実存的なあまりにも実存的」な描写を生産することができないのではないだろうか。いまや、世界のどこを探し回ってもいまだ未開墾のまま残っている文学の処女地はない。フェミニストたちが切り開いたばかりの土地以外には、どこにもペンという犂を入れて耕せる畑はないはずだ。李昂の『眠れる美男』はそのようなフェミニストの土地に生った作物である。しかし、それは自然に育ったものではない。それは殺意をもって育った毒キノコのような野生児なのだ。それは「小鮮肉」の狩猟に血眼になっている21世紀の性転換したパンなのだ。

参考文献

カミール・パーリア『性のペルソナ』上・下（河出書房新社、一九九八年）
ブラム・ダイクストラ『倒錯の偶像——世紀末幻想としての女性悪——』（パピルス、一九九四年）
グザヴィエル・ゴーチェ『シュルレアリスムと性』（平凡社、二〇〇五年）

II

現代作家と川端康成の〈対話〉

12 極悪について

小池昌代

川端康成の作品で何が好きかと問われれば、『眠れる美女』と即答したい。以前、別のものをあげてみたこともあったが、実はやっぱり、これが好きだ。この小説を読むとき、わたしはほとんど、作品世界の内に逃げ込むという体勢になる。わたしは麻薬を知らないけれども、わたしにとってはおそらく、「麻薬」に等しい役割を果たす作品なのではないかと思う。わたしは睡眠薬も知らないけれども、作品を読んでいるうちに、半醒半睡状態になるのが快感である。

今回、読み返し、初めて「いぎたなし」という言葉が思い浮かんだ。「源氏物語」や「枕草子」にも出てくる古語で、「寝汚し」と書く。最初、知った時、興味を覚え、そのざらついた音とともに記憶に残った。意味としては、ぐっすりと眠っていることらしい。が、だらしなく眠りを貪っているだの、なかなか起きてこないだの、寝坊助であるなどという否定的意味にも通じ、寝乱れるという連想も呼ぶ。寝室に直結する言葉であるからして、どうしてもそこには性的ニュアンスが加わる。寝方が汚いと書くが、現代語で言うところの「汚い」よりも、「崩れている」「乱れている」というニュアンスを汲み取った方が、通りがよさそうだ。イメージには反動が付き物だから、「汚」という言葉が、一気にもう一つの極、「清」や「聖」へと振れる予感もあった。

『眠れる美女』には眠らされている女が六人も登場する。女といってもおそらく、十代。皆、少女だ。彼女らの寝姿の崩れは、江口老人によって引き出されたものであり、眠っている際の無意識のふるまいが、自然に作りあげた造形とも言える。それを媚びと見て欲情を覚えても、眠れる美女たちに意識はない。そういう姿を現代語で表そうとしても、適当な言葉が思い浮かばない。しかし古語の「いぎたなし」ではどうか。この一語でなら、彼女らの寝姿をカバーできる気がした。いや、本当のところを言えば、彼女たちの寝姿の方が、「寝汚し」の「ふりがな」として、現れ出たような気がしたのだった。

波の音が聞こえるという別荘風の民家。そこへ通いつめる江口老人は、睡眠薬であらかじめ眠らされた少女と同衾(どうきん)し、過去の女を思い出したりしている。寝入る少女を描き分けるには、その寝姿を描写するより他はない。

指先きは眠りのやわらかさで、こころもち内にまがり、しかし指のつけ根に愛らしいくぼみのあるのがわからなくなるほどにはまげていなかった。温い血の赤みが手の甲から指先きへゆくにつれて濃くなっていた。なめらかそうな白い手だった。……（「その二」より）

各章にこうして執拗な程の寝姿描写が出てくると、わたしはなんというか、読むより眺めるモードになる。というのも、血の色が指先の方へいくにつれて濃くなるというのは、どう見ても絵を描く態度で、実際、こういう微妙なグラデーションを持つ指があるのかどうか。そういうふうに描かれた「絵」ならあるだろう。絵ならばこんなことは容易なことだろう。つまり作者は、眠れる女らを、限りなく日本の風景に近いものとして取り扱っている。彼女らが眠らされ、自発的に言葉を使えないという状況や、心（意識）と切れて、ただ体だけがそこに放り出されている状態というのも、外観を見るなら、限りなく自然に近い。言わば作者は、寝床へ、若々しい川や山を引き入れたというわけだ。桜花が匂うように、甘い匂いもする。しかしこの自然は薬物投与による眠りという調律を施された、人工的自然、観念の自然、玩具としての自然。しかもこの玩具には使用の期限があり、それは短期的な意味では睡眠薬の切れるときだ。宿の中年女が、朝、隣室から、「お目ざめでございますか。」と江口老人に問いかけるが、これはほとんど「さっさと起きろ」という命令であり、添い寝の女の子が客より先に目覚めてしまってまずい、ということなのだろう。

この玩具には死という使用期限もあった。薬の作用によって、非常にうまく、半死半生の状態に置かれてはいるが、こうした睡眠薬のたび重なる使用が、少女たちの体にダメージを与えているだろうことは容易に想像がつく。電気毛布で温めてくれとも中年女は言うが、睡眠薬摂取による低体温症で死なれることを恐れてのことかもしれない。際どいバランスの上に成り立った生存で、死の方に一ミリでも傾けば、簡単にあの世へ行ってしまう。実際、眠る美女の一人はいつのまにか死んでいた。死因は不明である。

寝ている生体と屍体とを区別する一線は、細く曖昧で、死体との同衾もあり得るという極めて特殊な寝床であった。死の可能性は老人たちの方にもある。人生は残り少なく、異常な環境下、興奮により死ぬ可能性は十分にある。若い美女たちと老人、生命力の多寡では両極にある二者も、死ぬことにおいては等価であり、どちらが先ということはない。本作では、こうした死をめぐる想念が、あたかも弄(もてあそ)ばれるように描かれていく。死のボールが、どちらに渡るにせよ、この宿では、簡単に人が死に、死体が、いとも簡単に処理される。一連の作業を取り仕切っているのは「四十半ばぐらいの小柄で、声が若く、わざとのようにゆるやかなものいい」をする中年女。「薄い脣を開かぬほどに動かせ、相手の顔をあまり見ない」。わたしはずっと、この女を読みたくて、『眠れる美女』を読んできた。次は冒頭の有名なセリフ。

「たちの悪いいたずらはなさらないで下さいませよ、眠っている女の子の口に指を入れようとなさったりすることもいけませんよ」

歌うような誘うような脅し文句だ。ねっとりした声質を想像するが、骨の髄にまで染み込むような圧を感じる。読むとき、わたしは、ほとんどこのやり手ババアになっている。四十半ばという設定だが、どうだろう。今読むと、節回しはほとんど六十、七十くらいに聴こえる。本作は、昭和三十五年から三十六年にかけて、『新潮』に少しずつ連載された。その時代背景を考える必要がある。ここで中年女は、口はもちろん、眠っている身体の、いかなる穴へも侵入してはならぬと言い含めている。人間は穴を通して別の肉体と深く関係する。口といえば、初期の短編「青い海黒い海」にも、少女の口の「暗闇」が出てきたが、作者は始まりの頃から、人間の肉体器官を抽象的に捉える、「人間ばなれ」したところがあった。

中年女の声は、夢を覚ます、実に現実的な声調だが、その実体は、幽霊のようで掴みきれない。だがこの作品を裏で主導し、登場人物たちをコントロールしているのは、紛れもなく彼女、素性の知れない中年女である。

彼女に比べれば、江口老人のなんと幼稚なこと。「誰も見てないもん」と言わんばかりに、一度、禁を破るのである。ところが、ここがわたしにはよくわからぬところだが、「あっ。」と叫んではなれてしまう。「明らかなきむすめのしるしにさえぎられた」とある。処女であることが印籠のように効いている。ここでの処女膜は、どんな暴力をもはねのける万能盾のようではないか。なんだか笑える。

こうして、さんざん老人たちに弄ばれながら、きむすめであり続けることの悲惨が、本作では江口老人の口を通して語られるが、平成・令和の現実では、デートレイプドラッグなどを飲まされ、知らぬ間に犯されるという許し難い犯罪も起きている。比べられるものではないが、後者は単なる違法事案、小説の設定は合法的。しかも、「この家には、悪はありません。」と、宿の中年女はきっぱり言う。

聴いた（読んだ）方が、動揺する。本当だろうか、悪はないのか。だが少し前には、「男が女に犯す極悪とは、いったいどういうものであろうか」という一文があり、わたしはそれに傍線を引いていた。両者を響き合わせて読んでみる必要がありそうだ。この一文は、男は女に対して極悪を犯す、という前提に立っている。たとえそれを女が促したのだとしても、いや何、男女のことは五分五分ではないかと言ってはみても、男と女の関係において、男により、ある力が女に対し行使され、それによって女の生涯がはっきりと歪められてしまうということがある。

確かにある。作者はそのことを含めて男の極悪力をよく知り尽くしている。女を眠らせ人形化することは、その力を遠ざけることなのだろうか。眠れる美女を「秘仏」に喩えた箇所もあった。

もっとも、江口老人は、眠らされ、何も知らないとはいえ、少女たちの上に何も痕跡が残らぬとは考えていない。悪事を働いたという意識に苛まれている部分もある。つまり江口老人のなかには、非常に人間的な部分がまだらに残っていて、徹底していないところも人間的である。

客の一人が死んだ後、宿を訪ねた江口老人に、口止めの意味もあってか、中年女が言う。

「今夜は二人おりますから」

特別サービスである。二人の眠れる美女が用意された。が、眠っている最中に、そのうちの一人が急死。宿の中年女は、その時も、「娘ももう一人おりますでしょう。」とさりげなく言う。草はいくらでも生えてくるでしょう、と言う響きで。死んだ娘は静かに葬られる。こうして本作では、暖流と寒流の如く、人間的なるものと非人間的なものが、混ざりあっては流れていく。

過去に関係を結んだ女を思い出すなかで、江口老人が「最初の女は「母だ。」」と閃くところにも大きな衝撃があった。何も近親相姦を示唆するものではない。そういうことではなく、最初の女として母を捉える、その突き放した眼差しに、自分が見つめ返されたように動揺し戦慄した。

「眠れる美男」という設定は可能だろうか。江口老人を、江口老女として物語にすることは可能だろうか。あり得ない、と思う。わたしの中には、「男が女に犯す極悪」という概念が消えずに渦を巻いている。作品の土台に横たわるその認識が、強力な磁石となって、わたしを激しく惹きつけているのではないか。ジェンダー批評が及ぶ、はるか以前、男なるものと女なるものの相違に、行き当たった気がしたのである。そしてわたしという女の中に残り続けているらしい、男なるものから行使された悪の痕跡が、ついにこの小説によってなだめられ、癒されているような気がしてきた。今はここまでしか言えない。

13

川端康成と立原正秋と「通」

小谷野敦

川端康成について、実作者の立場から何か書いてくれということだったが、すでに『川端康成と女たち』（幻冬舎新書）を書いていて、今のところ書くことがしぼりつくされている状態である。むしろ作品一つをあげて、これについて何か書いてくれと言われたほうが楽だが、そうではなかった。川端がなぜ好きかといったことは『川端康成伝』（中央公論新社）のまえがきにたっぷり書いたので、それ以上特に書くことはない。

頭をしぼって苦しんでいたら、立川健二の新刊が届いた。立川健二というのは私が若いころ、ソシュールに関する大著など出して、講談社の『現代』のグラビア「日本のホープ」でも、にこやかな顔を見せていた人だが、その後東北学院大学教授から、私の実家があった埼玉県越谷市にある文教大学教授になったのだが、そのへんから具合が悪くなったようで、数年して辞職してしまい、音沙汰がなくなったと思っていたら、世紀の変わり目ころに『ポストナショナリズムの精神』（現代書館）という著作を出して、なんだなんだと思っていたら、西部邁が主催する雑誌『発言者』に西部との対談で登場し、連載も始めたから、これから保守の論客で食っていくつもりかな、と思っていたら、それもすぐ消えてしまった。それから二十年近くたつわけだが、どうもとりとめのない本だった。だがその最後に、これから立原正秋について書きたい、と書いてあり、ああ、そうだ、と思いついたのである。

立原正秋（一九二六－八〇）は、よく知られた直木賞作家だが、私が高校三年の時にガンのため死んだ。当時、文学好きの級友が、立原正秋がいい、と言い出したから、私はよく知らないくせに「女の読むもんだろ」と軽口を叩いたら、彼はにこにこしながら、「そんなことないよ、男の中の男だよ」と言った。これは考えてみたら、読者と当人を混同した会話になっている。立原が死んだのは八月十二日の夏休み中で、「ああ、死んだのか」と思っただけだった。大学生になって、私は立原の直木賞受賞作を含む『剣ヶ崎・白い罌粟』を読んだが、それほど面白いとは思わなかった。当時私はすでに川端が好きだったが、川端に似ているとも思わなかった。

それから二十数年たって、私は高井有一の『立原正秋』を新潮文庫で読んだ。それは確か東大で非常勤で英語を教えたあと、埼玉県にある彩の国さいたま芸術劇場へ行く電車の中で読み終えた。奥付を見たら「たちはらせいしゅう」と音読みでのルビが振ってあった。そこには、実は朝鮮人である立原が、いかに日本の古典美に憧れたか、それはある種醜悪なものでもあったということが描かれていて、伝記文学の白眉だと思うとともに、これは高井有一の最高傑作だろう、という思いもあった。

川端康成は、戦後、『千羽鶴』『古都』など、日本の古典美をモティーフとした作品を多く書いた作家で、それらは主として女性読者の憧れをかき立てるとともに、立原や私のように、日本の古典美にそこはかとない憧れを抱く男性読者をも引き付けていたことだろう。

だが、立原や私には、そういう日本の古典美に関して、コンプレックスと焦りがあった。立原は、朝鮮人だから、とひたむきに思っただろうし、私の場合、そういうことがらに何の趣味もない、関係もない貧しい農民の子供らの家に生まれたという中野孝次（こうじ）的な劣等感であった。たとえば、親が東京人の歌舞伎好きで、子供のころから歌舞伎に連れていかれたなどという人がいると、私は嫉妬した。大学院で知った佐伯順子さんのように、祖母が能楽師で、山口県の祖母の家には能舞台もあり、自身も幼いころから謡曲、仕舞を習い、今も能管を吹くことがある、などという人がいると、激しく憧れを抱いた。翻訳家の鴻巣友季子は、母親が日本舞踊の先生だったということだが、そういう人が英文学の翻訳をしているということに、たまらない嫉妬を感ぜざるをえなかった。

立原も、初期の作品に「薪能」というのがあるくらいで、能楽に執心することが甚だしかった。鎌倉に住み、鎌倉文士であった川端はともかく、里見弴と親しみ、里見と一緒に能を観に行き、番組が変わって、その次はあまりうまくない能役者が出てくる、と知っていた立原がやきもきしていると、里見が「つまらん、帰ろう」と言って席を立ったのでホッとした、などと自分の鑑識眼を誇らざるを得ない立原であった。

私も能楽では苦しんだ。歌舞伎については、高校三年の時に一人で歌舞伎座へ「忠臣蔵」を観に行ったほどだったが、能は観るのが遅れ、大学院へ入ったら、さきの佐伯さんを含めて能の研究をしている人があまりに多かったため、まずいと思って観に行ったのだが、寝てしまった。それから何度か観能には挑戦したが、「日本古典文学大系」のコピーを持って行って詞章を追うばかりで、雑能などは何とか面白いような気はするが、鬘能などになるとぼうっと気が遠くなるほどに退屈なことがあった。

『能は死ぬほど退屈だ』(論創社)などという本を書いたのは、能へのこういう歪んだ感情がさせたわざかもしれないが、これはそもそもフランスから来た文化使節(ザッキンなど)の一団の感想を、高田博厚がまとめたものについて書いたものである。以前、能の研究者の増田正造先生に贈ったことがあり、お返しに能についての自作のDVDが送られてきたが、私はその時、増田先生はもしやしてあの本の題名だけ見て誤解しているのではないかと怯えた。

高田は、能の観客というのは、自分でも能を習っている人が観ているんだ、そういう内向的な演劇なんだ、とバカにしているが、私も、能が面白いなどと言う人は、子供のころから能をやっているとか、何かの加減で自分でも演じているとかそういう人なんだろうと思っていた。ところが最近、放送作家の和田尚久(松本尚久)さんが能を面白がっているので聞いてみたら、別に子供のころからやっていたわけではなく、大人になって観たらたちまち魅せられたということで、ああそういうこともあるのか、と思ったが、和田さんの父親は前田純敬（すみのり）という作家だから、何か遺伝とかもあるんじゃないかと思ったりもした。瀬戸内寂聴の対談本『わかれば「源氏」は面白い』（講談社）というのを見て、私はカッとなったことさえある。『源氏物語』は、はなから面白いのである。だが能が分からないのである。誰か「能が退屈だと思う人のために」という本を書いてくれないものか。

しかし考えてみると、川端にはそういうコンプレックスは感じられない。若いころ舞踊に狂ったことがあったが、あれも自然な感じで、西川流の舞踊台本を二本書いているが、その一方、歌舞伎や能楽に特に執心している様子もない。かといって、『山の音』に、七代目幸四郎と六代目菊五郎、十五代目羽左衛門の「勧進帳」の話などがサラリと出てくるから、知らないのでもないらしい。おそらくそれは世代の問題で、立原や私がそういう古典美にいちいちキリキリ舞いしなければならないのは、そういう古典が自然に存在する世代ではないからかもしれない。

川端は、戦後にはむしろ美術品のほうに夢中になってしまったようだが、立原のように「通」ぶったところはなかった。ただ、それがいい意味で通ぶらなかったというより、別に通である必要がなかったということだろう。村上春樹は『1Q84』に、恥ずかしくない酒の頼み方、などと書いてしまう程度には通ぶりたがる作家だ。私などはさしづめ、歌舞伎や能の「通」になりたかったがなれなかった男ということになるだろう。むしろ、歌舞伎俳優を屋号で読んだり「丈」をつけたり、歌舞伎を観るには歌舞伎座前の辨松（べんまつ）（廃業）で弁当を買っていくといった通ぶった振舞をせせら笑うところがあるが、それも歪んだ意識の表れだろう。

三島由紀夫の歌舞伎好きについて、岩下尚史（ひさふみ）が、肺腑をえぐるようなことを書いていたことがある。歌舞伎は、新橋での藝者遊びと密接な関係があり、三島は自分がいっぱしの歌舞伎の見巧者で、新橋の遊び人だと思っていたが、新橋の花柳界で本気で相手にしているのは実業家であって、たとえノーベル賞をとろうとも作家などというのはした者でしかないというのだ。この言、快なりである。私は歌舞伎座へ行く時は、以前は三階のそば屋でそばを食べたりしていたが、今はサンドウィッチでも買っていけばすむ。終わってからちゃんと食べればいいので、弁当なぞ買っていく必要はないだろう。

『ヌエのいた家』（文藝春秋）という小説を書いたために、七年くらい前に、喜多能楽堂でやっていた「鵺」を観に妻と出かけた。喜多能楽堂は初めてだったが、間の狂言に野村萬斎が出るためらしく混んでいたが、最初の能を観たあと、次の能の間がつらくて外へ出てずっとタバコを喫っていたが、帰って観た「鵺」は五番目物だったし面白かった。それから小飛出という能面を欲しいと思っている。

川端がどんな風にして日本の古典美の知識を入手したのかは分からないが、菊慈童の面などは例によって買って持っていたのだろうし、戦前に作家をしていればあれこれ普通に知識は入ってきたのかもしれない。むしろ谷崎潤一郎のほうが、三味線を習うなどして日本的世界に浸ろうとし、人形浄瑠璃を「痴呆の藝術」と呼ぶに至るなど、努力の痕跡がうかがえる。私も人形浄瑠璃はくだらないものだと思っているが、大島真寿美の近松半二の伝記小説『渦』（文藝春秋）などは評価している。

立原は、食通をもっても任じており、ある講演会のあとで、出た食事に文句を言い、こんなものが食えるか、と一喝して自室へ帰ってしまったという。同行していた遠藤周作があとで立原が腹をすかしていないかと思って覗いてみたら、カップラーメンを食べていたという。もっとも私はこの話を思い出すと、遠藤周作も、カップヌードルの旨さは知らなかったんじゃないかなと思う。

谷崎はむしろたくさん食べられればいい派、川端はほとんど食べない派で、どっちも食通ではなかったようだが、私は自分では旨いと思っているものはあるのに、それが世間で言う美食とはあまり関係ないところから、前の妻から「食に関心がない」と非難されたこともある。ある時期から、生ものを食べるのは危険だと思い、かつまた好きでもないので、鮨とか刺身とかは食べないようになったし、人が時々「回らない鮨屋」とか言うが、回るも回らないも鮨屋というものへ行ったのは、カナダ留学中に日本食を食べるために行ったくらいで、スシ・バーへ行ってうな丼を食べていたりした。

立原のほかの小説もいくらかは読んだが、通俗的だし、川端の塁を摩するに足るものはなかったと思う。そういう友人・立原の愚かさを哀惜して、高井はその伝記を書いたのだな、と思う。

14 単なる比喩でないような空虚

乗代雄介

大学四年の一年間は、家から二時間半、往復五時間かけて大学まで通っていた。わざわざ遠回りのルートで終始座れるように工夫したのはただ読書のため。人間関係は全くなく大学にいる間も図書館に居座って濫読(らんどく)もいいところだったが、この頃の片っ端から読んでは忘れ、気になって書き写したところだけが残るようないい加減な読書経験が、自分を作ったと考えている。

その頃、川端康成を熱心に読んでいたわけではなかった。ただ、長短なんでも書いたその作品たちは、サリンジャーや宮沢賢治の熱心な読者として書くことが宗教だということをあれやこれやと考えていた自分にとって息抜きのように機能し、書くことにまつわる辺鄙(へんぴ)な一隅を照らしてくれていたように思われる。こんな言い方が適しているかどうかわからないが、息抜きという言葉が自然と出てくるように、私にとって川端は、空虚の一言に尽きる。ただしそれは、なんでも書いたその文を読み重ねるにつれて真ん中に広がってくるドーナツの穴のような、それなしには成立しない興味深い空虚である。

大学時代に気まぐれにかいつまんでいた『川端康成全集』の中で、第三十三巻は初心だった自分が衝撃を受けた巻で、これを大学図書館の奥まったところで読んでいた時のことなら、十年以上経った今でも思い出せる気がする。それは何もその衝撃の大きさのせいではなく、それから事ある毎に読み返していたからだ。第三十三巻は「評論5」とされ、自作に対する評論が収められている。形式も媒体も多種多様で、例えば、「「祖父の妾」のお詫び」

という小文は、「「文藝春秋」二月號に私の名前で掲載された「祖父の妾」と云ふ短編小説は、実は私の作品ではないのである」から始まる、真の作者富田時郎と読者への謝罪文である。

初心だったとか衝撃を受けたとか書いたのは、こういうのにいちいち驚いたということで、その後、川端作品に別人の代作が珍しくもないと知ってまた驚くのだが、書くこと自体を宗教の位置に据えようとする者たちに熱を上げていた自分にとって、代作を許しながら恬然（てんぜん）としている川端は不気味だった。書くことそのものへの態度だけではなく、そんな各方面に対して面倒な人間関係をどうして続けられるのか。文通、新人発掘、ペンクラブ、葬儀委員、選挙応援、何でもやる一方で、それに拘泥（こうでい）しているとはとても思えない。自殺（であったと）して遺書も残さない。三島由紀夫が「達人」と評していたように、本来が求道的ではない社交というものを、求道者然として行っているようなところがある。その心労を自ら吐露していたりするが、それでも社交はゆるむことなく、死ぬ時まで多忙だった。

もちろん、何でも書いている川端だから、どうして自分がそんな風であるか思案した文もある。これも第三十三巻の「文学的自叙伝」のよく知られた部分だが、書き写した気分を思い返すためにも、ここでまた引き写すことを許してもらいたい。

私は幼くから孤児であつて、人の世話になり過ぎてゐる。そのために決して人を憎んだり怒つたりすることの出来ない人間になつてしまつてゐたが、また、私が頼めば誰でもなんでもきいてくれると思ふ甘さは、いまだに私から消えず、何人からも許されてゐる、自分も人に悪意を抱いた覚えはないといふやうな心持と共に、私の日々を安らかならしめてゐる。それは私の下劣な弱点であつたと考へられぬこともないが、どんな弱点でも持ち続ければ、結局はその人の安心立命に役立つやうにもなつてゆくものだと、この頃では自分を責めないことにしてゐる。

その反動で他人の世話に奔走したのだと言えればこんなに楽なこともない。伊藤初代との婚約破棄の一件に限っても、同じく第三十三巻の「獨影自命」の中で書き写される当時の日記を見ても菊池寛をはじめ実によく人を頼っているが、その結婚自体は、してくれと頼んでどうにもならなかった経験と言えるし、そこでもう一押しできなかった自分の甘さを悔いてもいる。「獨影自命」は五十歳になった川端が生前の全集刊行を機に半生を振り返る内容で、「彼女は親の家へ行かれたのが不快らしい口振りだった。殊に友達大勢で行かれたのが嫌らしかつた」とあり、当たり前だろと思うが、こういう悪意のなさを寄せ集めたような顛末（てんまつ）の記憶が「下劣な弱点」として自身を責めていたのだろう。

「文学的自叙伝」では、伊藤初代には「指一本触れたわけではなかつた」と前置きし、自分は「病的に品行方正ではな」く「プロレタリア作家のやうに幸福な理想を持たず、子供もなく、守銭奴にもなれず、名声の空しさも見える」ので、「恋心が何よりも命綱」であると書いている。そこに「しかし」と逆説が来る。

> しかし、恋愛的な意味では、いまだに女の手を握ったこともないような気がする。嘘をつくなと言ふ女の人もあるかもしれない。しかし、これは単なる比喩でないやうな気がする。ところが手も握らぬのは、女に止まらないのではあるまいか。人生も私にとって、さうなのではあるまいか。現実もさうなのではあるまいか。或ひは、文学もさうなのではあるまいか。私は哀れな幸福人であるか。

私がこれを書き写したのはかなり前だが、珍しくその時の気分も残っている。ぽんと現れる「幸福人」の意味が、直前でプロレタリア作家の「幸福」を否定しているだけに取りにくく、気にかかったのだ。ただし続きを読めばわかる。

> 私はこの幸福を自ら棄てようと自惚れたためしはない。これも嘘だ。私は恋する女の手を握らなくてもいいと思ったことは、一度もなかつたではないか。私は真実や現実といふ言葉を、批評を書く場合に使ひはした

けれども、その度に面映ゆく、自らそれを知らうとも、近づかうとも志したことはなく、偽りの夢に遊んで死にゆくものと思つてゐる。

恋する女の手を握ることで棄てられるが結局握らず、握れずに「偽りの夢に遊んで」いる時を、川端は幸福と呼ぶ。プロレタリア文学が労働者の窮状を知らしめることで求める社会変革のような「目指すべき幸福」とは正反対だ。すでにあるその幸福は、むしろ一線を越えることによって消える。昭和三十一年の三島は、川端が好んで処女を描くことについて「処女にとどまる限り永遠に不可触であるが、犯されたときはすでに処女ではない、といふ処女独特のメカニズムに対する興味だと思はれる」と書き、後の「眠れる美女」の解説では、作中で「この家には、悪はありません」と語られる「悪」を「活力が対象を愛するあまり滅ぼし殺すやうな悪」としている。「文学的自叙伝」は昭和九年に発表された文章である。三島が言うまでもなく、昭和三十五年の「眠れる美女」の四半世紀前に自らその解題めいたこと——不可触の一線を超えるような悪意を抱いてなおせぬことが「下劣な弱点」でありながら「安心立命に役立つ」——を書いているのだ。ということは、それを総合した「哀れな幸福人」という自覚にも似たイメージが長い間、川端の中に燻(くすぶ)っていたと見て間違いない。

さらに「文学的自叙伝」はこのすぐ後に有名な「私は東方の古典、とりわけ仏典を、世界最大の文学と信じてゐるが来る。その続きもまた、私が長年なんとなく気にかけてきた文である。「私は経典を宗教的教訓としてでなく、文学的幻想としても尊んでゐる」

書き手の実感ばかり気になる私の目は、文の前半の「としてでなく」に留まる。後半を「としても」で受けるのであれば、前半には限定の副助詞が欲しいところで、そうでなければ「宗教的教訓としてでなく」は丸々なくてもよい。別に校閲も何もしなかったであろう重箱の隅とも呼べない部分だが、私はこの種の違和感を川端の文から抱いた記憶がほとんどないから、この筆の滑りが、宗教的教訓に対する空虚の露出のように思われてならない。そんな思い上がりが、「眠れる美女」の次のような場面を、信仰心と悪にまつわる書き手の弁明のように見せる。

老人どもはひざまずいて拝む仏をおそらくは持っていない。はだかの美女にひしと抱きついて、冷めたい涙を流し、よよと泣きくずれ、わめいたところで、娘は知りもしないし、決して目ざめはしないのである。老人どもは羞恥を感じることもなく、自尊心を傷つけられることもない。まったく自由に悔い、自由にかなしめる。してみれば「眠れる美女」は仏のようなものではないか。そして生き身である。娘の若いはだやにおいは、そういうあわれな老人どもをゆるしなぐさめるようなのであろう。

この老人どもがどうにもできない一線をことごとく踏み越えていた太宰が芥川賞をもらえなかったのも当然。太宰もまた自分を「哀れな幸福人」と思いかねないが、自嘲や道化なしにそう思い続けてきた川端と、世間の表で相容れる形を取れるはずもない。「刺す」なんかよりも、「冷く装うてはいるが、ドストエフスキイふうのはげしく錯乱したあなたの愛情」という言葉の方が、よほど川端の安心立命を揺るがしたはずだ。その空虚の核心を刺すことで、太宰は復讐を遂げたのである。

ようやく自分の話に戻るが、「本物の読書家」で実在する作を代作として架空の文学史を小説に書こうとする時、私には、誰を取り上げれば物語を作れるかという意識はなかった。代わりに考えていたのは、誰だったら憎んだり怒ったりしないだろうかということだ。候補に思い浮かぶ人間たちは全員そんな心配をする必要もなく鬼籍に入っているが、誰のことなら自分は罪悪感なく書けるかということだ。

川端を選んで好き勝手できたのは、第三十三巻が私に長年醸し続けた空虚が「単なる比喩でないやうな気がする」ためである。書き進めている時、東京ステーションギャラリーで「川端康成コレクション　伝統とモダニズム」という展示がちょうど始まった。足を運んだのは小説のためというよりも、発見されたばかりだった伊藤初代からの手紙と未投函の伊藤初代宛の手紙を読むためであった。行くと、よく人を凝視したという大きな目の印象的ないくつかの写真と「知識も理屈もなく、私はただ見てゐる」という言葉が迎えて、妙に納得したのを覚えている。そもそも空虚になりがちなキャプションがこんなにも実を伴ってしまう作家は他にいないのである。

Ⅲ

作家の〈交流〉／作品の〈変異〉

15

中里恒子

「生涯一片山水」の覚悟／「夢幻の如くなり」
――中里恒子における川端康成、或いは川端文学

深澤晴美

「川端康成の少女小説「乙女の港」　中里恒子〝原作〟だった」と『朝日新聞』が報じたのは、一九八九年五月一九日である（以下、一九〇〇年代は下二桁で略記する）。川端の連載小説「乙女の港」「花日記」（『少女の友』三七・六〜三八・三、同・四〜三九・三）を中里恒子（なかざとつねこ）（〇九―八七）が下書きしていたことは、両者没後に刊行された川端全集『補巻二』（新潮社、八四）収録の往復書簡等から判明していたが、神奈川近代文学館の中里展で関連書簡や新発見の中里「乙女の港」草稿が公開されたのを受け、同紙は、明治以降の代筆事情にも言及した娘婿川端香男里の、〈川端は「機会に恵まれず困っている作家に修行を兼ねて下書き」させ、「原稿料のほとんど」も支払っている〉というコメントも掲載した。

この報道以降、中里による下書き問題に関しては一般にも知られるようになり、幾つかの論文も発表されたが、川端と中里との関係性についての検証は殆ど為されていなかった。神奈川近代文学館は他にも両者に関する貴重な資料を蔵しており、深澤「神奈川近代文学館所蔵・川端康成関係未翻刻書簡一八〇通」（『昭和文学研究』七八集、二〇一九・三）では中里書簡来簡（中里夫宛川端書簡含む）四三通も取り上げ、「川端康成と中里恒子―一枚の写真を起点とした考察―」（『文藝空間』第一四号、二〇二二・四）ではそれらの新資料も踏まえて公私にわたる両者の具体的な交わりについて詳細に考察した。本章では、中里における川端、或いは川端文学に焦点を絞って見ていこう。

Ⅰ　「生涯一片の山水」

川端が没した七二年、中里は『新潮』追悼特集（六月）に「生涯一片の山水」の一文を寄せた。「昭和九年か、十年」頃からの「半生にわたる」交流を振り返り、「文学上でも」最初に認めてくれたのは横光氏と共に川端氏であると述べ、

川端さんの文学は、私にとつて愛読することから始まつた。伊豆の踊子以前の、掌の小説もの、感情装飾など、女学生の時読んだ。踊子以来のリリシズムは、日雀、燕の童女、水晶幻想、化粧と口笛、抒情歌、イタリアの歌、花のワルツなど、思ひだすだけでも、感覚的だが、しかし、禽獣、末期の眼、虹、名人、などの頃の、一種人工的なこれらの抒情美の世界の、鋭利さ、異様さには目を見張つた。非論理的な感性の魅力とでも言はうか。言はば、無計画、無計算な方法で建築していつて、或るところで、それがピタつと、適合するといふやうな、計算の合ひ方は不思議だ。

と、川端文学の「感覚的」で「異様」な「魅力」を語っている。同月の福永武彦・河盛好蔵との座談（『新潮臨時増刊川端康成読本』）でも「昭和九年ぐらい」に横光が川端を紹介してくれたと話しているが、その交流の深まりについては、川端生前に刊行された一二巻本川端全集『月報』掲載の「旅びと」（六〇・一二）で、〈逗子に転居後、「昭和九年か十年の春ごろ」鎌倉浄妙寺の川端宅を初めて訪ね、「伊豆の踊子」「掌の小説」の「親しさ、美しさ、特異さに酔った私」は、自分とは異なる「自由」で「人間的」、「はらはらする危険味」のある「夫妻の日常にもたちまち陶酔し」、「三日にあげず、恐れ気もなく」「散歩しながら伺った。」〉と詳述している。中里の転居は三二年、川端が浄妙寺に住んだのは三五年一二月から翌年五月の半年間であるから、横光に紹介されたのが三四（昭和九）年頃としても、三六年春頃の川端宅初訪問後、急速に交際が密になったと推測される。「未だ旅というものをほとほと知らない。」と書き出される中里の「旅」（三四・五）では、

ずっと前、「伊豆の踊子」を初めて読んだとき、ずいぶん旅の美しさを感じた。すぐにも伊豆の山山をみたい歩きたいと思った。いかにも旅めいた浪漫的な気持や、恋というより踊子へよせたいじらしい温かさなぞが、背景の土地によく似合っていて、伊豆の奥へ行ったらあのようなあたたかい心を有ち、あのような物語りに出会えるだろうかなぞとも思い、終りの、「今ひとに別れて来たのです。」と云って学生の泣いているところでは、一番「旅」の感じが染みじみした。

と、「旅」への憧れと重ね合わせて「伊豆の踊子」が語られていたが、そこには、「未だ」「ほとほと知ら」なかった川端に対する当時の憧れと関心もほの見えるように思われる。

Ⅲ　作家の〈交流〉／作品の〈変異〉

中里が処女作を発表したのは二八年だが、川端は当初からその素質に注目し、困難な状況にあった中里に対し、戦中・戦後にわたって小説の執筆を促し、原稿を読んで指導し、発表の仲介もし、共に木曾の旅等もしている（詳しくは前掲の拙論）。そうした川端に対して、先の中里の追悼文は、

　興がのられて書いて下さつたものの中で、机辺に置いてゐるのは、／「生涯一片山水」三河蒲郡にて　康成／と書いて焼いた一輪挿しである。これは、道元の句と言はれたが、私は、この一句は、川端氏の生涯を語ってゐると思ふ。

と、閉じられている。前述の「旅びと」も、「蒲郡の宿で、川端氏が仕事をされているとき」誘いを受けて伺い、「雨降りの一日」、楽焼の窯へ行ってあるだけの皿や瓶や茶碗を焼いて遊び、川端筆の一輪挿しと大皿を貰った思い出等を綴り、「旅びとという郷愁は、常にいまでも氏の身辺にただよっている。」と結ばれていた。中里が蒲郡常盤館の川端を秀子夫人と共に訪ねたのは四〇年四月二日頃で（小谷野敦・深澤晴美編『川端康成詳細年譜』（勉誠出版、二〇一六）を参照されたい）、「生涯一片山水」の句の方は、三八年の川端「本因坊名人引退碁観戦記」に、対局中（一一月一八日～一二月四日）の伊東暖香園の部屋に掛かっていた半峰（高田早苗、早大初代学長）筆の額の句として、

　その右下りの字を見ながら、病篤いと聞く高田博士を思ふ。（今これを書く前日、同博士の訃報があつた。）

と、博士の死（一二月三日）と絡めて描かれている。秀哉名人も四〇年一月一八日に熱海のうろこ屋旅館で死去、紅葉祭で熱海聚楽に宿泊していた川端は、その死顔を拝み、写真も撮影しており、蒲郡で先の句を書いた際には、直前の名人の客死を強く意識していたと思われる。戦後に改稿した「名人」では、博士が「重態だと新聞に出てゐたのを思ひ出」させる額は、名人の死の予兆を伴って掲げられている。

　一方中里は、短篇「独唱」（五一・二）の中で、「「生涯一片山水」という一句が、どこかでわたくしの心に残り、この漂泊の思いこそ、人生の或る姿を言い得ているような気も」したと、大阪へ下る夜汽車（「この辺から蒲郡、静岡あたり」は、とある）で登場人物に語らせている。「伊豆の踊子」に「旅の美しさ」を読んだ女学生の頃から、中里にとって川端文学はまず、旅の文学であった。「独唱」から「旅びと」を経て追悼文「生涯一片の山水」へと、蒲郡での川端との懐かしい思い出もある句は、「漂泊の思い」を表して「人

生の或る姿」を言い得た句、川端の生をも象徴する句として、中里の机辺に置かれ、胸に刻まれていたのである。

Ⅱ 「夢幻の如くなり」

寡作であった中里が、老境を描いて高く評価されるようになったのは川端没後だが、そうした中で、「一度はどうしても、どういう形ででも、通らなければならないわたしの傷」（「『中里全集第一三巻』あとがき」中央公論社、七九）を書いたというのが、自伝的連作「ダイヤモンドの針」（七六・一～七七・一。講談社、七七）である。主人公の万佐子――川端の養女政子（麻紗子）と同音であるのも連想されるが、中里と同じく一九で富裕な家に嫁いだ後に不幸が続いた「蜘蛛」（四二・六）の女も、苦に病んだ母により、姓名判断で「萬佐子」と改名されたと語られていた――は、

　人間五十年、化転のうちをくらぶれば（中略）夢まぼろしの如くなり、過ぎたことも夢まぼろしであったが、これから万佐子のゆく道は、更に、まぼろしである。

と離婚を決意し、娘も米国へ留学して一人になった家で、

　みんな居なくなってしまった。煎じつめれば、たった、それだけのことなのである。それだけのことに、二十何年も要したのは、徒労であったろうか。万佐子は、徒労とは思わない。（中略）ひとは、当てにならないということが、ずしりとわかるだけでも、二十年はかかった。それは、またたく間に過去になってゆく。トンネルは暗く、深く、長い。

と思い、母屋を外人夫婦に貸して物置（庵）に引っ越す。

「徒労」「トンネル」は「雪国」のキーワードでもあるが、「夢幻の如くなり」は『文藝春秋』創刊五〇年記念号（七二・二）に発表した川端最晩年の随筆の題でもある。自身の文筆生活も五〇年であった川端は、「『夢幻の如くなり』」である。織田信長が歌ひ舞つたやうに、私も出陣の覚悟を新にしなければならぬ。」と擱筆し、同年四月一六日に自殺した。中里が自らの「傷」を書こうと意を決した時、その脳裏には、川端「出陣」の言葉が潜んでいたと考えられる。

世を「幻」と見る思いは、中里にも以前からあった。川端『花のワルツ』（新潮文庫、五一。佐藤碧子が下書きしたとされる『女であること』（同、六〇）の「解説」も中里。女の捉え方が他の川端作品とは「異質」と指摘している）を解説し、

　生も死も、愛も欲も、うそもまことも、美も醜も、同時に漂うなかに作者は身を没して、在るものはただ幻

ばかり、幻以外に、この世になにがあるだろうか。と述べた中里は、『若き葡萄――のちの世の歌』(中央公論社、五四。川端が推薦文(川端全集未収録)を執筆している)では、「まぼろしだけが、人生の凡て」と思う紋之介と、切支丹を奉じたのも「変転まぼろしの世が信じがとうなった故」と語る勢伊を描いた。他にも中里作品には、「あたし、あなたには、いつまでも、まぼろしのように思われていたいの」(「海のわかれ」五八・一〇)、「やっぱり、まぼろしは、人生に必要なのね」(「小さな家の小さなあかり」六〇・一二)といった台詞が散見され、後に「うつつまぼろし」(六五・五。「ほんとに、まぼろしの中にいるような日々でした……梅の花だけがうつつによく咲きます」とある)と題した作もある。

「若い子と心中したいです。」という川端最後の小説「隅田川」(『新潮』七一・一一)と同時期に発表された中里の短篇「残月」(『季刊芸術』同・一〇)では、男(借金しても最上の美術骨董品を蒐集したが、晩年は「無一物の境地」を望んだ)が私の自宅で急逝した数日前の記憶―「心中などと言ふことも無常、虚無の果てです」と男に話したこと、死んだ男の近くへ蘭の鉢を運んで「末期の眼に、蘭の花がうつったであろうか。」と思ったこと等―が、寝室の外に梟の声を聞き、愛犬の気配を感じながら、「ゆめまぼろしの幽玄の地を踏み迷うよう」に辿られ、前述の追悼文には、「この半年足らずの間」に「一期の人々三人を喪つた。無常といふことを沁み沁み感じる。」(小谷野敦『文豪の女遍歴』(幻冬舎新書、二〇一七)によれば、「残月」のモデルとなった男は八月一七日に七二歳で死去)、「川端さんの長い間の美への郷愁は、遂に、かういふことに続いてしまつたのかと、夢幻無残に感じる」という言葉も記されるのに至ったのである。

禽獣と暮らす川端の「異様な生活の雰囲気」(「旅びと」)にしばしば言及し、「「禽獣」は「雪国」よりも川端的の名作」、「随筆どころではなく非常に小説」(『川端読本』)と称えていた中里自身も禽獣を飼い、子供(或いは家族)のいない孤独な人物と禽獣を描いた「犬を愛する奥さんの話」「望遠鏡」「相生い」「初音」等発表している。川端が没した直後から連作され(七二・六〜七五・五)、七九年に『中里全集第一一巻』で纏められた「歌枕」にも、子供が無く、犬五匹を飼い、「美しいものには、無我夢中になった」鳥羽老人の晩年から三回忌後の墓参りまでが描かれ、「死んだって、まさか自殺じゃないんだろう」、「瓦斯の火が、出しっ放しになって」、「過去はすべて徒労と、空しさに覆われていた」といった表現も見られた。先の「残月」では名を持たなかった男女だが、「歌枕」連載後、（国籍などは影も形もなく私が存在するような風景が）「必ずしも夢まぼろしではない気がする。」という「関の戸」（七六・一）も経た七七年には、死を予感する初老の男壬生と、夫と死別した多江として、長篇「時雨の記」に書下ろされた。同作では、二〇年ぶりの再会から多江の家で壬生が急逝した後日までが新たに描かれたが、その末尾で、「壬生の墓は、わかっておいでですか」と尋ねる壬生の友人庄田に対して、多江は「壬生さんの好きだった場所」をお墓に決めた、「ゆきたい時は、そこへ参る」と答え、

「夢をみたと、そういうことで、壬生の心を思いやって下さい（中略）ほんとなら、このような夢まぼろしを、信じる方がおかしゅうございましょうが、わたくしには、壬生とのことは、因縁としか思えませんの」

と話す。『花のワルツ』解説」（前述）では、併録作「イタリアの歌」（三六・一）の歌う描写に、「物語のなかでは一指もふれていない男女の、限りない愛を聞き、命のはかなさ、消えてゆくものの美しい一瞬を、拡大した水晶の幻を見る。」と記していた中里だが、そうした「愛」と「命」と「幻」の物語は、中里自身が目指したものでもあったと言えよう。「もう絶対に壊れることのない不動の地を、壬生は残してゆきました。」と多江が「愛」を語る「時雨の記」において、「夢まぼろし」は揺るぎない不壊のものとなっている。

中里は『再婚者』感想」（全集未収録。『婦人公論』五三・五）で、「川端氏の異常な冷酷の眼も、鋭い追及も、底にふかい愛情の眼があるからこそ、新鮮な感触がある。」と述べており、前述の座談会は、「精神的にはもろいどころではなく非常に強かった人だと思いますが……つくづくさびしい思いがいたします」と締めくくっている。後年の岡宣子との連載対談（『中里全集第一六巻』月報、八一・二）では、横光や川端の作品をどういうふうに読んだかと問われて、

川端さんは叙情的なロマネスクなところがある作家ということになってますけど、ほんとは、川端さんのほうがずっと非情だと思うのね。（中略）川端さんのほうがずっと強いですね、あらゆる意味で。

とも話している。それは、人生を「生涯一片山水」と思い定め、「夢まぼろし」の如きこの世の「消えてゆくものの美しい一瞬」を、情に流されず、「拡大した水晶の幻」として描き切ろうとした川端の強さに対する、最大のオマージュであったのかもしれない。

16

瀬戸内寂聴

川端を語りつづけた寂聴の京
――冬の虹がむすぶもの

大石征也

弘法大師・空海ゆかりの八十八箇所巡礼の地である四国。その東部、藍と阿波踊りと人形浄瑠璃で知られる徳島が生んだ作家で僧侶の瀬戸内寂聴（一九二二―二〇二一）が、今東光（法名春聴）を師僧に仰ぎ念願の出家を遂げたのは、五十一歳のとき。すでに「瀬戸内晴美」の本名で文壇に地歩を占め、流行作家として絶頂にあっただけに、世間は騒然となったらしい。驚きの大きさは、たとえば、波瀾の半生をつづった瀬戸内の自伝小説「いずこより」の新潮文庫版に寄せた上田三四二の解説にうかがえるし、阿川佐和子は初々しい作家インタビュー記『あんな作家 こんな作家どんな作家』のなかで、十代のころ受けた強烈な印象にふれている。また、二〇〇八年一月に始まったロングインタビューをまとめ直した尾崎真理子の労作『瀬戸内寂聴に聞く寂聴文学史』が、一九七三年十一月十四日の瀬戸内晴美の出家を、一九七〇年十一月二十五日の三島由紀夫の割腹自殺、一九七二年四月十六日の川端康成のガス自殺に続く「昭和中期の社会と文学史を揺るがした大事件」と捉えており、あれからほぼ半世紀、百歳を目前にして彼女が遷化した今こそ、私たちはこの視点を広く共有することができるだろう。

瀬戸内が川端に初めて会い言葉を交わしたのは、日ソ婦人懇話会の訪ソ団に参加、横浜港からモジャイスキー号で旅立った一九六一年六月六日のこと。米川丹佳子を団長とする一行には川端秀子もいて、その日の朝、妻の見送りについてきた川端と、税関で顔をあわせている。なお、この旅の帰着の場面から始まる瀬戸内の短篇小説「夏の終り」が第二回女流文学賞に輝いたとき、選考委員の一人が川端だった。

瀬戸内が川端に会った最後は、一九七〇年の秋、NHKのテレビ番組「女性手帳　名作への招待」が川端の「片腕」

を取り上げることになり、番組担当者と解説役の瀬戸内が鎌倉市長谷の川端邸へ参上したとき（放送は翌年三月十七日）。最後に話したのは、東京都知事選挙に出馬した秦野章の応援を手伝ってくれと電話がかかって来、瀬戸内が勇気を出して断わったときという。

したがって、瀬戸内と川端の近づきの起点を一九六一年の半ばに、その終りを都知事選のあった一九七一年の春に置くなら、二人のつきあいの長さはおよそ十年。ともに多忙な体ゆえ、交遊といっても付かず離れずの関係だったかと推測されるのだが、瀬戸内が東京は中野の蔵の家から西ノ京・御池の家に居を移した一九六六年の末以降の数年間が、ほかならぬ京都という場所で、気の置けない交わりを折々持つことのできた期間だったと言えよう。川端のノーベル文学賞受賞は、この期間中の出来事である。

亡き川端とのあれこれに、自らのペンで、あるいは対談や鼎談の場を借りて、くり返し言及した瀬戸内寂聴。とりわけ京の町あそびを語ったものが、川端の幻の『源氏物語』現代語訳の一件――都ホテルの一室で古注釈書数冊と書きかけの原稿用紙を目撃――と並んで目をひく。次は、水上勉との対談本『文章修業』から。

川端先生は京都にいらっしゃると、ときどき電話をかけてわたしを呼んでくださるんです。川端先生はまったくお酒を召し上がらない。だから、わたしはどちらかというと、つまらないんですよ。だけど「瀬戸内さん、とにかくいらっしゃい」って、祇園あたりに呼んでくださる。そうすると、先生は必ず女の子を連れているんです。（中略）わたしが行くと、「やあ、来た来た」なんていって、御馳走してくださって、ご自分はまったくお酒を召し上がらないから、わたしたちが食べたり飲んだりしているのを横でニコニコしているだけなんです。あるときなんかパッと、呼んでくださって、「ちょっと下宿を探しているからいっしょに行こう」と、下宿探しについて行ったり、おもしろかったですね。

右の談話中の「下宿探し」だが、これは瀬戸内の小文「川端康成先生を悼む」にある「静かな仕事部屋がほしいと、上賀茂や三年坂界隈を何軒も家を訪ねて歩きまわった春の午後」に相当するか。このころ、戦後の川端の主要な作品は、ほぼ書き尽くされていた。もちろん、京都三部作とくくられたりする「虹いくたび」「美しさと哀しみと」「古都」

の三長篇も。確認しておけば、「虹いくたび」が書かれたのは一九五〇年代の初め。「古都」の連載が終了したのが一九六二年一月二十三日で、「美しさと哀しみと」のそれは一九六三年の秋口である。つまり、瀬戸内晴美は、川端のペンが耕した《古都》という懐かしの土地へ、ほぼ十五年ぶり（※夫と幼い娘のいる東京の家を出て西下、作家を志して東上するまでの一時期を、京都で過ごす）に舞い戻り、さらに七年後の出家を機に、そこ——嵯峨野の寂庵に完全に腰をすえたわけである。

私は得度した時、川端先生に私の剃髪した姿を見ていただけないのが残念だと思った。（瀬戸内「永遠の命」）

ところで、川端文学の旺盛な摂取をうかがわせる瀬戸内の小説はいくつもある。ここでは数例にしぼり、具体的に見ていこう。

最後の情人と見られる井上光晴（一九二六—一九九二）との親交から生み出された、密度の高い短篇集『蘭を焼く』。八篇を収めるが、うち、「さざなみ」（『群像』一九六八年十二月号）の語り手の〈私〉は、月に二、三度、東京の男との情事に新幹線「ひかり」を利用する京住まいの人妻。夫の稼ぎを当てにしない女は「宝石を堅い相手にだけ売りに行く仕事」を持っていて、京都駅の顔なじみの赤帽が女の職業をあてようと、「それはやね、日本画のお師しょさんでっしゃろ」と言う。おそらく、このセリフのむこうに「美しさと哀しみと」の上野音子がいる。東海道の上り下りを両作が前提としていること（川端作品では特別急行「はと」）が、その傍証になるだろう。

「さざなみ」の次、八番目に置かれた「墓の見える道」（『新潮』一九六九年四月号）のほうは、もっとわかりやすい。京都に降り立った女が人間ばなれした顔をしているいきさつ。「一夜のうちに両方の眉を剃り落とした伏屋延子が会社にあらわれた時、誰ひとり面とむかって、彼女に眉について問いただした者はいなかった。」として、浮かび上がる小道具は、よそに女を作った夫が彼女の鏡台の小引出しに遺していった、祖母の物だったという古風な和剃刀（わかみそり）……。このあたり、「美しさと哀しみと」の第六章「火中の蓮華」における、音子の母が残した剃刀を用いた危うい行為を髣髴（ほうふつ）させる。詳しくは両者を読み比べてもらうほかないが、深夜の鏡が映し出す幻影に、さらに筆を進める瀬戸内は、川端作品にいう「殺意のゆらめき」を変奏しているようなのだ。

平凡社の『太陽』一九七一年一月号から、「町は」の総題のもと、「美しさと哀しみと」と同じ加山又造の挿絵つきで、一年間つづいた短篇連作がある（連載終了後、第五話のタイトルをとって単行本『みじかい旅』に）。新幹線が〝みじかい旅〟を可能にした時代の、京女と東男の逢瀬（おうせ）を縦糸に、さまざまな横糸を織りなした長篇とも読める作品で、その第一話が「冬の虹」。これは、母のちがう三姉妹のありように京の四季の彩りを添えた川端の「虹いくたび」の、第一章と同題である。「あれはどこなのかなあ。湖が見えかくれしてたから、近江へ入る前あたりかな、あ、そうだ、ほら、京都が近くなると、新幹線の沿線の畠の中にぼちぼちっと集った樹が多くなるだろう。いつか、ふたりで乗った時、ぼくがそういってみせたの覚えてるだろ、あの樹が見えてたから、やっぱり京都の近くなんだねえ。ぼくはあの畠の中の樹があらわれてくると、いつも、ああ、京都が近づいたと思うんだよ。それは、ほっとするような、重苦しいような妙な気持なんだ。」と、性愛のあとの眠りから覚めた琢郎に作者が夢かたりをさせたのは、畏敬する先達のこころを汲んだものにちがいない。

そういえば、既に見た瀬戸内の短篇「さざなみ」のさざなみは、古歌に数多く詠まれた琵琶湖のそれなのだった。

> 今は新幹線のひかりで沿線を味わうゆとりもないが、むかしは東京からの汽車が近江路にはいると、ああ、ふるさとに帰った、日本に帰ったと、肌身になつかしさのよろこびがしみじみとしたものであった。
> （川端「茨木市で」）

ふるさとに寄せる右の述懐を、「虹いくたび」冒頭の湖岸にたつ冬虹のシーンを眼裏（まなうら）に描きながら現代風にアレンジしたのが、東男のあの長ゼリフなのではあるまいか。

先の尾崎真理子のインタビューで瀬戸内寂聴は、世間が代表作と見なす作品群の陰に隠れがちな一冊と言っていい『みじかい旅』を、「私の、京都へのオマージュ」だと自ら言挙げしてみせた。川端康成とその文学に親炙（しんしゃ）した作者の、自信と愛着のほどがしのばれる。

17

大庭みな子

〈記憶〉の揺らぎをいかに描くか
——大庭みな子と川端康成

髙畑早希

一九六八年に「三匹の蟹」で第五九回芥川龍之介賞を受賞した大庭みな子は、その授賞式で自身の作を推薦した川端康成と初めて出会った。当時の大庭は、夫の仕事の関係でアラスカに暮らしており、授賞式のための帰国は一時的なものだったが、彼女はこの間に、川端からの誘いを受けて鎌倉の宅を訪れている。

大庭が川端について直接的に書いた文章はいくつかあり、その多くにはこの鎌倉訪問のことが書かれる。

> 鎌倉のお寺に連れて行って下さるというのでお伴をしたが、草深い遠い場所にあるいくつかのお寺をまわって、あるお寺ではわざわざ顔見知りらしい住職に頼まれて、閉っている門をあけて貰い、随分深い奥の院にあるお墓などを見せて下さった〔…〕「どう思います、この墓を」とおっしゃるので、わたしが、「きらびやかな、お墓でございますね。権勢というものの哀しさが伝わってくるようなお墓だと存じます」と言うと、川端さんは「この墓にこれまでたびたびひとを連れてきたが、そういうことを言ったのはあなたが初めてだ」とぎょろりとした眼で睨むように見すえて言われ、わたしが困って黙ると、「あなたの言うことはほんとうですよ」と附け加えられた。(「ある夕ぐれ」)

その後、ノーベル賞を受賞した川端からアメリカの大庭宅に自選集が贈られ、彼女はそこへ収められた「岩に菊」を読んだ時、川端と訪れた寺が覚園寺(かくおんじ)であったことや、そこで見た墓が関東で最も大きく美しい宝篋印塔(ほうきょういんとう)であったことを初めて知ったと回想している。

大庭は「寺は川端康成の文学世界であり、長篇が屋根の反りの美しい堂であるとすれば、短篇は庭の石であり、奥の院の塔である。宝篋印塔があったり、窪みに菊の花の咲く、自然の石であったりする」(『新潮日本文学アルバム16川端康成』）と述べており、彼女の言説は、日本の伝統的な美の体現者としての川端像、その意味でのカノン形成に寄与するような側面もあったといえる。

　また、鎌倉での出来事は小説のモチーフとしても変奏されている。例えば、一九七三年一〇月に『文芸』へ発表された「青い狐」は、主人公の〈彼女〉が、七年前に別れた男〈青い狐〉と、今の夫〈かまきり〉との間で揺れ動く話だが、ホテルで〈青い狐〉と一夜を過ごす〈彼女〉の語りには、認知症の父親との奇妙な墓参りのエピソードが挿入される。

　彫金師だった〈彼女〉の父は、島の渚の岩場に仕事場を持っていて一年の大半をそこで過ごしている。ある日、松林のはずれにある古い寺の奥の院に、苔むした墓を見つけた父はその立派な他人の墓を妻のものと思い込み、〈彼女〉を墓参りへ誘う。〈彼女〉は線香代わりに母の好きなタバコを供えるが、その「ママゴト」じみた儀式に辟易（へきえき）し、別の日に、父から新月の元で鮑（あわび）を捕ろうという電話がかかって来ても「幻覚につき合うことはできない」と誘いを断ってしまう。

「青い狐」の父は若い頃、「波の間にゆれ動く鮑や、木の葉に覆われた白い細い糸黴といったきのこを探りあて」る「特殊な動物の眼」を有していた人物として描かれる。しかし、認知機能が衰え、島の警察に保護されるようになった父に、〈彼女〉はかつての「眼」はないと感じ、父の「幻覚」に乗り切れない自身を「冷酷なかみきり虫」と表現する。

　父からの電話やその誘いを断る〈彼女〉という造形には、川端が電話で面会を提案した日に大庭の訪問が叶わず、その三日後に川端が亡くなってしまったという実際の出来事が踏まえられており、「青い狐」には、「墓参り」のエピソードと同様、川端とのいくつかの思い出が落とし込まれている。

　しかしここでは、作家の実体験の水準ではなく、「青い狐」の父が記憶や認知にことさら問題のある人物として描かれ、〈彼女〉とすれ違う点に注目してみたい。父のこの表象には、川端が自身を記憶の悪い者と評していた事実（「末期の眼」・「少年」など）もいくらか影響を与えているだろうが、次の引用にみるように、大庭が一番好きな川端作品として「弓浦市」を挙げていたことを踏まえると、記憶と忘却のモチーフとその表象は、川端作品から大庭作品への作品の次元での変奏として興味深いからだ。

大庭は「弓浦市」の次のような部分に惹かれ、生前の川端に、いつかこの作品に関わる話を書きたいと告げている。

〔「弓浦市」は：引用者注〕「弓浦」という町から訪ねて来た見知らぬ女の思い出話を聞かされる話である。「結婚しないか」と男は、その女に三十年昔言ったというのである。〈／〉女客が帰ったあとで、男は地図を調べるが、「弓浦」という地名はどこにも見当たらず、また彼自身にも、女が説明したように九州の長崎近くにあるらしいその町に行った記憶はないのである。〈／〉しかし、そのとき彼が同行したと女が言う二人の先輩の作家のことは彼も知っていて、その先輩たちがその頃、長崎辺りに遊んだことは事実である。〈／〉その女客の訪問には居合わせたべつの客もいて、女の幻想とも妄想ともつかない話に、頭をかしげる。もちろん頭がおかしいのであろうということである。しかし、男は自分も頭がおかしいのであろうと思う。自分では忘れてしまっているのに、他人に記憶されている自分というものは過去にどれだけあるか知れないだろう（「その短篇」）

自分では忘れてしまった他人に記憶されている自分、揺らぐ過去を前提とするやり取りの表象に大庭は関心を示していた。

「弓浦市」の末尾について仁平政人は、「婦人客の記憶が「事実」としての位置を保持しえず「妄想」として廃棄されていくという展開は、香住の過去の空所を一つの他者の記憶によって確定的に充填してしまうことなく、あくまで「過去」なる領域を未完結化し、無数の「過去」が〈亡霊〉的に到来しうるものとして開いていくテクストの方向性として理解されるべきだろう」（『川端康成の方法―二〇世紀モダニズムと「日本」言説の構成―』）と述べているが、大庭の関心はこの指摘と重なるようなところにあったと考えられる。

大庭は、長篇『霧の旅』、『啼く鳥の』に続く連作短篇集『海にゆらぐ糸』（講談社、一九八九）でも記憶の揺らぎを描いている。例えば、五作目の「海にゆらぐ糸」（初出：『群像』一九八八年一〇月号、第一六回川端康成文学賞受賞）では、大庭夫妻を思わせる百合枝と省三が、アラスカ時代の友人ハンスとアンナに招かれて、かつて暮らしたセント・ミカエルを三〇年ぶりに訪れるのだが、再会した彼女彼等の記憶は、時間のあとさきがわからなくなっていたり、思い違いの上に形成されていたりと、「弓浦市」の婦人客の語りが得体の知れない過去として香住を脅かしたように、百合枝の記憶の糸をゆるがせる。

ただ、百合枝は「弓浦市」の香住ほど記憶に対して悲観的な人物として描かれてはいない。『海にゆらぐ糸』のなかで、記憶とは一種の「作り話」だと認識していく彼女は、無数に存在するそれらと一定の距離を保ちつつ、アラスカで暮らした一九五〇年代と、セント・ミカエルを再訪した一九八〇年代後半、そして小説を書く現在を行き来し語ることが出来る。

しかしまた一方で、百合枝は父の語りを幻覚と断じた「青い狐」の〈彼女〉や、婦人客を「頭がおかしい」者と結論した「弓浦市」の客たちとも異なり、個々の「作り話」を作られた話として隔絶した領域に押しやってしまうこともない。「事実」あったこととして自身が記憶する事柄を幻想的・作り話的次元で想起し語り直す百合枝のあり方は、「弓浦市」の婦人客の方へむしろ接近している。

紙幅の関係で具体的な作品分析は出来ないが、川端の「弓浦市」が、無数の〈他者の過去〉が到来する未完結な領域としての過去を示したとすれば、『海にゆらぐ糸』での大庭は、〈自身の過去〉と無数にある〈他者の過去〉との共奏の可能性を探っているようにも思われる。

大庭作品と〈記憶〉の問題については、すでに、水田宗子『大庭みな子 記憶の文学』や、与那覇恵子編・大庭みな子研究会著『大庭みな子 響き合う言葉』などが多くの論点を出しているが、オマージュやアダプテーションという点では、川端康成の〈記憶・忘却〉をめぐる言説やモチーフも、一つの影響圏を形成していたと考えられるだろう。

参考文献

川端康成『川端康成自選集』(集英社、一九六八年)
大庭みな子『大庭みな子全集 第二巻』(講談社、一九九一年)
――『大庭みな子全集 第九巻』(講談社、一九九一年)
――『大庭みな子全集 第二三巻』(日本経済新聞出版、二〇一一年)
――『大庭みな子全集 第二四巻』(日本経済新聞出版、二〇一一年)
坂井セシル・紅野謙介・十重田裕一・マイケル・ボーダッシュ・和田博文編『川端康成スタディーズ――21世紀を読み継ぐために』(笠間書院、二〇一六年)

18

清水義範

〈抒情〉を更新する

――清水義範のパスティーシュについて

東雲かやの

清水義範（しみずよしのり）はパスティーシュ作家として知られる。パスティーシュ（pastiche）とは、文体や作風の模倣作品を指すフランス語である。模倣作品として独立した価値を持たせるためには、原典の読解と再解釈、再構築が必要だ。この意味で、清水はパスティーシュのすぐれた書き手である前に、文学作品のよき読み手であるといえるだろう。

よき読み手である清水は、川端康成をどのように評価しているか。『学校では教えてくれない日本文学史』（ＰＨＰ文庫、二〇一三年）では「伊豆の踊子」に触れながら〈川端はとても冷酷な人間〉〈自分にしか興味のない頑固な孤児〉と評した後、このように述べている。

「雪国」や「山の音」といった名作も、根本のところで変態的である。（中略）もう一人の変態大作家である谷崎は、自分の嗜好を絢爛たる物語にして読者をそこに引きずり込んだ。だが川端は、なんとなく美しい物語になっているのだが、何をよしとしているのかどうもよくわからん、というところで小説を書いていたような気がする。

しかし、これは私の好みが前へ出すぎた言い方かもしれない。川端の抒情こそ美しく、時としてその小説にはゾッとするほどおそろしい深みもあって、大変な作家である、と評価する人のほうが多いのである。

ここでの〈変態的〉とは、作品に表れた〈嗜好〉に対する形容である。その是非はさておき、世間的に〈抒情〉〈深み〉として高く評価されている点を〈何をよしとしているのかどうもよくわからん〉と否定的に語っている点には、読み手としてのオリジナリティがある。川端の〈なんとなく美しい物語〉を、パスティーシュ作家清水義範はどう再構築するのだろうか。本稿では二つの作品を紹介する。

はじめにとりあげるのは「スノー・カントリー」（『翻訳

の世界』一九八九・八）である。私立高校の英語教師駒沢和夫が出した〈なんでもいいから、英語の本をひとつ、翻訳してこい、という宿題〉に対して、〈ヤーサンアリ・クーワバッタ著『スノー・カントリー』〉の和訳を提出した生徒がいた。英語の苦手な高校二年生、西田晃である。この生徒は川端康成の「雪国」を知らず、おそらくはサイデンステッカー訳の英語版「Snow Country」を手にしてヤーサンアリ・クーワバッタ（YASUNARI KAWABATA）なる人物の外国作品と思い込んでいる。「スノー・カントリー」は、〈シンアムーラ（Shimamura）〉の視点で語られる荒唐無稽な西田晃訳を、教師駒沢が笑いと呆れの中で読み進める短篇小説だ。

途中から辞書を引くことすらやめて〈知っている単語だけを適当につないで出鱈目訳〉を始めた西田晃の手にかかると、〈映画の二重写しのやうに（like motion pictures superimposed one on the other）〉は〈超インポの人用のエロ映画〉と訳され、「雪国」は性的な描写が連なるきわどい小説に変換された。これは高校生の乏しい語彙と妄想力が招いた〈噴飯物の珍訳〉である。しかし「雪国」に漂う色気をつかみ取り露骨な性描写に結びつけている点は、誤訳を超えたひとつの解釈としても読むことができそうだ。

千葉俊二「ポルノグラフィとしての『雪国』」（『國文學』三月号、二〇〇一年）は、プレオリジナル「夕景色の鏡」や『川端康成全集』二四巻「解題」に記録された川端自身の書き込みを参照しつつ、〈作者の当初の意図〉を〈この現実世界の奥深くに隠されてある、作者の感得したある興趣を、ほとんどポルノグラフィに近いのりで描かんとした〉点に見出した論考である。「解題」によれば、川端はプレオリジナルの冒頭を〈濡れた髮を指でさはつた。――その触感をなによりも覚えてゐる〉と構想していた。これが現行版に反映されていたら、婉曲な性表現として知られる島村の〈指〉の意味合いは、冒頭から〈ポルノグラフィに近いのり〉で明示されていただろう。

島村はその〈指〉で、濡れた汽車の窓ガラスに線を引く。ガラスに写った女が横たわった男をかいがいしく世話する姿を〈長い間盗見〉する。西田晃訳における〈エロ映画〉は、この葉子と行男の姿である。これから再会する女の感触が残る〈指〉で濡れた窓ガラスをなぞり、そこに写る男女の姿を〈盗見〉する島村を捉えた〈非現実な力〉が、島村の、ひいては読者の性的興奮を喚起するものであったとしても何ら不自然はない。

西田晃の〈噴飯物の珍訳〉は、川端康成の企図した〈ポルノグラフィに近いのり〉を含み持っている。どこまでが清水の「雪国」解釈の反映であるかはわからない。しかし〈なんとなく美しい物語〉としての「雪国」が〈珍訳〉によって原典とは異なる輪郭を持ち〈どうもよくわからん〉場所から引きずり出されたことは確かである。この意味で「スノー・カントリー」は誤訳という仕掛けを用いて「雪国」の〈抒情〉を再構築した、挑戦的なパスティーシュといえるのではないだろうか。

次にとりあげるのは「シナプスの入江」(『海燕』四月号、福武書店、一九九三年)である。草薙卓雄という高校教師が、さまざまな場面で他人との記憶のズレをつきつけられて混乱する。精神神経科医やコンピュータ・プログラマーとの会話を通じて人間の脳における記憶のメカニズムの不可解さを認識するとともに、記憶に支えられている自己の存在自体に疑念を抱きはじめるという概要である。

掲載の翌月には、小島信夫、江藤淳、髙橋源一郎が担当する「創作合評」(『群像』五月号、講談社、一九九三年)にとりあげられた。鼎談では〈純文学〉か〈通俗小説〉かというジャンル意識に関わる問題が度々持ちあがり、それに対応した文章や文体についての厳しい指摘も複数見られる。文章が〈情報的〉だと指摘する小島、〈未知でなければならない〉ところを書いてしまっている点が〈致命的〉だと批判する江藤、〈こんどは文芸誌に「純文学」というものを書いてやろう〉という意図のもとで文体が〈ひどくやせた感じ〉になってしまったと論じる高橋。最後は江藤の〈本当に不幸な作品ですね。こういう形で文芸雑誌に登場したことは、この人にとって決していいことではなかったなと思う〉という言葉で締めくくられている。

しかし、高橋はシナプスを鍵にしたアイデア自体は高く評価している。シナプスはコンピュータとは異なるアナログな情報伝達を行うが、その可塑的変化によって蓄えられる記憶のメカニズムはまだ解明されていない。記憶や意識は〈あきれるほどはかなく、もろ〉く、〈誤記憶〉まで生み出す。それはすなわち記憶に支えられているはずの〈自己の存在のはかなさ〉を意味するのではないか。精神神経科医目布沢の解説と草薙の考察が対話として数ページにわたって展開される点も、この作品の特徴である。

読者の〈未知〉への不安を解消する具体的で説明的な記

述は、「創作合評」の論調でいけば〈情報的〉で〈通俗小説〉的であるかもしれない。文庫本のカバーでも〈ホラー小説〉と銘打たれた作品だ。しかし、その点に〈なんとなく美しい物語〉をよしとしない清水の創作の特徴があるともいえる。川端作品との比較を通じて確認したい。

川端康成は、記憶の問題に触れた作品を数多く書いている。中でも「弓浦市」（一九五八年）はよく知られている。作家香住のもとに見知らぬ女性が現れて昔の〈弓浦市〉での思い出を語り出すが、香住にはまったく覚えがない。地図上にも〈弓浦市〉は存在しておらず、周囲は婦人客の〈頭がをかしい〉と断じるが、香住は〈記憶をさがしてゐた、自分の頭もをかしいと思はないではゐられなかつた〉という短篇である。

「弓浦市」と「シナプスの入江」の影響関係を事実として示すことは難しい。しかし、原善（「「弓浦市」―〈記憶〉のテクスチュアリティ〉」『川端康成　その遠近法』大修館書店、一九九九年）や仁平政人（「戦後の川端テクストにおける〈記憶・忘却〉の方法―「弓浦市」を中心に―」『川端康成の方法―二〇世紀モダニズムと「日本」言説の構成―』東北大学出版会、二〇一一年）が指摘するとおり、「シナプスの入江」に〈「弓浦市」の「本歌取り」としての性格〉を見出すことは可能だろう。異なる点があるとすれば、作品における記憶の不可思議の描かれ方である。

「弓浦市」では、記憶の正／誤や在／非在は〈未知〉のまま保留される。焦点が当てられるのは他者の記憶の中に生き続ける自己存在の在りようそのものであり、生の不可思議が作品の〈深み〉となっている。一方「シナプスの入江」では、多方面の情報と登場人物の論理的思索によって記憶のズレに関する最適解が科学的に模索され、最後には草薙が〈誤記憶〉の世界に足を踏み入れる。〈未知〉が既知に転換し、正と誤が反転したところに、読者の想像の余地を残さない〈エンターテインメント〉性がある。

「シナプスの入江」は「弓浦市」の〈未知〉を最先端の〈情報〉で補い、記憶のズレを〈誤記憶〉に変換して物語の仕掛けとした。「雪国」と同様に、余白に言葉を詰め込むことで〈純文学〉を娯楽に変えているのである。やはり、文学作品のよき読み手だからこそなせる技だろう。

模倣作品として生まれたパスティーシュは、翻（ひるがえ）って原典に意味を与える。清水義範の一見奇抜な創作は、川端康成が描く〈純文学〉の〈抒情〉を軽やかに更新するのである。

19

荻野アンナ

「雪国の踊子」の踊りっぷり
——荻野アンナの川端理解の卓抜さ

菅野陽太郎

荻野アンナは「背負い水」（『文學界』一九九一・六）で第一〇五回芥川賞を受賞した小説家であり、『ブリューゲル、飛んだ』（新潮社、一九九一）、『ホラ吹きアンリの冒険』（文藝春秋、二〇〇一）、『蟹と彼と私』（集英社、二〇〇七）といった作品を旺盛に発表してきているが、本業はフランソワ・ラブレーを中心としたフランス文学の研究者であり、フランス政府給費留学生としてパリ第４大学に留学し、論文「ラブレーにおけるコミックとコスミック」で博士号を取得、「奇数で嘘をつけ：ラブレーをめぐる嘘と本当の話」（『藝文研究』一九九三・三）といった仕事を積み上げている。そうした知性を足場にして『アイ・ラブ安吾』（朝日新聞社、一九九二）といった先行作家へのオマージュ作品ものしており、また、オマージュの一種（変種）であるパロディの名作も初期に発表している。『私の愛毒書』（福武書店、一九九一。新潮文庫、一九九四。引用は文庫本による）である。そこでは芥川龍之介の「鼻」と「蜘蛛の糸」を扱った「鼻と蜘蛛の糸」や、三島由紀夫の「潮騒」を扱った「ミッシマ精神研究所」といった、さすがに後年第十一代金原亭馬生に弟子入りして落語家金原亭駒ん奈になるだけあっての、充分笑わせてくれる傑作パロディ集なのだが、その中で、川端康成に対しては「伊豆の踊子」と「雪国」を対象にした「雪国の踊子」（初出『海燕』一九九一・三）をものしている。

もっとも川端研究の歴史の中では既に多くの者によって「伊豆の踊子」と「雪国」との類似性が指摘されてきている。即ち、旅で知った女に男が惹かれるということ。その女が芸を売る者であること。男は階級が上の者であること。冒頭に異界への入り口のトンネルがあること。旅での恋愛（？）故に当然のことながら結局は別れが訪れること。そしてこの二つの作品が川端康成を代表する作品になったのだが、その意味でこの両作を繋げる発想は決して奇抜なものでもない。しかし荻野の手腕は、〈駒子は『伊豆の踊子』の薫が成熟して芸者になったような節がいくつも見られる〉（鶴田欣也『『雪国』』『川端康成の藝術　純粋と救済』明治書院、一九八一）といった、単に少女だった踊子薫が大人になったら駒子になる、といった単純なレベルではない。「雪国の踊子」は、雪国へ向かう夜汽車の中で、大人になった「伊豆の踊子」のヒロインが乗り合わせた客に一方的にしゃべり続けるという体裁を取り、そこで語られるのは、初恋の相手が「雪国」と「伊豆の踊子」を書いた小説家であり、「雪国」の駒子への嫉妬から男を取り戻しに行く、ということであった。その中で当事者ならではの視点で「伊豆の踊子」が批評的に語られていくのである。

ところで荻野は後年、川端の担当編集者だった伊吹和子と対談を行っている。伊吹の『川端康成　瞳の伝説』（PHP研究所、一九九七）は、その後半（というか主要）部分が川端に関わった進藤純孝やサイデンステッカーをはじめとする九名との「縁ある人とともに」という対談集となっていて、荻野は数ある実作家のなかで高井有一と共に選ばれて「川端文学の魅力」という対談を行なっているのだ。その対談の中で、本作に対して、〈パロディっておっしゃるけれども、ある意味では、『雪国の踊子』は、こういう形の文芸批評というか、一種の『雪國』論だと言えるんじゃないでしょうか。〉という伊吹の問いかけがあるが、そもそも初刊の帯が謳っていたとおり、所収書は〈しなやかな批評精神と遊戯感覚で〉〈日本文学の名作に挑戦〉した〈批評小説（フィクション・クリティック）！〉なのである。

すなわち〈パロディ〉が〈ある作品を模倣しつつ、歪みを加えて滑稽な効果を生み出す技法〉（佐々木健一・松尾大『レトリック事典』大修館書店、二〇〇六）と定義されるなら、〈模倣〉という形で対象作品の枠組みを借りて、それを換骨奪胎しているわけではない本作は、創作作品ではありつつ、その登場人物によって当該対象作品を批評させる、きわめて〈文芸批評〉的な在りようを示しているのだ。荻野はそこで、大人になった薫に自分が登場する「伊豆の踊子」だけでなく「雪国」をも批評させている。

そしてそこには以下のような卓見が溢れているのだ。例えば川端研究史では、「伊豆の踊子」におけるある一つの場面の〈空想〉の解釈だけが取り沙汰されてきていたが、荻野は〈あたしを見ても、その視線はX線みたく生身の薫を通り越してオドリコを頭のスクリーンに映し出すのね。女でも、子供でもなくてオドリコ。そのオドリコとも現実より思い出の中で、好きなように逢うほうがお気に召すみたい。／〈しかし踊子たちが傍にいなくなると、却って私の空想は解き放たれたように生き生きと踊り始めた。〉／のっけからこれですもん。そいでもって最後に船に乗って、岸を離れた途端に「踊子に別れたのは遠い昔であるような気持だった」。ええん、薄情もん。現実より空想。現在より思い出。女よりオドリコ。〉という具合に、作品全体に関わるものとして私の〈空想〉癖を取り上げている。

それに先立つ、〈薫という一個の人間が消えて、後に踊子が残る。／だとすると、やだあ。あの人の頭ん中では、もうとっくにあたしは、あたしじゃない何かになっちゃってるわよ。だって**彼ったら本の中であたしのこと踊子、踊子って。いっぺんも「薫さん」って呼んでくれないんですもの。**〉（太字引用者）という鋭い指摘は、既に原善「「伊豆の踊子」論―批判される〈私〉―」（『文藝空間』第8号、一九九二・四。改題されて『川端康成――その遠近法』大修館書店、一九九九）が、〈こうした姿勢で眺められる踊子が既に虚像であることは言うまでもな〉いとして、引用の太字部分を引いて、〈荻野アンナ「雪国の踊子」の主人公が〉〈言うように、〈薫〉という実名が明かされてからも一貫してその名前で呼ばれず〈踊子〉として語られるところに、〈薫という一個の人間が消えて、後に踊子が残る〉（荻野）その端的な現われを見ることができよう。〉という具合に、援用されているような卓抜なものだったと言えよう。

そして〈それにしても、あたしのいい人はトンネルが好きね。あ、これ別にやらしい意味で言ってるんじゃないんだけど。〉という「雪国」と「伊豆の踊子」の共通点を指摘する部分は、表向きは否定しつつも、千葉俊二「ポルノグラフィとしての『雪国』」（『國文學』二〇〇一・三）における、トンネルを女性器の象徴だとする理解をはるかに先取りしていたと言える。

そしてこうした川端作品へのアプローチを可能にしたのは、一つには荻野が以下のような立ち位置を持っていたことが挙げられる。先の対談で伊吹に水を向けられた荻野は、〈批評というとおこがましいんですけども、おそらくは日本文学の従来の読者にとって常識である部分が、私のような立場で読むと、真新しく見えて面白かった、という感じです。〉と応じているが、伊吹の問いに先立って荻野は〈パロディを書いていた時期は、私がまだ留学体験を引きずって、ある意味で日本の明治以降の文学の流れと、一番遠いところにいる立場で読むことが出来た時期ですから、客観的にといいますか、伝統を前に畏縮も恐縮もせずに、純粋に楽しめたというんでしょうか。〉と述べていた。こうした立ち位置であるからこそ、一般の川端研究史を相対化するような読みが可能だったと言えよう。そしてもう一つは、それに絡まる形で荻野が川端への深い理解を持っていたということである。

荻野は伊吹との対談を締めくくるにあたり、〈常に西洋を意識していた近代の日本にあって、ごく自然に伝統を生き、それを小説という形に最低限あてはめながら、主義主張ではなく細胞のレベルで日本的な美を体現した作家。〉と述べているが、これは川端を〈日本的な作家〉として捉える一般的な理解ではない。〈川端作品に精神は存在するが心理は存在しない。そして人と物、生と死、あるいは人格と人格の境界線といった、西洋近代が必死になって輪郭を定めようとしたものが、全部とけちゃうんですね。〉といった、二項対立的なものを脱構築していくような川端の在りようへの深い理解があってなのだろう、「雪国の踊子」の薫は〈「清潔」と「欲」なんて、いってみれば猿と犬、有史以来の仇同士みたいじゃない。そういうのが合体しちゃうと、なんかこう、なまじっかな欲より切羽詰まって凄味があるのよね。どろどろの沼の異様に澄んだ上澄み、って感じかしらね。一方に泥があって、初めて水の澄んでいることが切実に見えてくるのかもね。〉という〈所謂〈魔界〉の理解にも通じるような〉鋭い洞察を見せているのである。

こうした鋭い指摘、深い理解は、荻野作品発表後三十年、川端没後五十年経った今にあっても変わらないのだが、残念なことにほとんど研究史の中では黙殺されている。先の原以外では、漸く近年、立川明『『伊豆の踊子』を読む分析と推論の間』（川島書店、二〇二二）が、「補論」として、〈荻野の『伊豆の踊子』の理解が正確で行き届いていること〉や〈踊子の思いを同性の立場から、深く心情的に理解し解説していること〉を評価する「「雪国の踊子」への手紙」を書いていて、荻野・川端の双方へのオマージュ／パロディとも言えて興味深い。しかしながら、川端からの返信にしようという趣向に溺れたが故であろう、作品をいつの間にか薫が書いた〈今度の便り〉とするような混乱があり、空回りしていることが荻野のためにも惜しまれてならない。

20

西村京太郎

焼き直された〈駒子〉たち
――西村京太郎『「雪国」殺人事件』

熊澤真沙歩

〈橋本豊は、川端康成の小説『雪国』を持って、東京駅から、上越新幹線「あさひ337号」に、乗った。〉という一文で始まる西村京太郎『「雪国」殺人事件』（引用は『「雪国」殺人事件――新装版』中央公論新社、二〇二一。初出は一九九八）は、川端康成の名作『雪国』を下地にしたサスペンス小説である。越後湯沢を目指す列車に揺られながら、『雪国』のページをめくる橋本豊は〈主人公の島村の気分〉に浸っている。橋本という三十路男は元刑事で、現在は私立探偵をしている。菊乃という芸者の身元調査を依頼されて、越後湯沢へ向かうことになった。芸者菊乃は、毎年開催される「湯沢温泉雪まつり」の〈ミス駒子〉に選ばれた美女である。

大清水トンネルを抜けて到着した越後湯沢駅の周辺は、バブル以降に開発された大型ホテルやリゾートマンションそしてスキー場へ向かう若者や家族連れで賑わっていた。敢えて橋本は、川端が小説で描いたような風情の残る木造の〈いろは旅館〉へ宿泊し、翌朝には仲居に勧められて〈駒子のモデルだという芸者さんの写真が飾ってあったりする〉という〈資料館〉へ行く。〈タクシーは、古い街並みを走る。周辺には、高層リゾートマンションが、林立し、関越自動車道が、南北に走る。旧市街と、新市街という感じだった〉と橋本の眼には湯沢の街の新旧が映る。川端の描いた一九三〇年代の湯沢町の面影を反映した西村京太郎『「雪国」殺人事件』は、湯沢町というロケーションに文化的・歴史的な重層性を付け加えている。

〈いろは旅館〉は架空だと思われるが、〈資料館〉は、「雪国館」という湯沢町に実在する歴史民俗資料館だと推察できる。〈資料館〉で、〈駒子〉のモデルといわれる芸者松栄の写真を見た橋本は、〈良くいえば素朴で健康に見えるが、野良着のような服装のせいもあって、芸者というより、農家の娘の感じがする〉と、率直な寸評を加える。その訳は、〈橋本の頭の中の駒子は、どうしても、映画になった駒子〉が既にいるからだ。〈シロクロ映画の岸恵子か、カラーになってからの岩下志麻〉という名女優たちの演じた〈駒子〉像が既に橋本の脳内に定着し、実在したモデルよりも深い印象を残しているのだ。橋本のように映像メディアに囲まれた現代を生きる一般人にとって、『雪国』という物語を受容する契機としては、小説よりも映像化された『雪国』のアダプテーションが大きな影響力をもっていることは、現代における川端文学の広がりを考えるうえで見逃してはいけないだろう。

また、橋本は〈この娘と、小説や映画の中の駒子とを結びつけるのは何なのだろう〉と、実在のモデルに還元できないほどに小説そして映画のなかで拡張したイデアとしての〈駒子〉を生成した川端の〈途方もないイマジネーション〉へ思いを馳せる。重要なのは、川端の生成したイデアとしての〈駒子〉が、『「雪国」殺人事件』の〈ミス駒子〉という設定、そして芸者の菊乃にまで投影し、橋本の期待をより一層高めていることである。

その夜、橋本の部屋へ呼ばれた菊乃は「あんなに、男の人に、いちずに、なれないから」と、自分と〈駒子〉は似ていないと否定するが、彼女の義侠的あるいは激情的な性格、恵まれない家庭環境、三味線を弾くシーンなどは、明らかに橋本あるいは読者の眼に〈駒子〉の焼き直しと映る。

先行するテクストの人物造形を焼き直したアダプテーションを読むことによって、却って『雪国』のキャラクターを形成する要素が抽出されてくる。それは〈駒子〉だけではなく、島村／行男、駒子／葉子という川端の『雪国』で重要な男女は、『「雪国」殺人事件』においては橋本／長谷川透、菊乃／まいかとして焼き直され、それぞれに互換可能な要素をもつ。

橋本は、〈島村という男の一番の欠点は、どうしようもない彼の優しさだ。その優しさが、結局、ヒロインの駒子を、傷つけ、妹分の葉子を、狂気に追いやってしまう。〉と、〈島村〉を批判しながらも、一方で〈事件の結末も、この眼で見たい。菊乃にも、よく思われたい。結局、自己満足なのだ。〉と、自嘲気味に〈島村〉の優柔不断な不甲斐なさを己に重ねている。こうした人物の反復が、『「雪国」殺人事件』の読みどころだ。実際には、両作間の人物造形の差異から綻びが生まれ、サスペンス小説は劇的な結末に至る。

21

笹倉明

『新・雪国』の新しさ——笹倉明のパスティーシュ

奥山文幸

直木賞作家笹倉明の小説『新・雪国』は、廣済堂出版から一九九九年に出版された。この年は、川端康成生誕百年ということでもあり、川端の代表作でもある『雪国』にあやかって、小説の舞台を越後湯沢に設定し、うらぶれた中年男と二四歳になる土地の芸者との恋を描こうとしたものである。経営していた「会社をつぶして」しまい、東京から「二百万円」を持って越後湯沢にやってきた芝野は、そこで知り合った芸者萌子と「生きるか死ぬかを考えながら」情事を重ねていく。

『雪国』において物語の中心となる島村と駒子の関係に対応するのが、『新・雪国』においては芝野と萌子ということになる。『雪国』の島村は、山本健吉によれば「現世を放棄したミザントロープ」(山本健吉「解説」『川端康成集』現代文豪名作全集第二四巻、河出書房、一九五四)の要素が強いが、『新・雪国』の芝野の形象には、世間ずれした中年男の孤独と性欲という印象が目立つ。島村の形象について、作品中で実質的な存在を与えられているのか、それとも、与えられていないのか、については、長い間議論が続いているが、芝野の形象は、二一世紀の日本にも生活しているような凡庸で類型的な存在として実質的ではある。

『雪国』は、クロースリーディングをすることが実は難しい作品なのだが、『新・雪国』は、娯楽として読むことを前提として設定されており、興味がわけば読むことは容易ではある。前者は、文体が比喩で満ちており、位相の異なるイメージが入り組んでいるが、後者は、近代日本において慣れ親しまれて来た自然主義的なリアリズムの手法であり、とりあえず読者にはわかりやすく描かれている。両者を比較すれば、互いに異なる点が目立つだろう。『新・雪国』単行本の帯には、「『滅び』にあらがう究極の愛!」「現代の哀切たる純愛(エロス)の世界」「男は生き場所を/失くして

／女は深い／事情を背に／〝国境〟を／越えた。」とあるが、このキャッチコピーは、作品内容として実現されているとは言い難い。

では、なぜ、笹倉明は川端康成『雪国』をすぐさま連想させる『新・雪国』を書いたのだろうか。また、『新・雪国』は、『雪国』とどの程度距離を持ちつつ、引用・脚色・改作したものと位置づけることが可能なのだろうか。

『新・雪国』は、単行本として出版され、その二年後の二〇〇一年に文庫本化され、また、同年に後藤幸一監督、笹倉明・後藤幸一・門馬隆司の脚本で映画化された。映画化に関連するドタバタ騒ぎは、ドキュメンタリー・エッセイ『映画『新・雪国』始末記』として論創社から二〇〇三年に出版された。さらに、『新・雪国』は『ふたりの滑走――映画「新・雪国」原作』と改題され、二〇一六年に電子書籍化された。その『ふたりの滑走――映画「新・雪国」原作』あとがきに、著者は、「知己を得た女将から、温泉街の不況を挽回するため、いまの時代にふさわしい、新しい雪国のものがたりを書いてもらえないだろうか、という要請があり、それを受けることになったという事情」を語り、「出来上がったものは、舞台こそ共通の湯沢とはいえ、中身が「雪国」とはまるで違ったものであり、「新」とつけたことに対して、仲間の作家からも、その必要はないのではないかとの意見をされたことがありました。いま思えば、必要ないどころか、私自身の作家としての気骨やプライドの希薄な、一種のダラクが始まっていたがためのタイトルだったと反省して」いることを書いている。著者が本当に「反省」しているのかどうかは判断できないし、むしろ、『新・雪国』の作者は、なにがしかの強い意欲に連動して来たようにも思える。

この際、『新・雪国』は、原型としての『雪国』を模倣し、模倣による再現、つまり、パスティーシュ（pastiche）を試みたと考えることができる。パスティーシュという趣向は、ストーリーを構築する自己抑制力が必要になる。『雪国』の枠組みに拘束されてしまえば、意味の深化よりはその枠組みの繰り返しが多くなり、結果として退屈な読み物になる可能性がある。その是非を判定するのは、読者である。

付記　パスティーシュ（pastiche）という用語については、篠田一士「解説　武田泰淳の小説方法」（『われらの文学　第二巻　武田泰淳』、講談社、一九六九）に依拠した。

22

多和田葉子

テクストの中の遊歩者
——川端康成と多和田葉子

谷口幸代

川端康成が日本で初めてノーベル文学賞を受賞し、その喧噪（けんそう）が冷めやらぬ頃、読書好きな一人の小学生が作家になりたいという夢を描き始めていた。名前は多和田葉子。

多和田は「自筆年譜」（『ユリイカ』二〇〇四年一二月臨時増刊号）の一九六九年、九歳の項に、この頃から毎日本を読むようになったこととともに、「小説家になりたいと思う」という一文を記している。実際、国立市立第五小学校を卒業する際の文集には作家志望であることを書き残している（多和田栄治氏のご教示による。記して謝意に代える）。奇しくも川端が自死を遂げた一九七二年のことである。

その十年後の八二年に多和田は早稲田大学を卒業し、同年ドイツに渡った。八七年にドイツで詩文集 *Nur da wo du bist da ist nichts* を刊行し、ついで九一年に日本で「かかとを失くして」（『群像』一九九一年六月号）で第三四回群像新人文学賞を受賞して日本語の作家としてもデビューを果たした。以来、現在に至るまでドイツを拠点に日独二言語で多彩な執筆活動を展開し、世界文学の先端を走り続けている。国際的な評価も高く、メディアが予想するノーベル文学賞の候補者リストでも名前が挙がる。

ノーベル文学賞の受賞記念講演で川端が「美しい日本の私」と題し、それを意識して大江健三郎が「あいまいな日本の私」と題したのは周知のことであるが、ポストコロニアル時代に生きる多和田は「美しい日本語」「美しいドイツ語」といった考えを「国粋主義的な発想」（『カタコトのうわごと』青土社、一九九五）によるものと退ける。そうしたラディカルな言語観に立つ多和田には、国や言語の境界を超えていく新たな時代の作家としての受賞が期待されているということになる。

では、その多和田は川端の文学をどのように読んでいるのだろうか。また、多和田文学において川端のテクストはどのように引用されているのであろうか。

先行するテクストを引用する文学のあり方に関して、多和田はハンブルク大学に提出した修士論文（九二年修了）で、ハイナー・ミュラーがシェイクスピアの「ハムレット」を脱構築した戯曲「ハムレット・マシーン」を取り上げた。ヴァルター・ベンヤミンの「一九〇〇年前後のベルリンにおける幼年時代」の一節になぞらえて、テクストを都市のようにさまよい歩くには一種の「習練」（Schulung）が必要ではないかと問いかけ、「ハムレット」というテクストの中をさまよい歩くミュラーの「読みの旅」としての「再読」行為を論じた（多和田葉子「ハムレットマシーン（と）の〈読みの旅〉」、谷川道子・山口裕之・小松原由理編『多和田葉子／ハイナー・ミュラー　演劇表象の現場』東京外国語大学出版会、二〇二〇）。

これにならえば、多和田が川端のテクストの中をさまよい、「再読」した「読みの旅」はどのような軌跡を描き、それは多和田文学をどのように豊かにしているのだろうか。以下、川端のテクストを彷徨する遊歩者としての多和田の足取りを追いかけてみたい。

※

二〇一四年、パリ日本文化会館で展覧会「川端康成と日本の美――伝統とモダニズム」（YASUNARI KAWABATA ET LA《BEAUTÉ DU JAPON》- TRADITION ET MODERNISME）、ならびにパリ日本文化会館・パリ第七大学で国際シンポジウム「川端康成二一世紀再読――モダニズム、ジャポニズム、神話を超えて」（RELIRE KAWABATA AU 21E SIÈCLE - MODERNISME ET JAPONISME AU-DELÀ DES MYTHES）が開催された。同シンポジウムで多和田は記念講演のスピーカーを務めた。「雪の中で踊るたんぽぽ」（*PISSENLITS DANSANT DANS LA NEIGE*）と題されたその講演（『文学』二〇一五年五・六月号、のち坂井セシル・紅野謙介・十重田裕一・マイケル・ボーダッシュ・和田博文編『川端康成スタディーズ　21世紀に読み継ぐために』、笠間書院、二〇一六）は、川端のテクストを歩く多和田の足取りを教えてくれる。

この講演は川端の未完の小説「たんぽぽ」（『新潮』一九六四年六月号～一九六八年一〇月号に断続的に連載）の題名に注目するところから始まる。多和田は、花見の桜、月見の薄のように日本の行事と結びついて広く親しまれてきた植物とは異なり、たんぽぽは「最も親しく美しい隣人の一人でありながら、「日本」という冠を乗せた文化の外部に咲く花と言っていいのかもしれません」と述べる。小説「たんぽぽ」はそういう花を題名としている点で、川端文学の中で、「日本の古い伝統」を想起させる「古都」(『朝日新聞』一九六一年一〇月八日〜六二年一月二三日)等の系列にも、女性的なるものを前面に押し出した「眠れる美女」(『新潮』一九六〇年一月号〜六一年一一月号、休載期間含む)等の系列にも属さない異色の作品だというのが多和田の位置付けである。たんぽぽをナショナルな文化の外部にあるものと規定することで、オリエンタリズムの呪縛から川端のテクストを解き放ち、新しい照明を当てようとする姿勢が明確に打ち出されている。

このような姿勢は、講演中で一貫して「日本語文学」という表現を用いる点に端的に表れている。「たんぽぽ」と梶井基次郎「檸檬」(『青空』一九二五年一月号)の題名はいずれも「日本語近代文学の中で同じように異様に黄色く輝く題名」であるとし、また「たんぽぽ」の舞台が「生田川の流れる生田町」と設定されていることに関して、「生田川は、地図の上だけでなく、日本語文学史の中を流れる川」だと述べている。つまり、この講演は、日独二言語の作家多和田が、パリという日本の外で、「「日本」という冠」をのせた「日本文学」という括りではなく、日本語を母語としない書き手による文学作品を視野に入れたより広い見地から川端のテクストの読み直しを図る試みである。

テクストの迷宮にさまよい込む多和田の自在な足取りは、川端のテクストの新たな諸相を次々に浮かび上がらせていく。たとえば、「たんぽぽ」の登場人物「木崎」という姓に目を向ける点である。木崎稲子の父正之が敗戦後に「山に入って奇妙な精神状態になって木に文字を刻み込む奇行のすべて」が、「木」と「山」と「奇」に分解できる「木崎」という姓に実は既に刻まれているのだと鮮やかに読み解いてみせる。「飛魂」(講談社、一九九八)で漢字それ自体を一種の絵と捉えるところから濃厚な世界を作り上げたように、文字の形と戯れながら清新な文学世界を作り上げる作家多和田ならではの読み解きである。

多和田は文字の形だけでなく、「たんぽぽ」の中に響く言葉の音にも耳を澄ます。作中に登場する「人体欠視症」という架空の奇病に関して、この病が性的な問題と関連付けられていることと、初めて稲子の視覚に異常が生じたのが卓球の試合中にピンポン玉が見えなくなったときであることを結び付けて、その意味を言葉の音の類似から分析してみせる。日本語の「たま」が多様な意味をもつことに思いをいたせば、ピンポン玉と男性の生殖器官という一見無関係なものを結ぶ見えない糸が浮かび上がるというのだ。

この解釈から想起されるのは、多和田がジャズピアニストの高瀬アキと続ける競演の一作「Tama」である（Yoko Tawada.Aki Takase: *Diagonal*,Konkursbuchverlag,2002）。この詩では、「たま」が重なることで偶然を意味する言葉「たまたま」（偶々）が生まれたり、「た」と「ま」が互いの場所を交換することで接続詞等の役割を果たす「また」に変身したりしたと思えば、間投詞の振りをしていた「あ」が「たま」に結合して「あたま」（頭）に変わるといったように、平仮名が生き物のように動き回ることによって言葉が新たに生まれていく。「人体欠視症」に関する大胆な解釈は、こうした言葉の音に強い関心を寄せる多和田独自の着眼と発想によるものと言えよう。

その他、「雪国」（『文芸春秋』他、一九三五年一月〜四七年一〇月）における鈴木牧之「北越雪譜」の引用に関して、「思わず翻訳してそのままテクストに入れてしまったよう」だと捉える。その根底には、翻訳を原文の副次的なものではなく、創造性に富むものとする多和田の翻訳観が窺える（前掲『カタコトのうわごと』）。また、多和田は文学作品が成立時からの時間の経過や他言語への翻訳によって作者が想定しなかったように読まれることもあると肯定的に捉え、読者が生きる時代の諸問題に引き寄せて考えて新たな知見を得られれば、古典は現代や未来に意味を持ち続けるのだと主張する（「アテネへの旅」『日本経済新聞』二〇一五年一〇月二五日）。このような考えから、「雪国」に描かれた伝統文化がその後喪失したことに言及し、高度経済成長時代がもたらした環境破壊問題を照射する。このように多和田ならではの見方をちりばめた「雪の中で踊るたんぽぽ」は、川端文学研究に新たな視野を拓くことをめざしたシンポジウムの基調講演として期待に応えるものであったと言える。

※

講演で川端文学の新たな読みの可能性を拓いた多和田は、自身の小説に川端のテクストを引用している。短篇「所有者のパスワード」（『新潮』二〇〇〇年一月号）である。

主人公の木肌姫子は東京都内在住の高校生で、読書にのめり込む日々を送っている。姫子が読み漁る本のうち作中で具体的に明らかにされるのが、川端の「雪国」と永井荷風「濹東綺譚」(『東京朝日新聞』一九三七年四月一六日～六月一五日)である。

ただし、姫子はそれぞれを「スノーランド」と「ボクトーキタン」として受容する。そのような姫子は、久保田裕子「「所有者のパスワード」―〈ピザ饅〉を食べる女子高生―」(高根沢紀子編『現代女性作家読本⑦ 多和田葉子』鼎書房、二〇〇六)が「文学史的教養というパスワードを持たないまま《日本文学》の世界に侵入しようとする」と述べるように、作者、作品の成立事情、小説技法といったことにはおよそ関心をもたない読み手である。

「雪国」の場合、姫子が読むのは日英対訳本「スノーランド」である。割りのいい「アルバイト」だと紹介されて見知らぬ男に会ったところ、自分の太ももに男が右手を伸ばしてきたことから「スノーランド」を連想して、「右手ではなくて左手ですよ」「汽車に乗って、まだ湿った指先で窓ガラスの湿気を拭き取るんですよ」と話す。言うまでもなく、「雪国」で島村が左手で列車の窓に夕景色の鏡を作り出す箇所や島村が「右じゃない、こっちだよ。」と駒子に自分の手を差し出す箇所を思い起こしたのだ。姫子は「スノーランド」のストーリーに感動したり、ひたむきに生きる女と虚無的な男の姿に心を揺さぶられたりはしない。気に入ったのは実に次の点に尽きるという。

日本語が横書きになっていることだけが気に入った。いつもは縦に酷使している目の玉を動かす筋肉が横に動いて、気持ちよかった。時々英語のページに目をやるのも面白かった。知っている単語があまりないので、想像力がかきたてられる。

日本語のテクストが横書きである点に価値をおき、日本語のテクストと英語のテクストの間を自由に往還する姫子は、日本の文学作品は縦書きの日本語で書かれ、文学とは高尚なものだという思い込みから逃れ、奔放な想像力を楽しむ読み手である。

だからこそ、「ボクトーキタン」を読んだ時も、振り仮名がないと読めない「艶めかしい」、文脈から下着の一種と思われるがどういう形状のものか見当もつかない「長襦袢」など、なじみのない語彙が目につき、その語彙を構成する漢字の力に強く揺り動かされる。その様子は「読んでいると肌の裏側が怪しく震え始める」とあり、肌という漢字を含む印象的な姓に対応するように身体感覚に根差している。

日本の文学をめぐる堅苦しい慣例から逃れ、複数言語の間を軽やかに行き来しながら、テクストの中の生き物としての漢字に魅了される姫子とは、規範的な読書のあり方から逸脱し、本の世界を自由に楽しむ異端の読み手と言わねばならない。このような読み手としての姫子のあり方は、この小説の題名につけられた「所有者のパスワード」とは文学において何かという問いを突きつける。

「所有者のパスワード」とはパソコンやインターネットの用語に由来する題名だろう。作中で姫子はその分野の用語に原義とは別の意味を付与した表現に出会う。「アルバイト」で出会った男は、「クリック」「プリンターとの接続」といった表現をしきりに口にする。そもそもこの「アルバイト」の実態が未成年の性を商品化した形態の一種であり、仕事を意味するドイツ語の「arbeit」を学生が一時的な副業の意味に転化させた日本語の「アルバイト」にさらに別の意味をこめて用いているのだが、男の「マッキントッシュ語」も同じく性的事柄を婉曲的に表現する用法である。

こうした作中の婉曲表現の用法と、読み手としての姫子のあり方を考えると、「所有者のパスワード」とは、文学作品に対して正当な読者としての権限を持つ者が自身の権限を認証・確認するための鍵となるもの、たとえば知識や教養等であり、それを「マッキントッシュ語」で表現したということになる。「ユーザー」、「利用者」、「管理者」ではなく敢えて、「所有者」という語が選び取られている点から、日本人の「単一民族という窮屈な近代イデオロギー」を批判し、日本語に「所有権」などないと主張するリービ英雄の考え（『日本語を書く部屋』岩波書店、二〇〇一）が想起されるだろう。とすれば、「雪国」を引用した短編「所有者のパスワード」は、ナショナリティや母語で規定された「所有者」といった考え方の排他性、「所有者」の正当性を証明するための「パスワード」の無効を告発しているということになる。姫子とは、いわば安定したセキュリティ・システムを破壊し、文学作品に不正にアクセスし、新しい読みを生み出そうとする創造的なハッカーなのである。このように「所有者のパスワード」には、「雪の中で踊るたんぽぽ」以前に川端のテクストを遊歩する多和田の大胆な足跡を確認することができる。

23

吉本ばなな

エスニック歌の響き
――吉本ばなな「ちんぬくじゅうしい」

崔順愛

吉本ばななは一九八八年『キッチン』以来、世界中で愛読され、隣の韓国でもいわゆる「バナナブーム」を起こした作家である。私もその一人として、また、同い年の読者として吉本ばななを読んできた。韓国のウェブサイトであるネイバーで検索しても読者たちによる好意的な文章とブログが沢山ある。内容は「日本の新世代文学の神話ともいえる吉本バナナの代表作からは、愛する人の死、それによる傷と喪失感、残された人々の苦痛を慰める暖かい救援の眼差しが感じられる。吉本バナナは一九八七年のデビュー以来、有名文学賞を受賞し、日本で最も注目される作家として浮上し、村上春樹とともに日本の読書市場の人気を二分している。」と絶賛する内容である。彼女の作品は三二冊も翻訳され、長年愛読された作家である。二〇一四年四月一六日に起きた有名な〈セウォル号事故〉があった翌々日の午後1時58分に、ツイッターで「韓国の読者に、痛ましい事故に遭われて私の心も痛みました。行方不明になった家族の中に私の読者がおられると思うと涙が出ます。本を通じても、個人的にも切にお祈りします」と韓国語で投稿文を載せ、一二四七回リツイートされるほどの反響があった。韓国の読者は癒され親しみを感じただろう。

このような韓国読者との繋がりを持つ作家と、私が研究してきた川端康成との接点を考えてみることにしたい。原善は「川端康成の現代性―生誕百年・没後二十七年―」（東京新聞（夕刊）一九九九・四・一五）で「もっとも現代的な作家の一人吉本ばななにしても実は隠れ川端ファンだとしか思えない」といい、「肉親である祖母を喪った孤独を乗り越えていこうとする主人公を描いた「キッチン」は」、「川端が文学を開始した」のと重なり、「ムーンライト・シャドウ」の「オカルト的な傾向は「抒情歌」」の「心霊学的な傾向」であると述べる。また『現代女性読本⑬よしもとばなな』（鼎書房、二〇一二）では、原は「援助交際娘を描いた「白河夜船」は明らかに「眠れる美女」のオマージュだと述べている。李聖傑は、ばななの「みずうみ」は川端の「みづうみ」のオマージュであると指摘している（「『みずうみ』における自然・生命・母性―川端康成『みずうみ』との比較―」）。これらの発言を踏まえつつ、吉本ばななの川端文学の受容の例として「ちんぬくじゅうしい」（『なんくるない』新潮社、二〇〇四）が「死者の書」（一九二八）のオマージュ作品であることを取り上げてみる。

二つの小説の構造を見ると構成・背景・登場人物の行為が似通っていることに気付く。構造的に物語の背景となる時空間で聞いた歌の歌詞であるエスニック言語を日本語表記で挿入していることである。また、二つの小説の登場人物、それぞれが不満を抱えて家を出て、尋ねた場所が物語の背景となる重要なエスニック空間であること、その場所でエスニックの歌を聞き、エスニック料理を食べ、各々の物語が交わされ話が相互疎通し合う構成である。「死者の書」を見ると、毎日『死者の書』ばかり読む夫と『生まれ月の神秘』という本を読み耽る妻が、三十一年間連れ添い退屈な日々を過ごすなか「生きていることも見え坊かもしれん」「死ねばいいんだ」「言われるまでもなく死にに行くんだ。」「私も一緒に死ぬわ。」と言い出して出かけたところが、「朝鮮料理」と書かれた淫売屋である。いざ入ったら「私達皆悲しいことがあるのです。」と言い出す。妻が「今晩私を買ってくださらない？」「この人は私をこの家へ売りに来たのよ。」「私買われてみたいよ。」と言う。続けて朝鮮の女はこの店の親分の暴力を口にし愚痴をこぼす。平壌の町で迷子になったとき日本人に拾われて「朝鮮名はわからない秋子、六つの時一人で来て」、「十三まで東京の神田で過ごしたが、お客を取らせられて逃げ出してから岡山の紡績へ行って、一年後に四国の丸亀、神戸、伊豆の下田、いろんなところを回ったあと小田原から来た。」と言い、朝鮮の歌を歌う。夫婦がこの店で初めて朝鮮の女に会った時、一曲目の歌を聞いて、それを野生や動物に喩（たと）えていたが、二曲目を聞いてからはリズムに好感をもって落ち着いて鑑賞している。三曲目を聞いてから心境に変化が起き、彼女たちを幸福にさせたい気持ちになったことを「現代の幽霊」に喩（たと）えたりもする。三曲の朝鮮の歌と彼女らの苦境を聞いた夫婦は「朝鮮の少女の接吻もある」「面白かった。」と癒されるのであるが、「朝鮮へ行ったって……。希望のない者に希望を与えてどうするおつもり」と祖国がない彼女たちの絶望に気付き再び心境に変化が起き、「死者の書」を諳誦したあと夫婦は心中する、という不思議な物語である。朝鮮の歌をエスニック言語で書き意訳を付けるが、四曲目の歌には作家の意訳がない。希望のない夫婦の日常に挿入された朝鮮の歌と国を失った彼女たちの痛ましい日常を聞いて夫婦は幸せにしてあげたい気持ちになったものの、何もできない彼らは、「現代の幽霊」だと言葉を残し心中してしまう。エスニック言語で書かれた朝鮮の歌と物語自体が夫婦の「死者の書」になることでこの作品は完結する。

川端の「死者の書」が出て七三年も過ぎた二〇〇一年、吉本ばなが発表した小説「ちんぬくじゅうしい」（里芋の炊き込みご飯の意味）の創作法は、先に言及した現代作家としての川端へのオマージュであると言える。小説「ちんぬくじゅうしい」は冒頭に沖縄の歌が挿入された形式で「死者の書」と同様のエスニック歌を取り入れた作品構造を成しているところが特徴である。「ちんぬくじゅうしい」小説の全体の構造を始め、構成・背景・登場人物の行為を「死者の書」と関連付けてみると、主人公である私は沖縄の風景を楽しんでいるが、両親の仲が円満ではないせいで、「少女時代最後の家族旅行」となっている。旅行先で「三線で毎日島の歌を歌ってくれた。言葉がわからない私のために、父が歌詞を耳元で訳してくれた」ので、リズムと内容に惹かれる私である。「この歌は昔ながらの家族のありかたのすばらしさを歌っているんだよ。と父が言った。……そんな風に家族が家族として安全だった時代がもう変わって行きつつある……。それは日本中のどこにいっても同じだ」。続けて「みんなの力を合わせてやっとひとりの大きな人間みたいなものが成立していく実感……それが失われていく時代に私たちは生きていた。」とコミュニティー不在の社会共同体、共存・共生が失われていき超個別化されていく社会で孤独に生きる家族の有様を嘆いている。新しく到来した新都市型の生活の窮屈さと夫婦の不和・家族関係の軋みなどを改善しようと家族旅行に出て、「死者の書」の夫婦のように抱えている問題を解決するためにとたどり着いたところが、エスニック情緒あふれる場所である。そこでエスニック歌を聞き、エスニック料理とお酒を口にし、沖縄の言葉と自然に触れる。物語の流れが「死者の書」と同じ構成であり、背景になるエスニック時空間で感じられた登場人物の心の癒し、心境の変化の流れも似通っている。家族のコミュニティー不在と両親の不和の解決をエスニック歌に託し、「小さい儀式みたいに」祈る。しかし、私の家族の一番大きい悩みである父と母の愛情を巡る認識の差は接点が見えない。それで「母はユタのところを興味本位でたずねた」りする。東京に戻っても母は「そういうことに似た縁を探し求め」ゴミ拾いボランティア活動に参加して夢中である。

現代家族のコミュニティー不在と両親の不和は「毎日の雑事に追われてわからなくなっていく。そういうもう止めることのできない流れ」の中で生き「死者の書」でも、生と死の両極端が冒頭にあるだけで現実が空白の状態であったように、母の彷徨があるだけで父の存在感の薄さと物語の求心点がみえない空白感が漂う。その空白を「ファーストフードのお店でちょっと意外なことが起こった時、店員さんがマニュアルしゃべりから普通の人間に戻るまでちょっと間がある」ことに喩えられている。「生身の人間に戻れなくなってしまった」というおばさんの話しを通して現代人の失われた空白の時間を表している。個人だけではなく同時に、宗教までもマニュアル化され空白の状態で現代社会のシステムだけがクルクル回る構造的な空白とも重ねられる。父と母が結局別居することになり私は那覇のおばさんの家にあずけられ家族離散の生活が始まる。再び迎えた沖縄生活は、毎日のように石垣名物を食べて活気あふれる市場・優しいおばさんに感動させられ癒され体調を取り戻す。東京の両親の別居も終わり、一緒に暮らすようになり元の日常に復帰する私である。しかし、那覇で世話になったおばさんは急に逝ってしまう。おばさんが持っていた強靭さと優しさを「人類の優しい力」として感じ、島のメロディに包まれ、母と私はエスニック歌で救われる物語である。エスニック歌は一家救済の物語の要になるだけではなく那覇のおばさんの「死者の書」となる装置になっていると言える。

「死者の書」では夫婦の心中が、「ちんぬくじゅうしい」ではおばさんの死がある。エスニック歌と物語自体が二つの物語の死者の形容詞になっていると言える。この形容詞的な装置を吉本ばなながが意識していたかどうかは分からないが、エスニック言語で書かれた歌の挿入は、「支配と被支配」「本島と離島」を超えた人間の原始的な力を響かせる作品の力となっている。語り手の主観と切り離されたエスニック歌が物語に挿入され織りなされる二つの作品は、マイノリテイの受容や文化の多様性と多言語を取り入れた拡張性を持っていると言える。

24

祐光正

「そんな街や、そんな時代があった」
——祐光正『浅草色つき不良少年団』

高橋真理

祐光正『浅草色つき不良少年団』（文藝春秋、二〇〇七）は、昭和の終わり頃、漫画家の「私」がかつて浅草の似顔絵描きだった神名火譲二老人を訪ね、昭和初期の浅草の話を聞くという枠組みを持つ五つの短編ミステリーから成る。久保田眞二名の漫画家でもある著者の小説デビュー作で、五連作中最初の二つに川端康成との関係が見られる。

最初の「幻景淺草色付不良少年團（あさくさカラー・ギヤング）」（『オール讀物』二〇〇五・十一）は、当時浅草に三つあった不良少年団のうち、「似顔絵ジョージ」（神名火）率いる「浅草黄色団」と最も悪質な「浅草黒色団」との抗争を描く。乱闘騒ぎから逃げ込んだ行きずりの家で弟分を看取ると眠ってしまったジョージの横に、翌朝見知らぬ女の絞殺体が置かれていた。このままでは殺人犯にされてしまうと、黄色団がジョージの描いた女の絵を手掛かりに探ると、女の雇い主で猟奇的趣味をもつ家主の銘酒屋主人に突き当たった……。しかし事件現場の床下から別の女性白骨体が出てきたり、その部屋の借手が「似顔絵ジョージ」と名乗っていたりと、事件は単純ではなかった。陥れられたジョージを救い出すには、「浅草紅色団」を率いる「冬瓜の百合子」——頭がきれ象潟署の刑事とも懇意な百合子——の協力が必要だった。この物語の名探偵役となる「彼女」は、実は話の初めから登場していた。「私」に神名火老人を紹介した平井兵吉老人である。少年期に「代々官公吏」の麻布の家を飛び出して以来自由に浅草で暮らす「彼」こそ、百合子その人だったというのが落ちである。「冬瓜（の百合子）」の名は、巧みに若い男や美少女へ変身する様を、雌雄同株の植物名で表したものだった。

本作は第44回オール讀物推理小説新人賞を受賞した。石田衣良「選評」の「「紅団」がモチーフ」との指摘通り、少年団の名をはじめ川端康成「浅草紅団」を踏まえた部分が多い。空間では、乱闘の起きる木馬館、追われて逃げ込んだ象潟町、隅田公園、言問橋、隅田川の船などが「浅草紅団」と重なり、殊に黄色団の集合場所地下鉄雷門ビルの屋上庭園の描写は、「紅団」の同じ場所を彷彿とさせる。百合子が「変装の名人」であるところも、起点となる性が男か女かを除けば、「紅団」の弓子とそっくりだ。ただ弓子と違って百合子のそれは、（この後の作も含め）探偵の必要という以上にショーめいた美的変身の繰り返しである。

二作目「濹東鬼啖事件」（書下ろし）は、浅草に出没する「幽霊占い」の探索を通して、二年前玉ノ井で起きた顔のない死体事件が解明される話。冒頭に「川端康成」が出てくる。「無口で気難しい顔をしている」カジノ・フォーリー楽屋の「常連」「川端さんの兄さん」は、「百合子をモデルにした「浅草紅団」」や「浅草ものと呼ばれる小説を描いている」。軽いノリで、前作「幻景浅草色付不良少年團」と「浅草紅団」の引用関係をパロディ化して見せているところだが、浅草のジオラマめいたこの小説世界にとって川端は必須のフィギュアである。津久井隆は「パロディと幻想――エンコの六・江戸川乱歩・浅草紅団」（『浅草文芸ハンドブック』勉誠出版、二〇一六）で、この後出てくる江戸川乱歩など浅草所縁の作家達を含めて、こう指摘する。「浅草のイメージの一部として位置づけ」「パロディとして取り込みつつ、かつての浅草を浮上させようとしていく」と。

これももじりタイトルの三作目「瓶詰少女」（書下ろし）と四作目「イーストサイド物語」（『オール讀物』二〇〇六・十二）では黄色団の行動範囲が浅草外にまで広げられ、最後の「二つの墓」（書下ろし）では遡って関東大震災の浅草が描かれる。十歳で被災し肉親を亡くすが、同じ境遇の子供が集まって黄色団ができたこと、百合子との出会いなど、ジョージのその後の人生の起点がそこにある。

史的風俗的な考証や寄り道風の文学情報、乱歩のトリック集にもあるような時代がかったトリックを盛り込んだこのエンターテイメントは、老人のべらんめえ口調を軸に猥雑な浅草の「裏の顔」を描いていく。タイトルの「色つき」は、直接には黄色・紅色・黒色不良少年団のことだが、物語内の語り手が「似顔絵描き」、聞き手の「私」（＝小説の語り手「私」）が「漫画家」という設定も、色の専門家という点で揃っている。今ではモノクロームの「幻景」とも言うべきその頃の浅草を、鮮やかな「色つき」で見せるために機能しているだろう。

25

川上未映子

「雪国」の〈世界〉を四字熟語で飛翔する
──「わたくし率 イン 歯ー、または世界」

杉井和子

Ⅰ　はじめに

川上未映子のデビュー作「わたくし率 イン歯ー、または世界」（二〇〇七年）（文中では「わたくし率」とする）に対して仁平政人は、「雪国」との接点を「川上の「言葉」それ自体の根本的な（自己や現実から切断された）性格」に見て、「「雪国」の有名な冒頭と異質なディスクールと接合し、意想外の文脈においてその意味を開示している」と指摘する。斬新さは突飛な題名にもある。部分と全体の対立の中に私がある？ 部分とは、歯（数の総和になりうる）であり、全体とは世界（一つ）であってそれと対立し、数値（分母）で示されるわたくし率に繋がるようだ。内容に眼を向けると、初めに私があるかないかが問題とされ、脳髄によらず奥歯が私という換喩で示される。そこから「雪国」の冒頭文の主語がないことに繋がる。川上の小説の「わたくし」はこれまでの私小説や詩の〈私性〉のありようと全く異なっている。一人称の語りで自らの経験を語るスタンスではない。が、それを「雪国」冒頭の主語がないことだけで説明できるか。小説では、歯、率についてはわかりやすく書かれるが、「世界」についてはやや難解である。主語の問題だけで「世界」は片付かない。「わたくし率」で追求された「世界」に注目すると、「雪国」がさらに重要になるか。「世界」の表出にこだわった川上固有の言葉とは何か、「雪国」の変質という視点から小説を読んでいく。

Ⅱ　多彩な「ことば」の魔術

多和田葉子が川上の小説に「身体が語るポリフォニー」を見るように、まず、うねりをもったリズミカルな身体表現が目につく。音と意味とを固定させず逸脱した新たな語が次々に生まれる。松浦寿輝の〈逸脱の魅力〉〈未分化の言葉のマグマの流動のようなもの〉とも言えるものだ。文体面では、標準語に対する大阪弁の喋り言葉、会話は、「」や――の中での間接話法、日記体、洒落、漢字による思弁的な語など多彩に使われる。しかし、虚無〈ニヒリズム〉といった洋風の硬質な抽象語は使われない。日本語の平明なおしゃべり語は標準語の文末表現に対応するが、漢字については問題が複雑なので追って明らかにする。しかし、最も特徴的な語法は、二項対立、あるいは両極の明示という構造的な形であろう。あるとない、見ると見えない、脳髄とブツ、総和と一つなどのほかに、白と黒のオセロの玉の対立の比喩など。川上は自らの発想を次のように語る。「詩と小説に限らず、あらゆる物が両極があってその中間の無数の点を動いていく」と。二項対立は二者択一ではなく中間に注目させるものだ。川上はのちに「先端で、さすわ　さされるわ　そらええわ」の詩で「真ん中どうなってる?何もかもががらんどうのわたしの体を抜け直ちに何もかもが押し寄せてぬかるんで慰めあうこの結ぼほれ」と歌い、部分と体全体を真ん中で結んでいる。対立を一つにする着想がオセロの玉の表裏一体に通じ、「ドウナッツの穴っぽいものがこうぐんと詰まって」という自家撞着の不可解な文にも通じる。この方法は、見せ消ちの効果とでも言おうか、島崎藤村が「千曲川旅情のほとり」で「萌えず…藉くによしなし」と文末に打ち消しを入れながら、逆に春の息吹の到来を予想させた効果に似ている。一方、対立ではなく微妙な意味の差を強調したものもある。わたし、私、わたくしの一人称は、それぞれ形而上、形而下、形而中に腑分けされる。痛みは歯痛と、〈胸をえぐられる〉心の痛みとでニュアンスを変えて提示される。表記も平仮名、漢字、とりわけ、四字熟語は小説の後半で作品世界を決定づける最も重要な働きをする。平凡な語ではなく作者が編み出した新たな珍しい熟語であり、身体表現とはレベルを異にするものである。

作者の操るこのように多彩な言葉群は、写実を狙っていない。「言葉はすごい。言葉にすれば象もこんなに小さくなる」と文中にあるように、言葉そのものの自立的な威力に重きがかかる。同時に川上は、言葉だけが空転するのを怖れて万全の対策をとる。小説に実在のリアリティーを嵌め込むために。まず、モノ〈ブツ〉を、空想や幻影とは違う可視化された確実な存在で示した。見えるだけではなく、体で痛いと感じさせる確かなものの提示である。即物的な体験によって裏打ちされたリアリティーも目指している。奥歯に私を見つける発想の根拠を脳内の思考回路との違いで示した理由はここにあった。

Ⅲ　小説のストーリー性

言葉ではなくストーリー性はどうか。川村湊や山本充のどちらも起承転結がないことを挙げて小説のストーリー性を否定する。「わたくし率」は青木とわたしの擬似恋愛を想定して二人の恋愛の行方を語った小説である。中学時代の同級生の青木は恋人的でもあり、おなかの子の父になるかもしれない憧れの存在でありながら最後に無視される。突然の破局に不自然さも漂うが、他の登場人物の三年子（みねこ）や青木の陰にいる恋人らしき女に比べると、身近で実際的な存在である。不器用な青木との対話がむずかしいので、私は奥歯を見せて仲直りするというルールを考え出して対応する。青木と会うために歯医者で働くことを思いつき、診療にやって来る青木に期待する。その青木が中学の時、図書室で「雪国」のことを教えてくれた。しかし、彼のアパートに行った時知らん振りされてしまう。「なあなんで知らんふりするねんな…青木くんがゆうたんじゃ、雪国のあそこをゆうたんじゃ」に続けて怨嗟の叫びが続く。「人間が一人称が何でできてるかゆうてみい」「おっとろしいほど終わりがのうて孤独すぎるもんなんや」この経緯に恋愛らしきものの始まりと破局の流れがあり、孤独の心境が体験されたストーリーのようでもある。が、話はここから先が重要で、ストーリー性から逸脱した新たな言葉の世界が現われてくる。青木との体験の変化である。「雪国」との接点と変化の契機がここに見られる。

Ⅳ〈ブツ〉の可視化から〈宇宙、世界〉へ

この小説で、「雪国」が初めて話題になるのは、胎児に話しかける母である私の日記であった。今あるお母さんとまだ無いおまえをつき合わせ〈生まれてしまった〉今の自分を思うところで、主語が無いことに特化したあの冒頭文の話題になった。翻訳不可能な〈素敵な文章〉と受取られていたものが、やがて青木に知らんふりされた時点で、もはや文章上のことではなくなる。〈おっとろしいほどの一人称〉〈孤独すぎる〉〈全部が裏返って…おっとろしいもん〉になったのだ。痛みは奥歯にすべて入れることにしていたのに、ここで一挙に歯の痛みに苦しむことになる。田中弥生はここに裏切りのモティーフを読んでいる。「最後の砦である奥歯が裏切りに砕かれ、全ての痛みが流出し爆発す

る中で少女が歌い出す。失われた奥歯の唯痛論である」さらに「葉子が落ちる瞬間のような、「伊豆の踊子」の書かれない結末のような、裏切りを責めない少女の歌声…」と続けて少女の苛立ちと痛みを読み取っている。

しかし、ここは痛みに収束したと言えるのであろうか。先述したように、二律背反をもとにしてむしろ表裏一体化させる川上の着想にこだわると、そうはならない。裏切りではなく対立をまとめる他の道を考えるべきではないのか。この辺りから、小説では「世界」「宇宙」の語が強調されていく。それに呼応してか、青木のアパートの二階から私が駆け下りる時、「私は落ちている」のではなく「舞い降りているのです」という不思議な文が唐突に書かれる。階段を降りる実際の体験が、空間を浮遊する夢のような体験になって次の文が続く。「誰もおらん世界がそっと片づけられていくみたいやった。またいつでも取り出せるように入れ子になって世界が一瞬入れ子になって、あの青木とおなじようにいま舌のうえになってほいで奥歯を抜いて貰うんよ…この治療室を、この入れ子を経験してるものがあって私をこえて、わたしをぬけてしまうものがあって…雪国のあのはじまりの、わたくし率が、限りなく無いに近づいて同時に宇宙は膨らんでいく」

〈入れ子〉〈宇宙〉〈経験〉の三語で、わたくし率がゼロになる。入れ子という比喩は、私が宇宙に含まれ孕まれてマトリョウシカのようにあるのだ。孕むという発想は世界が無限に広がる空間からは生まれない。輪郭線を持った球形の立体、卵（胎児のいる子宮）の比喩で示される。歯が口の中の舌に乗り、口が丸く開く形に比喩される。私はゼロになり、しかしまたどのようにでも取り出せるという対立の一体化。裏返るのだ。それを川上はここで「純粋経験」という語に置き換えた。青木との痛みを伴った実体験の、その時の実在感を消し、人間臭を消して、透明さ、澄明さをもった非現実の世界に連れ出されるのか。この実体験から非現実の世界への飛翔が「舞い降りた」で暗示されているのであろうか。何故急にこのような発想が生まれたのか。これはまさに「雪国」からの啓示ではないのか。「雪国」の二つの場面に絞って考察してみよう。

まず、モノの可視化を問題にしよう。冒頭文に続いて、汽車の窓に映った葉子を見たときの描写が想起される。「指で窓ガラスに線を引くと、そこに女の片目がはっきり浮き出たのだった。…向う側の座席の女がうつったのだった…

汽車のなかは明りがついている。それで窓ガラスが鏡になる…指でふくまでその鏡はなかったのだった」とある。指〜片目〜鏡と繋がる女の身体の部分を鏡が照らし出した。鏡の中の片目が見られている。全体像は見えないがそれに拮抗する女の体の部分が可視化されて実在のリアリティーが与えられる。本来、鏡が映した物は実像ではない。川上の奥歯の提示は、自分で見ることはできないものが鏡で見られている。あることとは見えることという真理との重なりと、部分と全体との繋がりがこのようにして生かされていたと言えないか。

次は雪中火事の場面である。先の「舞い降りた」に符合するのは葉子が落ちた瞬間である。生き身の葉子が人形じみた無抵抗さ〈命の通つてゐない自由さで、生も死も休止したやうな姿〉で落下する場面であった。モノと化した一瞬の非現実的な世界の幻影を中空に浮かばせた落下のシーンである。天の川が上から下に流れる様子と、煙が下から上に昇る二つの動きが書かれる。「煙が天の川を流れるのと逆に天の川がさあつと流れおり」「島村も振りあおいだとたんに天の川の中へからだがふわりと上がつていくやう」とある。このような立体的な空間の中で、生も死も休止した人形、モノと化した葉子が落ちたのである。逆接で繋がった天と地とが相対する世界、両極のなかをモノが落ちたという光景である。

「生も死も休止した人形」という比喩は、「わたくし率」の結末近くで、生命の語を付けた歯を思わせる。「歯はこれこの生命にとってな、最も本質的な器官なんや、命と本質と最もがわたしの中で一列んなって」と、ブツであった歯に新たな価値が付与された。その直後にわたしが「舞い降りた」のであった。天と地との両極の中を落下する人形と私、「雪国」の中で一瞬私が消え、またすぐに舞い戻ることもできると川上は書く。それを可能にしたのは、この場所、空間である。ヒトよりも大事なこの場所。そもそも「雪国」の語り手は、島村という主語が際立たない自在な語り手であった。主語のない冒頭の文は、ヒトではなく本当は雪国の美しい世界を強調したのである。人を取り巻くこの場所、世界がここで焦点化される。川上は〈愉快も不愉快もなくなる〉〈わたくし率はゼロになる〉〈わたしも私もおらん〉世界を提示する。わたくしはゼロになって終わったのではなく、入れ子のようにあると。両極のなかにあり一瞬消せる私の矛盾するありようを入れ子に喩えた。

Ⅴ 写実性を抜いた四字熟語の意味

ここに実在と対立する、ある啓示を与える言葉の四字熟語、「純粋経験」が持ち込まれた。川上は、既に「感じる体験専門家　採用試験」で、生まれたことを感じる経験を贈答裁縫、心臓衝突、化石反応、純粋収斂などと羅列していた。これらの語は、主客転倒といった生活に馴染みのある対句的な漢語と違う、川上の編み出した造語である。漢字は意味がすぐに通じる便利な物だが、ここでは実在のリアリティが排除され、あたかも化学反応のように起った出来事になる。言葉と言葉の結合、一体化であろう。これらの語は実在の私の痛みを消す有効な働きをするであろう。部分が持つ数量化、可視化という手続きによる存在の確認と、全体、つまり世界という抽象化された語を繋ぐために、実在の痛みを消し、化学反応のようにモノを含みこんで一つに包含する世界としたのである。これまで一貫して二項対立的な構造を形作っていた言葉は、結末のこのような熟語の提示によって新たな一つの世界を見せる。デカルトの言葉の〈われ〉を取り、「思う」とだけ記して小説を終えようとする川上は、洋風の抽象語を使わず、四字熟語の持つ言葉自体の威力、写実という観念とは根本的に違った化学反応らしき語の創出に賭けた。それによってあるとないとを包含する世界に〈私〉を置く発想を生かすことができた。「雪国」にあった切なくも美しい世界をスプリングボードとして、リリシズムとは異なった空間の中での純粋経験。飛翔するわたくしのゼロに近づきながらもそうならない模索が続くのである。

参考文献

仁平政人「世界の中の川端康成文学・日本編」(『川端康成スタディーズ』笠間書院、二〇〇七年)

田中弥生「痛くない歯の唯痛論」(『群像』二〇〇七年)

多和田葉子「〈対談〉からだ・ことば・はざま」(『文藝別冊』二〇〇八年)

松浦寿輝「ことばの立ち姿」(『ユリイカ』二〇〇八年)

川村湊「解説　現代小説年代記　二〇〇五―二〇〇九」

佐藤可士和『劇的クリエイティブ講座』山本充の文章を含む。(イースト・プレス、二〇〇八年)

川上未映子『川上未映子対話集　六つの星星』(文藝春秋、二〇一〇年)

26

花房観音

〈男〉を知らぬ片腕、あるいは〈女〉のすみずみまでを知る片腕
——花房観音「片腕の恋人」

青木言葉

花房観音（はなふさかんのん）「片腕の恋人」（『小説新潮』二〇一四・三）は、本文中に「ノーベル文学賞をとって、自ら命を絶った文豪の書いた」「少女が主人公に片腕を一晩貸すという」「短編小説」と記述があるように、明らかに川端康成の「片腕」（『新潮』一九六三・八～六四・一）を踏まえた小説である。

　小説「片腕」が処女である娘と「この娘のほかの女をかなりよく知っている」男との、たった一晩の、最初で最後の〈行為〉を描くのに比して「片腕の恋人」（以下「恋人」と表記）は、妻帯者の男とその恋人である主人公の女の、いわば〈愛の果ての〉最後の数日を描く点で、プロットは異なっている。「恋人」の書き手は、そのことにかなり自覚的である。

　小説「片腕」において、娘の腕を持ち帰る男は「車の警笛」に脅かされ、「とっさに私は娘が右腕を取り返しに来たのかと、背を向けて逃げ出しそうに」なる。そしてまた、その車を運転する「女」を不思議に思うのだ。「女のなにかが車の光りのさすもやを薄むらさきにしていた」。「女のからだが紫色の光りを放つことなどあるまいとすると、なにだったのだろうか」、「あの若い女は車に乗っていたのではなくて、紫の光りに乗っていたのかもしれない」。

　一方、「恋人」で、主人公の女は、「薄桃色と紫のグラデーションが華やかな絹の風呂敷」に「あなたの片腕をつつんで」タクシーに乗る。不審がるタクシーの運転手を後目に、彼女は「くすくすと」笑う。処女である〈娘〉と対比される、成熟した〈女〉として、主人公は振舞っている。この風呂敷、及び彼女の部屋に用意された共寝のための「薄い桃色」のシーツも、小説「片腕」の終盤の状況を、既に先取りしているのだ。

　小説「片腕」では「桃色」や「紫色」へと「色の変ったもや」は「有害」とされてもいる。「色の変ったもやは有

害で、それが桃色になったり紫色になったりすれば、外出はひかえて、戸じまりをしっかりしなければならない」。

それでも、小説「片腕」における娘の腕と男の身体の完全なる一体化は、色づいたもやの中でなされる。「娘」が失う〈処女〉の悲劇と同時に、〈愛〉による男との一体化の幸福感の描写であるかのようだ。もやの中「眠りの安全を見まも」るかのように、さきの「女の車が、私を中心に遠い円をえがいて、なめらかにすべっていた」という。これらが示すのは、「女性の安全をみまわって歩く天使か妖精」であるかもしれぬ「車の女」が、「娘の腕と同性の女の勘」で「私が娘の片腕をかかえていると見やぶ」り、登場時に「警笛」を鳴らしているのと同時に、二人――娘の片腕と男――の一体化に対して一種の認可と祝福を与えている、ということである。処女の不可逆な喪失を待つ〈娘〉は、やがて男との行為を経て、〈女〉になるのだから。「車の女」もまたその過程を経てきたはずで、だからこそ〈娘〉と男に「警告」を発し、また彼らの「安全」を見守る存在となり得る。

そして、小説「恋人」の主人公は、そうした愛の果てにいる。彼女は、小説「片腕」の「車の女」にも近しいといってよい。

小説「恋人」の女の「孤独」は、〈自分だけのもの〉にならない、「何度寝ても朝までいてはくれ」ない「あなた」の「左腕」を手に入れることで、満たされる。その左腕は「言葉を発せず私を傷つけない、私をひとりにしないあなた」の、全存在そのものである。小説「片腕」の男は腕が「もの」を「言う」ことを望むが、小説「恋人」の主人公は「もしもあなたの腕が口を開いて、妻の名前などを呼んでしまったら、私は傷つき、失望する」と理解していればこそ、あえて恋人に〈喋らない〉腕を求めた。彼女が怖れるのは、妻帯者、つまり他者との関係性を持つ人格の発露であって（「あの小説（小説「片腕」を指す―引用者注）では、片腕は喋っていましたけれど、あの腕は男を知らぬ処女のものだからそれでいいのです」）、彼女が願うのは言葉を排した性愛によるすべての理解であり、自らの身体のすみずみを知り尽くす恋人の「腕」によって、精神の孤独は充足を得る。

小説「片腕」においては、主人公の男の「孤独」が、現存在のそれとしてあまりに根深くあって、小説「恋人」の「寂しい人間同士」の逢瀬の悦楽の喜び、そしてそれと表裏をなす寂しさ・孤独とは質を異にするものであろう。

「自分……？　自分てなんだ。自分はどこにあるの？」。

小説「片腕」の男のこの呟きは、自分の「影」が実体化して「部屋」で待っているような日常で、「自分」、自我を実感できないことが露呈する言葉でもある。「自分は遠くにあるの」「遠くの自分をもとめて、人間は歩いてゆくのよ」と、「なぐさめの歌」のように繰り返す娘の片腕は、彼の孤独をいっとき癒すが、男はつまるところ彼女から〈奪う〉ことしかできない。

不可逆な奪取の対象、絶対的な〈他者〉としての〈片腕〉と、「私とあなた」とでしか「わかりあえない」という〈共有者〉としての〈片腕〉。

小説「片腕」の〈他者〉性は、腕の交換による血の交流によっても明らかだ。〈幻想〉的小説である「片腕」において、腕の交換という行為は体温の変化や脈・心臓の鼓動の細々とした描写を持ち、妙にリアルでさえある。腕の交換は、すなわち両者の血液の交換を示しており、それは〈生〉と「自分」―〈自我〉の転移につながっていく。

川端の「片腕」が、「片腕」――そして右腕であるのは、男、そして川端のフェティシズムによるものだけではない。腕の接続部は〈肩〉であり、自らのそれを〈外〉して他者と「接続」することの痛みとおののきを表すのに、実に適切な部位であるのだ。男の回想における玄人の女と処女の娘の描写を見ても、彼女らの「肩」のふるえが、性的なそれであることが明らかだ。玄人の女は、のばした爪に隠れた指先の「純潔」をおびやかされると「あつ、不潔つと、肩までふるへが来ちやうの」（傍線引用者、以下同）と言い、処女の娘は身体の処女喪失に際して「肩が痙攣しそうにしてこらへた」。

そして、小説「片腕」における腕が「右」腕であるゆえんは、娘の右腕を男が自分の右腕と付け替えた際、左の心臓に置く手の脈の位置が、右腕である方が自然であるからだ。男の胸の鼓動と娘の腕の脈の一致は、両者の接続―一体化における必要絶対条件であって、性行為のメタファールであるその先に、〈生〉行為としての一体化がある。男は、「娘の片腕」から、聖母の如き〈許し〉―「いいのよ」という言葉を得て、娘の「片腕」の持つ「光」と「清純の血」を享受し、しかし代わりに、「男の汚濁の血」を以て、また自らの身体に一度つけた娘の「片腕」から、文字通りの〈脈絡〉を外すことで、その〈生〉を奪ってしまう。

それは、腕の交換によって男の心臓の血を得た娘の「片腕」は、次第にその体温が高くなり、「あたし」という一人称を使用し始めるからだ。男は眠り、眠りが深くなり、「いなくな」る。腕の交換を望み、「汚濁」の男である自分を自覚し、そして「あまい眠り」を恵まれながら、男はやはり「自分」―〈自我〉を仮託された、自らの「右腕」を、手放すことはできない。

かようなわけで、目覚めた男は咄嗟に血液という〈生〉の回路を遮断し、娘の腕を外して自分の右腕を付け替える。その様子は、「魔の発作の殺人のよう」と表されるが、ここで初めて、男は身体としての「自分」ではない、〈自我〉の如きものを得た感覚を抱くのだ。娘の片腕は、「自分は遠くにあるのよ」と教えたのであったが、娘の片腕から〈性〉も〈生〉も奪った男は、こうしてようやく「自分のなかよりも深いところから」「かなしみが噴きあが」る感覚を覚える。〈今〉ここにいる自分ではない、そんな自我が垣間見えてくる。

小説「恋人」は、主人公が「私たちの世界」を壊される前に、恋人の〈片腕〉に絞め殺される結末を迎える。

小説「片腕」において、娘の「片腕」の〈死〉を前に、男がおそらく新たなる「孤独」の中に取り残されるのに比して、小説「恋人」は死の世界へともに赴くのだ。伏線ははじめから示されており、「いつか僕は君に殺されるかもしれない」／「そうじゃない、私があなたに殺されたいの」。そして、彼が与えた「左手」は、「握力も右より左のほうが強」く、だから「力が必要なときは、左手を使う」。

男が処女から〈性〉と〈生〉を奪う小説「片腕」と、性愛の果て互いに命を奪いあう「片腕の恋人」なのである。

対等な、等身大の恋人として、男の優しさと悲しみ、苦しみを知悉したうえで、さきに恋人の男を死の世界へと「痛みにのたうちまわる隙を与えずにあなたをつきおとした」「踏み出す勇気のないあなたの背を押し」たのは、「恋人」の女主人公の「優しさ」と強さであろう。まるで、どこにもいないような、美しい処女の慈愛と儚さの象徴然とした小説「片腕」の娘とは一線を画しているともいえる。

同時にまた、心中のような形にまでして愛しあう恋人たちの姿は、川端の他作品とも通底している。

27

綿矢りさ

悪夢という異界
——綿矢りさ『手のひらの京』の連想

永栄啓伸

新潮文庫（二〇一九）の解説で佐久間文子が言うように「綿矢版『細雪』とうたわれた」『手のひらの京』（新潮社、二〇一六）は、たしかに京都の風物詩を描き、年中行事に参加する美人の三姉妹が登場する。祇園祭であり、大文字の送り火、鴨川の納涼床など、彼女たちは季節に応じて伝統行事を楽しみ、またそれぞれの恋愛模様をもっている。家族にとって事件がいくつか起こるが、それも含みこんで日常生活は流れていく。

三姉妹のなかで、凛は異質である。京都での平穏な日常生活に違和感をおぼえ、家を出て東京へ行きたいと願っている。長い悲しみの歴史の奥底から生まれ出る怨念のような京都に閉塞感をもつのだ。末尾、大学院生活の後、首尾よく上京し食品メーカーの研究職に就き「別天地で一人暮し」という思い通りの生活を得るが、その報いのように、父にガンが見つかる悪い知らせがくる。

綿矢はインタビュー（https://bookshorts.jp/watayarisa）で、『細雪』に感動して書き始めたと明言するが、「川端康成『古都』も読んで、こんなふうに京都を書けるといいなとも考えていました」とも述べ、さらに「二次創作というのは、私たちが知らなくても、あるいは意識していなくても実はすごく多いのではないかなと思います」と「二次創作」への関心を示している。

さて、凛の特異性は、日常の奥にある異界を感じ取る能力である。幼いころから繰り返し見る怖い夢が忘れられない。高校生のころ、昔の絵巻のような絵本のようなものを見ていると「突然耳元でおばあさんのうめき声が聞こえ始めて、凛はなんともいえない恐ろしい気分になった。「ミユキガトオル、ミユキガ……」苦しそうにおばあさんの声が呟き、そこで目が覚めた」。

彼女はまた先祖の霊を送る大文字の送り火の夜、夢に次

> のような妖怪を見た。
> 下半身が無く、腕を足代わりにして走り、山奥からものすごい速さで降りてくる。肩には直接大きな顔がついていて輪郭が四角く、表情はいつも目と歯を剥き出しにして度を越した憤怒の表情で、噛みちぎられそうだ。

この一節は『古都』の祇園祭りの章を連想させる。宵山の日、千重子が、御旅所で七度まいりをしている娘、苗子に出逢い、四条通りを歩いていると、秀男に出くわす。彼の風姿・形相は次のように記される。

> 男はいくらか頭の鉢が大きく、肩が張り、目がすわっているが、決して悪い人とは、苗子には見えなかった。

秀男は苗子を千重子と間違えている。同じ家に同じように育てられたのなら見分けもつきにくかろうが、二人は違う環境に育った双子である。苗子は北山杉の村から出てきた。千重子は実の父が杉から落ちて死んだこと、産みの母が早くに亡くなったことを初めて聞くのである。

北山の奥から、いわば不吉なことを運んでくるイメージとして、綿矢は妖怪の夢を使っている。鴨川はかつて合戦場であり、死体置き場であり、処刑場であった。「現代の人間をあっちの世界に引き摺りこもうと待ちかまえている」京都の街がもつ、そうした古い歴史の闇と怨念を彼女たちに感じ取らせる。長女の綾香もそうである。しかし玄関に恨みを持った霊が溜まると言い、盛り塩を置いたり明るい色のカサを置いたりするのは凛だけである。

この霊は京都のもつ閉鎖的空間からの脱出願望に裏打ちされている。歴史的に遠い由来に対して深い脅えを抱くものだろう。夢の多くが持つように、未来の性に対する不安の顕現でもあろう。『山の音』の信吾の見る夢は、多くは、妻保子の姉、かつて慕っていた美人の姉という具体的な対象を持ち、それに通じる息子の嫁菊子を媒体にした過去の夢であった。また、明確な対象をもたずに、遠い過去からふってくる、存在を脅かすような夢は、「反橋」連作の「しぐれ」に見られる自分の不透明な出生への時間の縦軸を手探る行為に似ているかもしれない。しかし凛には不幸な母は存在しない。夢は質的転換を迫られている。

いま凛はそうした夢の呪縛にとらわれることはない。東京で〝行幸通り〟という標識にぎょっとしながらも、深い意味など考えず「自分の選んだ道や」と歩いていこうとするのだ。この悪夢の変容は、川端の夢という奥深い異界を逆に照射することになったようである。

28

彩瀬まる

片腕との〈暮らし〉
——彩瀬まる「くちなし」が描く愛執の辺境

長谷川徹

彩瀬まるの幻想的短篇「くちなし」(『別冊文藝春秋』二〇一六・五)は、本歌ないし原話として川端の「片腕」を想起させる作品である。「片腕」は、怪異譚的趣向と「魔界」的妖美を併せ持った短篇であるが、性愛の官能性と妖異とのあわいにある種の抒情が醸されるのみで、怪奇幻想が何らかの換喩・寓意性の表象として現実に遡源・置換されないところに〈幻想文学〉としての強度がある作品である。

「くちなし」の語り手ユマは、女優志望だった一八歳の頃に出会った年上の後援者の男と十年来の不倫をしている。したがって「片腕」がその関係に第三者を含まないという点では〈純愛〉的側面を有したのに比し、本作は設定上〈不倫小説〉だとも言えよう。しかし、その不倫相手の妻が、愛執に絡めとられるがゆえに過剰に重荷を背負って苦しみ、夫の裏切りにも大いに傷つかざるをえない一方で、ユマは世間通用の〈愛〉について疑いつつ、愛し愛されることの〈視えない呪縛〉からしだいに離脱してゆき、自身の「不完全な愛」について考察を深めてゆく。「くちなし」は、人間にとって〈愛する〉とは何でありうるのかを、その極北においてあらためて問うた作品でもあるのである。

ユマの相手アツタは、四十歳を過ぎた照明器具メーカー社長で、そつがなく気も利くが有能さを鼻にかけないスマートな人柄と、固太りした肉付きの男である。ユマとは性格の相性が良かったが、交際から十年が経つなか関係の行きづまりが訪れ、ユマは別れを告げられる。その際アツタから「十年も世話になった」返礼として何か贈り物をしたいとの申し出を受けたユマは、自分をよく撫でてくれた「腕がいい」と答える。男は利き腕でなくてもいいのならと左腕を肩から外し、皮膚をちぎり取ってユマに差し出す。

本作もまた、超自然的な怪異が日常現実のなかに織り込まれシームレスに存立している様子を描いた〈幻想文学〉

であることを理解する場面であるが、しかしなお本作と「片腕」とのあいだには非対称的な差異があり、それは当面、腕を差し出す相手の性差として見出される。

「くちなし」においては、齢三十がらみのユマが不倫相手のアツタから「左腕」を贈られている。一方「片腕」で、「一晩お貸ししてもいいわ」と「右腕」を差し出すのは「若い娘」（おそらくは「純潔」なる生娘）であり、相手の男「私」は「娘のからだの可憐なすべて」を夢想することはあれ、娘との肉体関係を持ってはいない。

「片腕」の娘は「あたしの腕ですというしるし」として（実際には母親の形見であるが婚約指輪を思わせるような）指輪をその薬指に嵌めさせるのだが、ユマが贈られた左腕の指には、結婚指輪など最初から外されている。男のそうした「しるし」は、ここでは結婚生活と妻の存在を思い出させる阻害因子でしかないからである。

また「片腕」では娘の申し出によって一晩のレンタルが提案されていたのに対し、「くちなし」で男からのギフトに片腕を指定したのはユマ自身であり、彼女はみずから積極的に片腕を請求し獲得したのである。さらに、それが貸与ではなく贈与であるという点は、片腕との一時的な交流に終わらない〈暮らし〉が描き出されることを意味する。

そして、貸与／贈与をする者とされる者の性別が反転せられた結果、「私」とユマにとっての片腕の存在意義は、必然的に異なったものになってくる。「私」もユマも、共に独りでアパート住まいをする単身者であり、一方は孤独に荒ぶ中年男性で、一方は十年の不倫が破局を迎えて寂しさを抱える中年増の女性だが、片腕を性愛の対象としてよりフェティッシュに扱うのは「片腕」の「私」の方である。娘から片腕を与えられて帰路につく「私」は、雨外套の内側に娘の腕を抱きかかえながら「よろこびをたしかめる」。娘の腕のつけ根の肩口は、「日本の娘には稀れ」な「ぷっくりと円み」のある「私の好きなところ」であり、「私」はその魅力に恍惚とする。「ほのぼのとういういしい光りの球形のように、清純で優雅な円みである。娘が純潔を失うと間もなくその円みの愛らしさも鈍ってしまう」。こうした娘の腕のみを対象化して愛着する仕方は、その情愛の対象に、外的環境とのつながりを有した娘の全人的な履歴や性格的ありようを含んではいない。それゆえ「私」の並々ならぬ愛好にはしかし、娘というひとりの人格的存在の全体像が欠けているのである。

いわゆるフェティシズムとは、精神医学の用語では、愛する存在の肉体の一部を本体の所属から切り離して、それに強い欲求を抱き性的充足を得ようとする〈性倒錯〉を意味する。そうした〈愛〉は、他者存在の全体性を抜きに一部分をその本質と錯視して執着するという傾きを持つが、必ずしも異常性愛ではなく、ユマにもそうした傾向はある。「表面に幾筋もの血管が走っていて、指の形が四角い」「深爪気味」なアツタの腕の、「手首と肘の内側に挟まれた柔らかい側面にうっすらと数本の筋が浮き上がる」ところが好きで、「腕に浮き上がった筋を（…）すっと撫で上げ」てみたり、「筋と筋が作る薄いくぼみを舐めてみた」りして、腕に「前髪の生え際を撫でられ」たり、噛み咥えた指に「舌をくすぐられ」たりしている。そして、思いのほか「人なつこくてさみしがり」だった腕に、「いつも紳士的で弱みなんて微塵も見せなかったけれど、きっとアツタさんにはそういうところがあったのだ」と得心している。

しかし、「片腕」には娘の右腕と「私」の右腕をつけ替えるという性愛の代替的行為による艶めかしい交歓が描かれているが、「くちなし」にそうした描写はない。ユマにとっての片腕の存在機能は、むしろ護符などに類した凡常を超える霊威を帯びた〈呪物（フェティシュ）〉のようでもある。実際「くちなし」の世界には、「単身赴任中の家族がさみしくないようお守り代わりに指を贈ったり、若い恋人達が腕を交換したり」する親しい間柄での「風習」がある。アツタの片腕はユマの日常を護るものなのである。

人類学や宗教学では、神聖な霊力がこもる物を対象に崇め奉ろうとする心性をやはりフェティシズムと呼ぶが、それが心理学用語に先立つ原意でもある。といっても、アツタの片腕が何らかの神聖な力を発揮するというわけではない。かえって「片腕」の娘の方が「肘や指の関節」を「動くようにしておきますわ」と、各部位に軽く唇をあてて〈アクティベート〉する呪術的な妖力を見せているし、腕と会話する様子も描かれている。アツタの腕にはそうした霊力は何も与えられていないし、血が流れ、筋も生きていて自律的反応を示すものの、言葉を発することはない。

およそ「くちなし」は、「片腕」が下卑ることのない抑制と格調を保ちながらもフェティッシュな奇想を細密に叙しているのに比べれば全体に描き込みは簡素で、「片腕」が感じさせるようなしっとり重たい湿気、陰翳のなかに際立つ妖しい緊迫感や性愛に対する偏執的でオブセッショナルな印象は薄い。したがって、そこにのっぴきならない悪夢のような腕の怪奇描写は見当たらない。

　ところでユマは片腕を、愛した相手の自分に対する愛情の何ほどかの残滓あるいはその末端として縋ろうとしているのではない。アツタが左腕を残して立ち去ったあと、しかしユマは「ずっとこわかったものを無事にやり過ごしたような、必要なものを守り切れたような、そんな充足感」を覚える。共に居た際は腕に「あまり触ると「なんかぞわぞわする」と逃げられた」が、今はそうではない。ユマは、アツタという母体は失っても意のままに触れられる腕という最も「必要なもの」を確保できたのである。

　だからこそ、そこから始まるユマの「腕との暮らし」においては、腕が与える幻妖な魔力は散文的な日常性のなかに溶け込んでいる。日光浴をさせ、栄養剤を点滴する様子は、ほとんど愛玩動物を飼育する描写と異ならないように見えるし、あるいは陽当たりや乾燥に注意し水遣りなどの日々の面倒見が大切な観葉植物のようでもある。一緒に風呂に入り、保湿の手当てをし香水を吹きかけると、「清潔で温かく、いい匂いのする男の腕を抱きしめているだけで、一日の疲れが抜けていく」。腕は日常の澱を清め、自分という存在を慰撫してくれるものになっている。

　それまでのユマの「一人暮らし」には、どれほど仕事や食が順調でも「欠けている、と思う瞬間」が否応なく訪れていた。そこには他者からの肯定や承認がないのである。そのユマをアツタは、会えばいつも「がんばってる、えらい、ちゃんとしてる」と褒めてくれた。やがてユマの欠落を埋め合わせていた彼は去ったが、しかし今や腕が「充分に私を褒め、いたわり、甘やかしてくれ」ている。ユマの生活は「くるりと丸くなり、これ以上望むものがなくな」(傍点筆者)った。アツタ本体は余分なものとなり、ユマは片腕に充足する。自分の存在を受容・肯定してくれる腕はまさに〈包みこむもの〉としてそこにあり、彼女は片腕にくるまれるように日々を安寧の内に過ごす。ユマが片腕に見出したのはいわば〈包容する霊威〉であったのである。

　ところが、そうした暮らしにも終焉が来る。アツタの妻が夫の腕を取り戻しにユマのアパートに来たからだ。小学生の息子二人を叱り飛ばす所帯じみた「肝っ玉母さん」を予想していたユマは、美しく魅力的な妻を見て強いショックを受ける。アツタはそうした妻がありながら、特に理由なく不倫に走ったのであり、自分がアツタにとって特権的な存在ではなかったことを理解したユマは、自身の存在価値が相対的に縮減してゆく悲しみや虚しさを覚える。

　妻は「あの人の体は、指の先まで私のものよ」とユマに憤り、ユマは体は当人のもののはずではないかと反駁し、二人は〈所有〉をめぐって論争する。ここでの妻の怒りの核心は夫の腕の所有権の所在にあるのだが、妻や多くの人びとにとって、相手を所有することとは、その全部分を包括的に所有することなのであり、結婚式の誓いで「貞節を守ること」すなわち相手に身を捧げることを宣言したのだから、夫の体は全て私のものなのだと主張する妻に、ユマは「結婚とは、自分の体が自分のものではなくなる、という意味だったのか」と自身の価値観にない盲点を突かれて驚く。そのことに違和感を抱いたユマはアツタの左腕を返却する代わりに、アツタの所有である妻の左腕を要求する。ここで「意識の主に所有権がない、奇妙な物体として見る妻の体」に「妙に艶めかし」さを感じるユマに、読者はユマが求めるものは腕の男性性ではないことを知る。夫に二度と会わないという約束を破れば「この腕があなたを絞め殺すから」と迫る妻に、「ちょっとどきどきしますね、それ」と答えるユマは、妻が拘泥する世間通用の〈愛〉の理解や規範意識からは遊離しているのである。

　そうしたユマの言動は妻の目には夫と「ぜんぜん愛し合ってない」ものと映り、妻は二人の徒（いたずら）な不倫関係に弄ばれたことを知ってさらに悲憤慷慨する。そしてユマがそんな理解しがたい旦那の腕でも欲しいのかと訊くと、ユマの所に腕が残るのは、二人が「正しい関係」であることを認めるようで堪えがたいのだと叫ぶ。「愛は惜（お）しみなく奪うもの」（有島武郎）であって、全的所有を狙う妻にとってここでの取りこぼしは、ユマが夫を実効支配することの現状追認でしかないのである。そんな妻の苦悶の所以をユマは、「腕さえあればいいかなと思っている私とは全然別の次元で、それこそアツタさんの全身を丸飲みしそうな勢いで愛しているからだ」と悟る。そこで浮かびあがるのはユマと妻の〈愛〉の受けとめ方のズレであった。

　妻の左腕は一輪の花のように美しく可憐で、ユマは「仲良くしようよ」と呼びかけ、同性である妻の腕との〈暮らし〉が始まる。「控えめで臆病」な妻の腕は夫以上にユマに懐き、猫のように腰に絡んで抱き上げろと訴えてくる。ユマは、怯えたように震える妻の腕の無邪気で痛ましいか弱さを愛おしく思い、守られることから、守るべきものを守り愛でることを選びとる。腕にはそれ独自の気質が母体との整合性を保ちつつもあり、妻（の悲しみ）と切り離された意識や主体性を帯びた人格的存在として関係を持つことが可能で、腕は恨み言を言わない。それは、穏やかで不安に脅かされることのない心健やかな〈暮らし〉である。

そしてさらに「不思議な夢」のなかで、ユマは妻の全身をも解体し、〈愛〉という悲しみの当体を切り離してゆく。愛執の硬直と傷みから解放された部位は、本来の素直さと柔らかさを取り戻し、白く輝く。妻の切り捨てるべき「一番悲しいところ」は、最後に残った胸のなかの「悲しみの中枢」として「心臓の裏側」にいた薄暗い胴体の小さなトカゲであったことが判明する。それを握り潰したユマは、「腕はいつだってかわいくて優しい。断片を愛する方が簡単だ。その人へ向かう感情も、濁ることなく澄んでいられる。妻みたいに丸ごとを愛して、丸ごとを欲しがり、丸ごとを管理しようとするのは大変だ」との確信を抱く。

物語は、片腕と散歩する公園のくちなしの木の前で、アツタの妻と再会して終わる。健やかなユマと対照的に痩せて暗い翳りのなかにいる妻は、自分の義手に比べて、純粋に愛される対象として愛でられる以外に「なにもしていない」がゆえに「色艶がいい」元の腕を羨む。妻によればアツタは女遊びをやめたが、それは愛する夫の中枢に自分を裏切る醜悪で弱く「下品な生き物」が紛れ込んでいたのを取り除いたからだという。妻は家族の再生のため、代わりに「鉢植えのくちなしの枝を折って、中に入れ」「植え替え」た。アツタは妻によって〈不倫〉に及ぶような〈悪い〉人間性を剥ぎ取られ、妻が思う本来のアツタらしい心根に〈改心〉させられたのである。ユマは、しっかり根づいたからやっとまともな生活に戻れると「一片の陰りもなく微笑む」妻こそが醜怪だと感じ、「きっと悪い生き物が中に紛れ込んだのだ」と察する。するともはや妻の腕の魅力は失われており、ユマは「ただの女の腕」を妻に返した。

「愛なんて言葉がなければよかった」と呟く妻に対し、ユマは「妻の体内を這い回る、醜くて弱くて下品な生き物」と、「不完全な愛しか抱けない私の中を這うものと、どちらの方が醜いだろう」と問い、夫を思い通りに改変しようとする妻の精神模様を鏡にして、自分の心模様を見つめる。そして、妻が夫に〈愛〉を移植したことで、もう〈愛〉の内蔵されていないくちなしの木に向かって、「愛から逃れた景色はどうですか」と呼びかけるのであった。

29

田中慎弥

飛翔する〈言葉〉
――川端康成と田中慎弥

内田裕太

一

田中慎弥は、デビュー作「冷たい水の羊」（『新潮』二〇〇五）で第三七回新潮新人賞、「蛹」（『新潮』二〇〇七）で第三四回川端康成文学賞、同作を収録した作品集『切れた鎖』（新潮社、二〇〇八）で第二一回三島由紀夫賞、続いて「共喰い」（『すばる』、二〇一一）において第一四六回芥川龍之介賞、そして『ひよこ太陽』（新潮社、二〇一九）にて第四七回泉鏡花文学賞を受賞、というその一連の経歴からも、名実ともに現代の日本文学を牽引する作家の一人であると目されようことは疑い得ない。しかしその一方で、田中慎弥の小説世界とはいかなるものか、という問いに答えるのはなかなか容易ではないだろう。

たとえば、仮に作品の遍歴を些か乱暴に区分けするならば、まずは『図書準備室』（新潮社、二〇〇七）から『燃える家』（講談社、二〇一三）までの〈山口県・下関〉という土地が随所に色濃く投影された作品群、次いで『燃える家』を一つの結節点として、〈政治〉がディストピア小説の意匠をまとい、徐々に前景化してゆく『宰相A』（新潮社、二〇一五）から『美しい国への旅』（新潮社、二〇一七）へと至る道程が見定められる。そして以降の『ひよこ太陽』、『地に這うものの記録』（文藝春秋社、二〇二〇）、『完全犯罪の恋』（講談社、二〇二〇）の三作においては、端的にまとめてしまうことに躊躇しながらも述べるならば、それぞれ田中本人の記録と見紛うような、巧みに仕組まれた私小説的連作、〈日本語を喋るネズミ〉による一人称の中に痛烈な諷刺を織り交ぜた寓話的長篇、〈文学〉をめぐる恋愛小説、といったように、それまでの小説の地平を作品ごとにドラスティックに拡張／刷新してゆく作家の姿が明確に看取できる。他にも、多数の掌篇小説を、『田中慎弥の掌劇場』（毎日新聞出版、二〇一二）、『炎と苗木　田中慎弥の掌劇場』（毎日新聞出版、二〇一六）として結実させ、また中篇『夜蜘蛛』（文藝春秋社、二〇一二）では、書簡体小説の様式に則った上で、初期作「図書準備室」、「聖書の煙草」（『群像』、二〇〇八）等の諸作でも中心的な位置を占めていた〈戦争の記憶〉と、「第三紀層の魚」（『すばる』、二〇一〇）から引き継がれた、介護（＝ケア）というテーマを緩やかに接続させるなど、田中慎弥の小説は、扱われる題材における射程の広さと、あたかも万華鏡のように移り変わる自在なスタイルを兼ね備えたものと言いうるだろう。

もちろん、たとえば安藤礼二は『切れた鎖』の文庫版「解説」（二〇一〇）において、田中慎弥を〈反時代的な作家〉、〈正真正銘の純文学の書き手〉とした上で、その文学が志向するものは「無意識の破壊的なイメージ、すなわち妄想の主体となる、閉じられた「私」の問題であり、そのような「私」を可能とした家族の問題――特に、いったんは時間の外に失われながら、つねに亡霊のように回帰してきては「私」を脅かす「父」の問題――である」としており、また田中和生も『神様のいない日本シリーズ』（文藝春秋社、二〇〇八）の文庫版「解説」（二〇一二）の中で「「父」を含んで成立する家族物語を描きつづけてきた」作家として捉えていたように、さらに附言するならば、『犬と鴉』（講談社、二〇〇九）の文庫版「解説」（二〇一三）において平野啓一郎が三島由紀夫を引き合いに詳細に同書を分析した表題が「〈父〉を巡る神話」であったことからも、〈父と子〉を田中文学に通底するテーマとして導き出すことは極めて妥当であると言える。加えてその後の作風の変遷に伴い、そうした要素は徐々に後景に退く代わりに、新たな視角として、〈戦争〉や、〈和歌山・熊野／東京〉を往還する中上健次を想起させるような、〈山口・下関／東京〉という複数の作品を貫くモチーフを見出すことも可能かもしれない。その際には、随筆集『これからもそうだ。』（西日本新聞社、二〇一二）における「見切り発車」の中に、「日本の歴史が大きく変わった、大げさに言うと西日本という国がなくなった、その節目の戦乱の地に住んで現代の小説を書くとはどういうことか、いつも自問する」という作家の言辞も一つの補助線となろう。

以上のことを述べた上で、本稿では田中慎弥と川端康成との文学的交錯に焦点を当て、如上の解釈とは異なる田中文学の新たな相貌と、それと表裏の川端文学の現代的意義について素描してみたい。

II

田中慎弥はこれまで川端康成について様々なところで言及している。とりわけ川端の『虹いくたび』（新潮社、一九五二）の文庫版「解説」（二〇一六）では同作を透かして「川端康成の持つ巧まない恐しさ、説明できないへんてこな要素がまるごと出ていて好きだ。決して叙情と伝統美だけの作家ではない」というように、川端文学の「巧まない」「説明できない」、言うなれば、ときに私たちの見慣れた空間を異化し、既存の論理を不意に切断していくような在り方を評価していることは注目に値しよう。さらに、随筆『孤独論　逃げよ、生きよ』（徳間書店、二〇一七）において、「わたしは川端康成が好きですが、あんなに役に立たない小説ばかり書いた作家はまたとありません。（中略）そのことによって誰が喜ぶのでも、悲しむのでもない。経済や政治といった事柄ともいっさい関係ない。冒頭にかぎらず、『雪国』に書かれているのは徹頭徹尾、なんの役にも立たないことです。／わたしはそんな無駄な極地ともいうべきもの、社会的利益になんら結びつかないものに若いときに触れた挙句、自分でも小説を書くようになった」という言述は、田中慎弥の川端文学の受容のありよう、という観点においても非常に示唆的であると言える。同様に、ブックガイド『名場面で味わう日本文学60選』（徳間書店、二〇二一）の中では、田中は複数の作家の作品と併せて、（お世辞にも人口に膾炙しているとは言えないであろう）川端晩年の短篇「竹の声桃の花」（『中央公論』一九七〇）を取り上げており、そこでは「幸も不幸もない。ノーベル文学賞でもなければ自殺でもない。ただ、鷹がとまっている。私はそれを読んだ。それだけの話だ。特に意味はない。意味がなくても小説だ。意味がなくても人生だ。幸せだ」とも述べている。

こうした記述からうかがえるのは、田中慎弥にとっての川端文学とは、あくまで有益性・合目的性を重んじる一般社会のフレームに基づくのならば、「役に立たない」、「意味はない」ものである、ということであろう。しかし、その筆致には限りなく肯定的なニュアンスが含まれており、田中自身の創作における淵源とスタンスを同時に示唆してもいる。もちろん幾分か近視眼的に見るならば、川端が述べるところの「主観が主知的に現はれた短篇小説」（「短篇小説の新傾向」『文藝日本』一九二五）である「掌の小説」の、田中慎弥の掌篇小説群への影響や、〈父と子〉という意味では、その関係性が（インセスト的陰影を帯びつつ）顕著に浮き彫りにされる「共喰い」と、川端の代表的長篇「山の音」、「千羽鶴」、「みづうみ」などとの近接性も指摘できよう。だが一方で、田中慎弥と川端康成の文学的交錯については、そうした表層的な水準とは位相の異なる地平が開かれているようにも見受けられる。その点について、さらに考察を進めてみたい。

田中慎弥の小説では、〈小説家〉が主人公として造形されていることが比較的多く、「宰相A」もその一つである。この作は、全体主義国家であるとともに、「日本国は、アングロサクソンとか欧米人とか呼ばれてきた人種、つまり現在の日本人によって統治されている」という設定の並行世界に、突如作家である〈私〉が迷い込んでしまうという筋立てであるが、ここで以下のような〈私〉の独白による記述が目を惹く。

「面白いものを信じること。事実より小説の方が面白いと信じること。架空に基かない事実などあり得ないと知ること。小説に書かれないことは事実ではなく、小説に書かれさえすれば事実になるということ」というこの一節には、〈小説の言葉〉の現実に対する優位性、〈言葉〉が現実を作り出していくありようが殊更強調されている。これは後の短篇連作、『ひよこ太陽』の最終章「丸の内北口改札」における、同じく作家である〈私〉の「書いている間は、まだ、ここにいられる。聞く人も、読む人も、いないかもしれないが、いま言っている言葉も、誰にも伝わらないかもしれないが、この、ひとこと、ひとことが、自分の体から、外へ向って、出せている間だけは、まだ、なんとか」という、〈小説の言葉〉が自らを生の圏域に微かにつなぎとめておくためのよすがであることの宣言、そうした切実な独白とも響き合うものだろう。さらに「完全犯罪の恋」は、「三島由紀夫が自殺した年に生れた森戸、その翌年、川端康成の自殺した年に生れた緑と私」という三人の男女をめぐる物語であるが、引用からも見てとれるように、三島由紀夫と川端が作中において中心的な役割を果たしており、「三島とおんなじ死に方をしてみろと森戸に言っておけ、そう吐き捨てて非常階段を降りかけた私に緑が、／「ほんならあんたは睡眠薬飲んでガス吸うて死なんといけん。やろ。川端康成とおんなじ死に方、するんやろ」」という、〈私〉と緑という女性とのやり取りが、結果として後に彼女の自殺という悲劇的な結末を導く。この作で問われているものも先の二作と同工異曲の〈言葉〉によるパフォーマティブな機能である。

ここで改めて想起したいのは、先述の田中の引用にもあるとおり、川端は「決して叙情と伝統美だけの作家ではな」く、むしろ彼ほどに〈言葉〉、なかんずく〈小説の言葉〉のもつ機能を生涯にわたって追求し続けた作家はいないということである。「僕の筆は自分ばかりでなく他人の運命までも支配する魔力を持つてゐるのだから」という〈作家〉としてのマニフェストとも受け取られる、初期の掌篇「処女作の祟り」(『文藝春秋』一九二七)から〈言葉の彼方〉を夢想する、最後の長篇『たんぽぽ』(新潮社、一九七二)に至るまで、ときに〈奇術師〉と自嘲するほどの作風の変遷を経てもなお、〈小説の言葉〉への深い問いかけは、終生川端の中で貫かれた。そして、「人間の正体は言葉そのものと言ってもいい」(前掲『孤独論』)と述べ、「言葉を持っているのは、僕だけだ。当り前だ、ここは僕の想像が描く世界なのだから」(前掲『地に這うものの記録』)と〈ネズミ〉に語らせる田中慎弥の筆致には、そうした川端康成という作家の根源的なエッセンス、すなわち〈言葉をめぐる言葉〉への果てなき問いの水脈が、ひそやかに、そして比類なき確かさで受け継がれているのだと言えるのではなかろうか。

最後になるが、田中は島田雅彦と谷崎由衣との座談会「『雪国』はなぜ読み継がれているのか?」(『すばる』二〇二〇)の中で、「私はいまこの小説が好きだと、あるいは川端康成が好きだということに実は戸惑いがあって……。つまりこのような男性目線で女性を勝手に書いているような小説を今の時代に、好きだと言ってしまって大丈夫だろうかとも思うんです」と率直に表明している。たしかに川端の小説は、現代社会の基準に照らし合わせれば、男性中心主義的なジェンダー規範が内面化されており、それが随所に色濃く映発している点においては現在の読者が倫理的に受け入れられる素地は少ないと言わざるを得ないだろう。他方で、川端文学のアクチュアリティは、物語内容の点からではなく、むしろこれまで述べてきたような〈小説の言葉〉というような言葉の機能的観点においてこそ再発見できるようにも思われる。

哲学者/作家である千葉雅也は、「言葉は、現実とは別のヴァーチャルな平面を描く。（中略）人が人にどう関わるか、どう財が移転し、生き死にが左右されるかを関心事とする目的的な言語使用から離れて、ただの遊びとして言葉が躍動する」、換言すれば、「シニフィアンの平面を解放する」ことこそが、芸術における〈言葉〉の役割であると述べる（「最初のブラックジョーク」『文學界』二〇二二）。川端の小説が「なんの役にも立たない」ものだとすれば、それはすなわち実社会における、実利的で効率性のみを追求する「目的的な言語使用」とときに正面から対峙するものだからであり、田中の川端文学への評価の要諦もおそらくそうしたところにあると考えられる。そしてそれゆえにこそ、〈小説の言葉〉はときに固定化しているように見える現実を流動化／相対化し、世界のオルタナティブな在り方、可能性を微かに示すことができる。

　川端康成はそれを実践した先駆的な作家の一人であるのだと言える。そして、田中慎弥はその系譜に連なりつつ、現代という時代に生きる人々を見据えながら、〈小説の言葉〉をより深化させてゆく軌跡を描こうとしているのである。

30

井上靖

川端康成文学の振興に力を尽くした井上靖
――鬱然たる大樹を仰ぐ

劉東波

伊豆湯ケ島を舞台とする文学作品は多く見られる。文士村と称されるほど多くの文人に愛された湯ヶ島地域をはじめ、伊豆半島には多くの文人墨客が訪れている。川端康成は第一高等学校の二年生の時、湯ヶ島で旅芸人の一座の娘と出会い、この出会いが名作「伊豆の踊子」を生むきっかけとなった。井上靖は幼い頃から湯ヶ島の土蔵で戸籍上の祖母と一緒に暮らしていた。一高生の川端が初めて湯ヶ島を訪ねた時、井上はまだ小学生であった。井上の幼少期の生活が「しろばんば」という名作に結実している。そのため、二人は湯ヶ島ゆかりの文人の代表だと言える。井上は「「伊豆の踊子」について」(『川端康成全集』付録二七、新潮社、一九八二年三月)において、「伊豆の四季の自然、風物が、氏の肌の中に染み込んでいた」と評している。おそらく、井上の自伝小説「しろばんば」の創作にも影響を与えただろう。二人の文豪の接点に関して、田村嘉勝は「川端康成と井上靖――人間そして作家」(『言文』五九号、二〇一一年)で二人の出会いから親交を結ぶまでの状況を詳しく述べている。残念ながら、作品間の影響関係はまだ明らかにされていないため、本文は二人の文学事業に目を向けたい。

もちろん、伊豆の地に生まれた文学、或いは伊豆に関わる近代作家といえば、まだ夏目漱石や三島由紀夫など多くの作家の名が挙げられる。しかし、その中で、川端康成と井上靖は、単なる接点がある二人の作家ではなく、深い親交を結んだ。井上靖研究者として、筆者は二〇一九年に「川端康成文学賞」が休止するニュースが耳に入った時、最初に思ったのは「井上靖先生が最後までやり遂げた仕事はこれで終わりでしょうか」であった。短編小説を対象とする賞としては日本で最も権威のある小説賞で、五〇年近く営まれてきた。文学賞は世間から多くの注目を集めているが、その文学賞が創設された歴史についてあまり知られていないだろう。本文は川端康成記念会及び「川端康成文学賞」の創設を糸口にし、日本近代文学の振興に力を尽くした井上靖について紹介する。

作家という者は、様々な側面を持っている。一般人から見ると、川端康成はノーベル文学賞を受賞するほど、日本近代文学の代表作家や日本の誇りなどと評価されることが多いだろう。一方で、研究者たちは様々な実証研究を通し、川端の知られていない側面を発掘している。例を挙げると、小谷野敦の著書『川端康成伝　双面の人』（中央公論社、二〇一三年）で、川端は「孤独な芸術家」と「移動好きな社交家」という二面を持つ人だと評されている。この「二面」について、黒田佳子（井上靖次女）は以下のような記述を残している。

> いつのときだったか、鎌倉の川端康成邸に母に連れられて伺ったことがある。父がご挨拶に伺う予定が行けなくなって、代わって訪問した母についていった。（中略）端正な日本間に案内されると、すでに川端先生がすわっておられた。当時は人一倍社交の苦手な母が短く挨拶をすると、膝に手を置いた着物姿の川端先生もちょっと頭を下げたなり、ただじっと黙っておられる。母も川端先生に負けず無口。言葉もなく黙った座敷の無言の時間のあとに、やっと川端先生が、「お菓子を」とぼそりと、私にすすめてくださった。（中略）
>
> 後年、川端先生が、どこに置いたらいいのか困るような大きな骨董の素焼きの壺を、突然に父に贈ってくださり、家族がまごまごしてしまったことがあった。その壺は父の自慢の品となり、びっくりするようなくださりかたが特に父には感動のようで、「すごいねえ」と喜んでいた。先生の明快な大胆さが、父の心の波長に合ったようで、亡くなられた後も、川端先生、川端先生、と一生懸命だった。（黒田佳子「川端康成と母の無口」『父・井上靖の一期一会』潮出版社、二〇〇〇年二月）

川端は「無口」の一方で、「びっくりするようなくださりかた」の一面も見られる。前述した井上と川端は湯ヶ島ゆかりの文人というのはただの結果論にしか見えないが、二人の絆は文学というものに結ばれた。井上は「川端康成氏の人と文学」（『婦人公論』一九六八年十二月）に「私の祖父や親戚の老人たちは、氏が伊豆の湯ヶ島へ来られていた時期の碁の相手であったからである。」と述べている。もし井上が文学の道に進んでいなかったら、二人の文豪の友情もうまれなかった。井上が川端と初対面した具体的な記録は確認できないが、田村嘉勝は川端が一九五〇年の第二十二回芥川賞の選考委員を務めたため、井上靖とは受賞した後のレセプションで初対面したと推測している。川端は選考委員として井上の受賞作「闘牛」を高く評価したようである。

井上にとって、芥川賞の受賞は人生の転換点といっても過言ではない。受賞した翌年、井上靖は十五年間にわたる新聞記者生活に終止符を打ち、毎日新聞社を退社し、専業作家の道を歩んだ。二人の二十年余りの交際にふれる文章は少ないが、川端没後の一九七二年『新潮』六月号（川端康成追悼特集）に、井上は「川端さんのこと」という文章で川端との旅を以下のように述べている。

> 一昨年の五月の終わりに、穂高町の招きで、川端さん夫婦といっしょに奥信濃に行った。東山魁夷夫婦もいっしょだった。（中略）この短い旅の川端さんが、私の知っている川端さんのうちで、一番健康だった。

このような川端との接点を語る文章はまだいくつか残されている。その中で、川端が井上にとって、どのような存在かを述べる文章は以下の通りである。

> 数年にわたって刊行準備の苦心が漸くここにみのって、川端康成全集三十五巻上梓の運びとなった。（中略）全巻の内容目録に眼をとおしただけで、鬱然たる大樹を仰ぐ思いである。この全集編纂委員の一人に名を列ねたことを光栄に思っている。（井上靖「鬱然たる大樹を仰ぐ」『川端康成全集』内容見本　新潮社、一九八〇）

井上にとって、川端は「鬱然たる大樹」のような存在であった。筆者は大学の授業で、学生によく「日本近代作家の魅力は何でしょうか」と聞かれる。容易に答えられない質問だが、漱石の「木曜会」を例として挙げながら、近代作家の間の師弟関係や文芸誌の同人関係を紹介する。或いは、作家全集の編集から問題提起をして、各作家の文学全集の編集に携わる人々と作家との絆を話題にし、近代作家の魅力を語る。川端が亡くなった後、井上は川端が取り組んだ多くの事業を受け継いだ。更に、井上靖は、川端康成記念会の設立、川端康成文学賞の創設、新『川端康成全集』の出版などに尽力し、川端文学の振興に大きな役割を果たした。

中国唐の時代の思想家韓愈（かんゆ）は「千里の馬は常に有れども一人の伯楽は常には有らず」という名言を残している。井上にとって、川端は「伯楽」に違いない。川端が亡くなった半年後の一九七二年十月に、井上は川端康成記念会の初代理事長に就任した。翌年の財団評議員会で短編小説を対象とする「川端康成文学賞」の創設が決まった。文学賞の主な使命は川端康成の功績を記念し、優秀な文学作品を顕彰することである。同年三月二十七日、井上は近代文学館で記者会見を行い、文学賞の設定の発表を行った。日本近代文学館の歴史を振り返ると、井上も川端も文学館設立に重要な役割を果たした人物であった。川端が亡くなった前の年、川端は名誉館長に就任した。会見の会場を日本近代文学館に選定したことは、日本文学界の伝統の継承の意味も含まれているだろう。ちなみに、一九八一年に、井上靖は同館の名誉館長に就任した。

二〇一九年三月二十五日に川端記念会は、文学賞の選考を休止すると発表した。『朝日新聞』二十六日の記事によると、休止の理由は川端香男里前理事長の体調不良や記念会運営資金の減少だという。その後、文学賞の復活を願う声が多かったため、二〇二一年春に新潮社の協力を得て復活した。誠に残念だが、井上靖の次に川端康成記念会の運営に尽力した川端香男里が二〇二一年の二月三日に他界した。現在、記念会の代表理事である川端あかり（川端康成の孫）が井上靖や川端香男里の遺志を継いで、引き続き各公益事業の推進に努めている。

井上靖は、川端康成文学賞の選考の仕事を人生の最後（死去の前年・一九九〇年）までやり続けた。そのため、川端康成文学賞の再開のことを聞いて、安堵したと同時に、文学賞の今後の存続に懸念を抱く。もちろん、井上靖関連の文学館、学会も同じ問題に直面している。作家の遺族たちにとって、少々荷が重すぎないかと思われる。近代作家の間の温かい友情は、現代に殆ど見られない。だからこそ、近代作家の魅力が一層感じられるのである。今年は川端康成没後五十周年を迎える。川端の功績を称えると同時に、記念会や学会の現状を長期的な視野に立って検討し、持続可能な形を模索する必要がある。多くの方々が日本文学の文化遺産の保存に目を向けてほしい。

31

三浦哲郎

〈短篇の名手〉を保証する存在
――書簡と川端康成文学賞にみる三浦文学の礎

原田桂

三浦哲郎(一九三一―二〇一〇)の文学を考える上で、やはり最初に語られるのは第四四回芥川賞受賞作「忍ぶ川」(一九六一)である。リリシズムを湛えた三浦哲郎の代表作とうたわれるが、六人きょうだいのうち四人までもが自殺・失踪したという生い立ちから出発し、そのきょうだい達と〈数珠つなぎにしている/病んだ血〉(『初夜』新潮社、一九六一)が、自らの体にも流れているという紛れもない事実に抵抗し〈その血を架空の試験管に採って研究し、理解すること〉(全集「著者年譜」)を文学理念とした作家である。

このような出発から考えると苦労人の印象が先に立ってしまいがちだが、実は三浦は小説の習作をはじめてから、わずか二年足らずで商業誌デビューし、それが第二回新潮同人雑誌賞を受賞(「十五歳の周囲」『新潮』一九五五・一二)。その後数年発表作はなかったが、再起とばかりに書いた「忍ぶ川」が芥川賞を受賞するという、実質、商業誌に発表した三作品のうち二作品が受賞作となる華々しいスタートを切ったのであった。

しかし、文豪たちからの選評は決して手放しで喜ぶことはできないものも多くあり、まず同人雑誌賞選考委員であった三島由紀夫からは〈私は名代の太宰文学ぎらひで、太宰氏の一寸した匂ひがしても、だめなのである。(…)「十五歳の周囲」には閉口した。〉(選評『新潮』一九五五・一二)と即座に拒絶反応を示される。

さらに芥川賞では、一様に恋愛小説としての高評価の一方で、私小説という枠組みの不完全性を指摘する意見が多かった。殊に選考委員であった川端康成は〈幼くて、古いが純な感銘があった〉と、他の選者と共通な意見を述べつつも、「忍ぶ川」は私小説だそうである。自分の結婚を素直に書いて受賞した、三浦氏は幸いだと思える。(選評『文藝春秋』一九六一・三)

と「忍ぶ川」を巡る私小説論争を完全に保留した態度がうかがえる。賞レースでの勝ち運に恵まれデビューした二〇代の新人にとって、第一線で活躍する三島や川端からの批評は、さぞや耐えるべき洗礼であったろう。

昭和六年生まれの三浦哲郎にとって、特に川端康成は大文豪である。川端が没する七二年までの文壇活動が重なる期間は約一一年間あり、文芸誌に肩を並べて掲載されることも多くあったが、三浦と川端は同時代作家として括られてはいない。単に世代差という隔たりだけでなく、やはり三島が指摘した通り太宰治を敬愛していることを公言し、井伏鱒二を師と仰ぐ三浦と川端とでは、双方とも必然的に距離を置く関係性があっただろうことは想像に難くない。それゆえ交遊録はもちろん、対談などの記録も見受けられない。

ただ川端との記録はないものの、川端夫人である秀子とは同郷であり、三浦の生家は八戸市三日町の表通り、秀子は八戸市十六日町の裏通りというご近所だったのである。三浦をお産で取り上げた『しづ女の生涯』（実業之日本社、一九七九）のモデルである産婆・亀徳しづの長男・松下正寿の追悼コメントを三浦と秀子は『知識』（一九八七・三）に共に寄せている。

秀子はごくごく近所の同郷人である三浦のことを川端に話していたかなどのエピソードは見当たらないが、『井伏鱒二全集』（筑摩書房、一九九六〜二〇〇〇）の「月報」（全一六回）をまとめた『師・井伏鱒二の思い出』（新潮社、二〇一〇・一二）に唯一、川端から手紙をもらったエピソードが残されている。

「忍ぶ川」以降、新聞小説やジュニア小説、ラジオドラマや歴史ものなど、様々なテーマや媒体に手を広げたために〈ろくなものが書けなかった〉頃、やはり自身の結婚に材を得た「忍ぶ川」に立ち戻り、そして凌ぐべく「結婚」（「新潮」一九六七・四）を発表する。しかし〈「結婚」を書くことは、私にとってさまざまな意味で、勇気の要る仕事であった〉（「あとがき」『結婚』文藝春秋、一九六七・一〇）が反響はなく書籍化も危ぶまれた。そんな折、川端が「結婚」を読んで好意的な感想を述べ、三浦に手紙を書いたことを編集者の菅原国隆より伝え聞く。折しも川端の娘・政子が結婚した年でもあったことから、結婚について身近に考える機会となったのだろうか。その手紙は一九六七年一一月五日付の巻物に毛筆で認（したた）めた書簡で、落手した三浦は嬉しさのあまり何回も読み直して、その日のうちに井伏に見せに行った。

この御作／に非常に感動し／真実の名作と存じ／種々

考へさせていたゞき／ました　書き出しから驚き／ました（…）文芸／時評のこの作評に注／意しましたが私は全く時／評家の鈍さに不服（神奈川近代文学館蔵）

という励ましを寄せ、もし時評を続けていたら石川淳の作品と〈対比して激賞するのに〉と結んでいる。〈『伊豆の踊子』の作者にあまり親密な気持を抱いておられなかった〉という井伏は、手紙の内容には言及せずに三浦の喜びようをただ見守った。その後、三浦は井伏や川端からの書簡を文箱に入れて生涯大切に保管していたという。「忍ぶ川」では認められなかった川端からの励ましの手紙は、三浦にとってさぞや支えとなったであろう。

一方、太宰を介した川端と井伏の関係を考えると、太宰を敬愛し井伏門下である三浦への助言もさらなる複雑な関係ではあるが、しかし文壇の長として、また身を削って文学に相対する同志に対して言葉を贈る姿勢からは、川端の良き指導者の一面も垣間見えるだろう。

川端からの手紙に励まされた三浦は、結婚というモチーフを新たに〈連作短篇〉という形式によって『結婚の貌』（中央公論社、一九七〇）を刊行する。（また同年、小学館主催のブライダル・アカデミーの講師としてハワイで講演、さらに結婚をテーマとしたアンソロジー『〈日本の名随筆31〉婚』（作品社、一九七九）の編者を務めるなど、結婚にまつわる文業を積み上げていった。）その後、歴史小説や女性の生涯を描いた作品、また自伝的作品や随筆などと並行しながら、『結婚の貌』からはじまる〈連作短篇〉という形式を確立していき、その集大成ともいうべき〈連作短篇モザイク〉という形式で『みちづれ』（新潮社、一九九一）『ふなうた』（一九九四）『わくらば』（二〇〇〇）へと結実させるのである。

『みちづれ』の「あとがき」によると、目配りの利く短篇のほうが自分の性にあっており、原稿用紙一二枚程度とどんどん掌編に近い短いものになっていったという。人間が世に生を受け、その土地土地で生活し、そして老いてゆく。その積み重ねた生活の機微をピースとし、様々な生と死のモザイク模様を静かに浮び上がらせた〈短篇モザイク〉の集積の中から、二作品も川端康成文学賞を受賞するのである。

奇しくも川端康成生誕一二〇年を迎えた二〇一九年に一時休止となり、二〇二一年に復活した川端康成文学賞は、多くの優れた短篇小説にその栄誉を与えてきた。なかでも選考委員を務めた（一九九二〜一九九八）三浦は、文学賞創立の第一回から候補に名を連ね、川端文学賞最多の一〇度の推挙、そのうち二度受賞している（第1回候補「ひとさらい」（『文学界』一九七三）、第4回候補「頬紅」（『群像』一九七六）、第8回候補「乱舞」（『新潮』一九八〇）、第11回候補「蟹屋の土産」（『海燕』一九八三・一、二）、第13回候補「愁月記」（『新潮』一九八五）、第14回候補「からかさ譚」（『新潮』一九八六）、第16回候補「とんかつ」（『自選全集七』月報一九八八）、第17回受賞「じねんじょ」（『海燕』一九八九）、第21回候補「こえ」（『新潮』一九九三）、第22回受賞「みのむし」（『新潮』一九九四））。歴代二度の受賞は大庭みな子と三浦の二人だけだが、選考委員として携わりながら自身の作品が受賞するという異例ともいえる二度目の受賞（「みのむし」）は、同選考委員であった大江健三郎の講評を借りるなら〈わが国髄一の短篇小説家〉であることの証しである。

三浦哲郎と川端康成という二人の作家について、同時代性の隔たりや太宰や井伏を含めた複雑な人間関係の構図ゆえ比較される機会はなかったが、話題性のあった「忍ぶ川」からの反動で低迷していた三浦にとって思いもかけない川端からの手紙は、前述の芥川賞選評にある〈結婚を素直に書〉くことや、それらに纏（まつ）わる〈幸い〉の重みや価値に立ち戻らせてくれるものだったのかもしれない。

ただし、三浦哲郎という作家は、自分の体に流れている〈病んだ血〉の浄化と再生を書き続けることで〈生〉へと転化していった作家である。この自らの肉体に問うという姿勢は、絶筆の『肉体について』（講談社、二〇一一）からもうかがうことができる。同収録の「老いていく自分に好奇心を。」というタイトルのメモ記述は、三浦の没後に発見された創作ノートの扉に書かれた言葉である。〈老いていく自分に好奇心を〉持ちながら、書くために生き、生きるために書くことを最期まで自身の肉体に問いながら実践してきた三浦は、やはり自死した川端ではなく、長寿を全うした井伏に師事すべくして学んだ作家であった。

三浦哲郎における川端康成という存在は、低迷期に手を差し伸べてくれた大先輩であると同時に、『掌の小説』を常に創作の規範として、〈連作短篇〉の集積からなる〈短篇モザイク〉という形式を確立する道筋を示してくれた大文豪であることは間違いないであろう。直接的な交友はなくとも、〈川端康成〉という名を冠した文学賞のタイトル最多保持者である三浦哲郎にとって、川端康成は名実ともに〈短篇の名手〉であることを保証してくれる特別な存在なのである。

32

カズオ・イシグロ

「まごついてしまうほど異国的」？
――川端康成を読むカズオ・イシグロ

田尻芳樹

二〇一七年にノーベル文学賞を受賞したカズオ・イシグロ（一九五四―）は、日本人の両親とともに五歳の時長崎からイギリスに移住し、その後ずっとイギリスで育って作家になったため、日本語は片言しかしゃべれないし漢字も読めない。しかし日系であるし最初の二つの長編（一九八二年の『遠い山なみの光』と一九八六年の『浮世の画家』）が日本を舞台にしていることから、しばしば日本文学の影響について質問されている。彼は小津安二郎や成瀬巳喜男の映画には日本を幼年期の記憶を頼りに再構築する上での強い影響を認めているものの、日本文学に関しては決して熱心ではない。たとえば一九八七年のインタヴューでこう述べている。

> もちろん翻訳を通してですが、夏目漱石の『我輩（ママ）は猫である』とか谷崎潤一郎の『細雪』、川端康成の『雪国』や井伏鱒二の『黒い雨』などは読んだことがあります。三島由紀夫の作品は、たった二篇で『午後の曳航』と『愛の渇き』ぐらいです。（池田、一三六頁）

川端康成に関しては特に次のように言っている。

> 『雪国』を英訳で読んだのですが、私には非常に淡く、詩的過ぎて、分かりづらい世界です。それにとても退屈でした。どちらかというと私は、『伊豆の踊子』の方をとりますね。（池田、一三六頁）

別のインタヴュー（一九八九年）では川端について次のように言っている。

> 三島や谷崎のような人々は西洋で受け入れやすいのですが、それは彼ら自身が西洋の文学と思想に大いに影響を受けている面があるからです。それに対して伝統主義者の川端は（中略）私にはひどく難しいです。プロットに依存し過ぎないことについてお話ししましたが、川端作品には事実上プロットがないことがありま

す。明らかに全然別種のものを鑑賞するように求められているのです。私には彼がやろうとしていることを理解できている気がしません。(Shaffer and Wong, p.47 拙訳)

　このようにイシグロは川端を決して評価していないし、むしろ理解しがたいと感じている。また、三島、谷崎と対立させて川端を粗雑に「伝統主義者」と呼ぶあたりにイシグロの日本文学観のナイーヴさがうかがえる。しかし、それでも彼は一九八六年刊行のペンギン版『雪国・千羽鶴』に三頁だけの短い序文を書いた。

　その序文の最初の段落でイシグロは、西洋の読者に川端は「まごついてしまうほど異国的」と思われるかもしれないが心配するには及ばないと言う。芸者や茶道についての情報は作中で提供されるし、行動様式の差異に戸惑う必要もない、と。しかし、序文全体はやはり彼自身のまごつきを反映しているようである。作品の内容にはほとんど立ち入らず、形式面に関してどうやって読めばあまりまごつかないで済むか、読者にアドヴァイスをする。たとえばプロットを追うのではなく雰囲気やせりふの陰影を味わうべし、「翻訳された詩」のように注意深く読むべしなど。また西洋の読者は川端が喚起するイメージとテクスチャー(とりわけ音やにおい)をうまく理解できないだろうと述べる。特に登場人物が入る部屋(の内部)はどんなものかが想像しにくいだろうと言う。ここでイシグロは、おそらく自分が長崎で住んでいた家をも想起しながら、簡単な解説をする。すべてが畳の上で行われること、壁や仕切りは紙と木でできていること、家具や装飾は質素で中国の派手なものとは全然違うことなど(Kawabata, pp.1-3 拙訳)。この辺りは、少しは日本を知っている者の立場からのアドヴァイスに聞こえる。この序文の日付である一九八五年四月は、『浮世の画家』刊行の少し前である。米国テキサス大学ハリー・ランサム・センターに保管されているイシグロの草稿類を見ると、戦後すぐの日本を題材にしたこの小説を書くにあたり、イシグロがエドワード・モースの『日本人の住まい』(Edward S. Morse, *Japanese Homes and Their Surroundings*, 1886)を読んでメモを取っていたことが分かる。イシグロは自分の関心に従って読者を導こうとしていたのだ。

　しかし、イシグロの作品との関係で最も議論される川端の作品は、イシグロがインタヴューで言及したことのない『山の音』である。『遠い山なみの光』のヒロイン、エツコは現在イギリスに住んでいて戦後の混乱期の長崎での暮らしを回想しているのだが、当時夫の父オガタと親密な関係にあった。これが『山の音』の主人公尾形信吾とその息子修一の嫁菊子の関係に類似しているのだ。名前の一致はオガタだけにとどまらない。オガタの娘はキクコだし、エツコの知人女性の息子はスイチ Suichi である（なぜ Shuichi にしなかったのかは不明）。信吾の妻保子は、エツコの友人サチコの従姉妹ヤスコと同じ名前である。さらに言えば第二作『浮世の画家』で主人公のオノの長女の夫はスイチであり、一九八〇年の短編「ある家族の夕餉」の語り手の妹はキクコ、その恋人はスイチである。このようにイシグロは自分の初期の作品にあからさまに『山の音』の人物の名前を使用している。

『遠い山なみの光』と『山の音』について最も詳細な考察を行っている荘中孝之はさらに、両者ともに一九五〇年前後の日本が舞台で戦争が影を落としていること、エツコとサチコという対照が菊子と絹子の対照と相似形にあること、不気味な音と死が結び付いていることなどさまざまな重要な類似を指摘している（荘中は、「ある家族の夕餉」と『山の音』の双方の最後にある一家の晩餐の場面を比較してもいる）。それに対し、佐藤元状は荘中の洞察を高く評価しつつも、イシグロによる川端の「アプロプリエーション」の意味を考えるべきであるとする。その意味とは『山の音』が家父長の信吾の視点から語られるのに対し、『遠い山なみの光』では似た嫁―舅関係が嫁エツコの視点から語られるというフェミニズム的転換である。また、イシグロが川端の小説と成瀬巳喜男によるその翻案映画のどちらに影響されたのかという問題を荘中が問わないのに対し、佐藤は両者の関係を検討した上で、両方を参照していたと明確に述べる。

私としては場面の類似を素朴にもう一つ指摘しておきたい。『山の音』の終りの方で尾形は修一の愛人の女性絹子の元を気が進まないまま訪ね、縁切りを迫ろうとする。この場面は『浮世の画家』のオノが、次女の見合いに（画家として戦争協力したという）自分の過去が支障をきたすのを防ぐため、自分が戦時中牢獄に追いやってしまったかつての愛弟子クロダのアパートを訪ねる場面とよく似ている。どちらも年配者が必要に迫られて非常に気まずい思いで若い人を訪ねるのを余儀なくされているのだ。『山の音』では絹子の同居人の女性が信吾を迎え、『浮世の画家』ではクロダの弟子がオノを迎えるのも類似している。ただし、前者ではやがて絹子本人が現れて気まずい会話が交わされるのに対し、『浮世の画家』では、オノの正体が分かったクロダの弟子が敵意をむき出しにして彼を追い出してしまうのでオノとクロダの対面はない。成瀬の映画にもこの場面はあるので、『浮世の画家』執筆時にイシグロが『山の音』の小説か映画のこの場面を念頭に置いていた可能性はあると思う。クロダ本人に会わせないことにより、イシグロの方が老主人公の心の傷を深くしていると意味づけられるだろう。

ついでに言えば、成瀬の映画は、劇映画だから当然だが、プロットの進行に重点が置かれていて、川端の原作にあってイシグロが強調するような要素、つまり雰囲気とか感覚的ディテールとかが味わいにくくなっている。山の音も出てこないし、花鳥風月への感覚も大幅に切り詰められている。映画を見てから原作に戻ると、確かに、プロット以外の要素が重要なのだと納得がいき、イシグロの序文も正鵠を射ているように感じられてくるのである。

参考文献

池田雅之編『新版　イギリス人の日本観――英国知日家が語る〝ニッポン〟』（成文堂、一九九三年）

坂口明徳「カズオ・イシグロに谺す山の音――『遠い山なみの光』考」（徳永暢三編『テクストの声――英米の言葉と文学』彩流社、二〇〇四年）

佐藤元状「ノスタルジーへの抵抗――カズオ・イシグロと日本の伝統」（『三田文學』春季号、二〇一八年、一四五―一五五頁）

荘中孝之『カズオ・イシグロ――〈日本〉と〈イギリス〉の間』（春風社、二〇一一年）

Kawabata, Yasunari. *Snow Country and Thousand Cranes*. Translated by Edward G. Seidensticker, Penguin Books, 1986.

Shaffer, Brian W. and Cynthia F. Wong, editors. *Conversations with Kazuo Ishiguro*. UP of Mississippi, 2008.

Taketomi, Ria. 'Kazuo Ishiguro's *A Pale View of Hills* and Yasunari Kawabata's *The Sound of the Mountain*'. Comparatio 15, 2011, www.academia.edu/38233189/Ishiguro_and_Kawabata_pdf. Accessed 2 March 2022.

33

莫言

「秋田犬」と「白い犬」——莫言が読んだ『雪国』について

李聖傑

川端康成と莫言はそれぞれ日本と中国を代表するノーベル文学賞作家であり、作品の主題、文体などが異なるが、両者とも自国の民族の伝統と深くかかわっているという点が一致している。川端は文学の出発期に西洋の前衛芸術に傾倒していたことがあるが、『雪国』などの作品を通して「日本」を発見し、戦後の余生を日本文学の伝統を継ぐという主旨のことを書いている（「独影自命」〈二〉、『川端康成全集』33巻、二六九頁）。莫言は中国現代文学「先鋒派」の代表作家であり、文学の出発期に川端康成の『雪国』から大きく影響されており、トポスとしての「高密東北郷」を発見し、中国の農民の心象風景を鋭く描出している。

一九八四年、莫言は解放軍芸術学院に入学し、外国文学の講義を受けたとき、西洋文学や日本文学に触れる機会があった。そのときに、フォークナーやガルシア・マルケスなどの作品を読んでいたという。川端文学の読書体験については次のようなことを書いている。「一九八四年の冬のある寒い夜、わたしは明かりの下で川端康成の名作『雪国』を読んでいた。／『黒く逞しい秋田犬がそこの踏石に乗って、長いこと湯を舐めていた』という一文を読んだとき、わたしの脳裏に電光石火のごとくにある着想が浮かんだ。すぐさまペンを取り上げたわたしは、原稿用紙に次の文句を書いた。／『高密県東北郷原産のおとなしい白い犬は、何代かつづいたが、純粋種はもう見ることが難しい』／この一句は、本書の『白い犬とブランコ』の冒頭に収まっている。それがわたしの小説に『高密県東北郷』なる文字が現れた始まりで、それからというもの、『高密県東北郷』がわたし専属の文学領土となった。」（「あの秋田犬への感謝をこめて——日本語版『白い犬とブランコ』によせて」）ここから見ると、一九八四年という年は、莫言が何を小説の素材にしたらいいかと苦しんでいた時期である。莫言はこうした文学の模索期に、川端康成の『雪国』に出会った。その後、谷崎潤一郎、三島由紀夫、大江健三郎などの日本人作家の作品も耽読していた。

一九九九年十月二十二日、莫言は長編小説『豊乳肥臀』の日本語の出版記念を兼ねて、初めて来日した。二十三日、芦屋市谷崎潤一郎記念館を見学してから、夜、神戸中華会館にて関西日中関係史学会主催の「二十一世紀の日中関係をみすえて」というシンポジウムで、「二十一世紀の中日関係」と題する講演をした。翌日の二十四日、茨木の川端康成文学館を見学した。夜、京都大学にて「わたしの文学」と題する講演をした。その講演の中で『雪国』が取り上げられた。二十五日に京都、二十六日に奈良、二十七日に三島由紀夫『潮騒』の舞台である神島の見学を経てから、二十八日に再び川端文学の舞台である伊豆半島を訪れた。川端が『伊豆の踊子』を執筆した宿・湯本館の部屋を見学してから、梶井基次郎が滞在した湯川屋と梶井の墓も訪れた。二十九日に東京に戻り、三十日に駒澤大学深沢校舎にて「神秘な日本と私の文学の歴程」と題する講演をした。この講演の中で伊豆の旅の秘話が語られている。「駒澤大学の釜屋修先生は、まず川端康成が『伊豆の踊子』を執筆したときに泊った小さな旅館——湯本館を案内してくれました。店のおかみさんにどうやって説得したかわからないが、川端が執筆していた部屋を見せてもらえることになりました。あの著名な部屋につながる階段で座って、写真を一枚撮ってもらいました。川端の霊気にあやかりたいと思ったのです。階段は本物ですが、座布団はなんだか偽物のようです。小さい部屋ですが、上品にしつらえており、川端康成の気質にとても似合っていて、彼のために作られたようです」と莫言は述べている。ここで「店のおかみさんにどうやって説得したかわからない」と語られているが、「規定の見学料を払っただけだった」と釜屋修が「莫言さんと天城の思いで」という文章の中で説明している。

このほかにも、莫言は川端文学について語ったことがある。たとえば、二〇〇四年十二月二十七日、北海道大学での講演の中で、温泉と文学について語るときに、川端の『伊豆の踊子』に触れた。二〇〇五年五月、韓国で開催された「東アジア文学大会」で、「個性がなければ共通性もない」という講演をした。その中で、川端の『雪国』に触れ、「白い犬とブランコ」の創作の契機も話した。二〇〇六年九月十五日、福岡市飯倉中央小学校で「私のこども時代のころ」

という講演をする前に、『白い犬とブランコ』を題材とした映画「暖」を鑑賞した。二日後の九月十七日、第十七回福岡アジア文化賞を受賞し、「未来へのメッセージ～越境の文学世界から」と題する講演をした。この講演で再度『雪国』に触れ、「白い犬とブランコ」という作品が誕生した秘話を述べた。

「高密東北郷」と「純粋種」という概念がこの作品で初めて使われた。莫言文学を解くこの二つのキーワードを生み出した短篇は、この「白い犬とブランコ」である。作品の冒頭文に書かれているように、「純粋種」である「白い犬」は現在ほとんど見かけなくなった。「白い犬」は、『雪国』の「黒く逞しい秋田犬」に対し生命力が弱い存在として描かれている。また、「白い犬」は「高密東北郷」の原産であるので、故郷の伝統を象徴する存在として捉えられるだろう。絶滅に瀕した「白い犬」は、「高密東北郷」の伝統の脆弱性を象徴しているようである。また、閉ざされた空間の「高密東北郷」に残された伝統には両義性があり、人々の精神の糧となる一面（救済性）と、人間を堕落させる一面（停滞性）がある。つまり、「純粋種」の概念には美しさがあると同時に、脆さや危うさもあるわけである。

莫言が「雪国」の「秋田犬」に喚起されたのは、文学とは何かへの認識、文学をいかにつくるべきかという二つの点である。「川端康成の秋田犬が私を目覚めさせてくれたのです。そうだ、犬も文学に書けるし、お湯も文学に書けるのだ！　この時点から、私は新しい創作の素材が見つからないことに悩むことはなくなりました。／この時から、一つの小説を書いていると、別の新たな小説が、あたかも卵を産むために急いで帰ろうとする鶏のように、私の背後で鳴き続けるようになったのです。かつては私が小説を書いていましたが、いまや小説が私を書くようになり、わたしは小説の奴隷になったのです」と書いているように、莫言は「秋田犬」から小説作法のリアリティを感得したといえるだろう。文学出発期の莫言は、当時の既存文壇のイデオロギーを超克しようとする態度も示している。文学が政治支配から解き放たれるべきであるという認識を得てから、創作の素材も溢れるほど現れてきたのである。つまり、「雪国」の「秋田犬」からヒントを得た莫言は、自分の作家としての方向性を決めたといえよう。

山東省高密県東北郷は、作者莫言の生まれ故郷である。「尋根文学作家」（根っこを求める）とも言われる彼の多くの作品は、この「高密東北郷」にまつわる話であり、「幻覚を伴ったリアリズムによって、民話、歴史、現代を融合させ」て描かれている。「高密東北郷」という概念について、莫言自身は、閉鎖的な概念ではなく開放的な概念であるべきだと考えている。それは地理的な概念ではなく抽象的な概念であり、彼の子供時代の生活環境に基づいている概念である一方で国境を越えた塀のない「文学の王国」という形而上的な概念である、と語っている。この言葉の誕生、あるいは彼独自の「文学の王国」を見つけたのは、川端康成の『雪国』における「秋田犬」の啓発によるものである。

『白い犬とブランコ～莫言自選短篇集』（吉岡富夫訳、日本放送出版協会、二〇〇三年一〇月）の序文「あの秋田犬への感謝をこめて――日本語版『白い犬とブランコ』によせて」の末尾に、「その犬は傲岸（ごうがん）にして近寄りがたい神秘な存在ではあるが、『雪国』のあの秋田犬には満腔（まんこう）の敬意を抱いている。そいつは高密県東北郷の大木の梢に座り込み、歳月の彼方の、大海の彼方の秋田犬に向かって大きな声で吼（ほ）え、応答を待っているのである」と書かれているように、莫言は「秋田犬」から小説作法を悟ったといえよう。現実世界で観察したもの（「白い犬」）を、物語の構成の諸要素（土地の伝統性、郷愁）として作品に導入しているばかりでなく、「その犬」は徐々に成長して「神秘な存在」になっている。このように、莫言は小説の写実性を超越しようと幻想的なものを作中に取り入れるようになり、後に架空の世界を描いた『転生夢現』や『白檀の刑』などの作品を生み出した。つまり、「幻覚を伴ったリアリズム」の作風の原点は、「秋田犬」に遡ることができるといえよう。

34

金衍洙

韓国現代作家は川端をどう読むか

——川端康成と金衍洙文学における表現論の考察

姜惠彬

キム・ヨンス（一九七〇〜）は、韓国現代作家の一人である。韓国近現代文学の軸となった「民族文学」の自明性が問い直され、ポストモダニズムの有効性が論及される九〇年代に登壇した、いわゆる「新世代作家」として位置づけられることが多い。「民族文学」の再考によって韓国文学が多様性を獲得する一方、文壇には「リアリズム／モダニズム」の二項対立が先鋭化し、リアリズム以降の文学の在り様や表現理論について根本的な検討が行われた。そんな中、キム・ヨンスの文学は、政治性や歴史性を放棄することなく、文学の方法論的考察を含意する多面的な作風によって注目されてきた。その作風は、歴史性の欠如、懐疑と解体への傾倒といったポストモダニズムの限界を修正し、絶えず他者理解の可能性を問い直す、知的な試みとして評価されている。

日本では、初邦訳の短編集『世界の果て、彼女』（呉永雅訳、クオン、二〇一四）が、「徐々に輪郭が浮かび上がってくる炙り出しの絵柄」のような「繊細な文章」という、松浦寿輝の好評を得て以来、代表作の翻訳が続いている。また、キム・ヨンスと親交のある平野啓一郎は、キム・ヨンスの文学が韓国を理解するための通路となり得るとの見解を述べ、深い信頼感を示した。

このような、日本の同時代作家の共感を得る一方、キム・ヨンスは、影響を受けた作品の一つに川端康成の『雪国』（一九三五・一〜四七・一〇）を挙げ、繰り返し言及している。例えば、二〇一三年一一月六日、慶星大学で行われた講演においては、『雪国』の末尾「島村の手も温まつてゐたが、駒子の手はもつと熱かつた。なぜか島村は別離が迫つてゐるやうに感じた。」を、散文集『いつか、たぶん』（未邦訳、culturegrapher、二〇一八）では、「国境の長いトンネルを抜けると雪国であつた。夜の底が白くなつた。」を取り上げ、それぞれを「感覚的」、「詩的」表現として評価している。かかるキム・ヨンスの『雪国』受容に語りの問題が内在している点は興味深く、ウォン・ジェフンによるインタビューにおいては、作中の言語化されていない「行間の意味」に着目し、「語らないがために、それ以上のことが語られる」との見解を示している。

キム・ヨンスが注目した語りの省略は、『雪国』の散文詩的な性格に関連している。『雪国』を構成するエピソードは、それぞれ独立した短編として成り立つという特徴を有し、川端自らも「どこで切ってもいい」(『獨影自命』)作品の構成に自覚的であった。極度な心理描写の省略と、不確実な人物の関係図によって構築される錯綜したプロットは、リアリズムの描写の限界を克服し、『雪国』に詩的空間をもたらしている。

このようなプロットの解体が、川端の初期モダニズムの中で形成され、その過程に「主客一如」という認識論の考察があったのは周知の通りである。つまり、初期川端文学には、語る主体と語られる客体との乖離をいかに克服するか、という課題があった。その課題のもと、語る行為の限界意識を前景化した作品に「散りぬるを」(一九三三・一一～三四・五)がある。本作は、弟子の娘たちを亡くした小説家の「私」が、一枚の死体写真に魅了され、死の瞬間、逆説的に立ち現れる、人間の強い生命力を再現していく過程を追っている。しかし、「私」はその死の瞬間が全く偶発的な、「理由のない殺人」であるという前提を設定しておきながら、事件の真相を探る中で、犯人の不幸な生い立ちや娘たちとの関係を辿ってしまう。つまり、偶然的な死の形容は、「私」の語りが内包する必然的なプロットによって妨げられ、結局、放棄されてしまうのである。

本作が含意する再現不可能性には、写真という媒体が関わっている。最初に「私」を引き付けた死体写真は、人物が殺害される瞬間と、被写体となる瞬間とのずれ、また、写真という表現手段によって、何重も隔てられたまま「私」に提示される。その写真は「私」の小説をはるかに超えているとされるが、本作が小説である以上、その写真の形容も、「私」の語りを完全に脱することは不可能である。「散りぬるを」は、客観的叙述や心理描写といったリアリズムの作法と、小説や写真という表現手段の有効性を問い直しており、かかる創作に対する限界意識のもと、川端文学は、以降の小説に見られる、プロットの解体へと向かうことになる。
かかる表現行為をめぐる考察は、キム・ヨンス文学の中からも確認される。例えば、短編「君が誰であろうと、どんなに孤独だろうと」(『世界の果て、彼女』所収)は、写真を通じて、個の孤独を共有することの限界と可能性を主題化した作品である。作中の「私」は、「ナベヅルと一緒に見た夕焼け」という写真の中から、母を亡くした日に眺めたのと同じ夕焼けを発見する。「私」にとってその日の夕焼けは、この世の誰とも決して共有できない、共有してはならないものであり、この認識は、癌で苦しむ母の「あくまでも個人的な苦痛」を最期まで理解できなかった「私」の贖罪の意味を持っている。他の誰かが同じ夕焼けを見ていたと知ることは、「あらゆる存在が震えるような」経験であり、「私」は他界した写真家の評伝を書いていく中で、その夕焼けの意味を理解することになる。

写真家の表現論には、忘却の道具として写真を利用するという特徴がある。「彼」は、完全な忘却が不可能なために人間は不完全になったとし、対象を記憶するためでなく、忘れるために写真を撮ると語る。友人や家族の日常を撮り続けた「彼」にとって、写真は彼らを「絶えず忘れるため」のもので、「彼」が「忘れようとしていたもののリスト」にすぎない。

自分を引き付けた夕焼けの写真は、誰を忘却するためのものであったか。この疑問を抱き調査を続けた「私」は、夕焼けの写真が日本で撮影されたことを知り、当初「彼」と同行した人物とともに鹿児島県出水市に向かう。出水はナベヅルの九〇パーセントが越冬する場所として知られるが、まれに出発が遅れ、韓国で冬を過ごす迷鳥がいるという。一九八四年、誰かを撮った写真に偶然、迷鳥のナベヅルが映ったことがあり、「彼」はその鳥をもう一度見るために出水を訪れていた。そこで「私」は、その写真が、「彼」の全作品の中に一度だけ登場する、ある女性の写真であることに気づく。その女性を撮った日の夕焼けこそ、「彼」にとって「生涯忘れることのできない夕焼け」であり、一生「忘れないように願ったもの」である。「彼」がその日を思い出し、もう一度夕焼けを撮った場所に立って、ナベヅルが旋回飛行する「あまりにも巨大な世界」の下で、「私」は時空を超え、母が死んだ日の夕焼けを共有した誰かがいることを知る。その瞬間は、すべてを記憶することも、忘却することも不可能な人間の限界と、母の死を同時に受け入れる瞬間である。

「私」が写真を介して生のディレンマから解放される一連の流れは、「彼」の写真論の逆説を内包する。その逆説は二つ考えられる。一つは、忘却のために写真を撮る一瞬の行為によって、被写体は永久的に残るという事実であり、今一つは、忘却されないために被写体とならなかったものの存在は、決して他者に顕現しないということである。写真を表現手段とする「彼」は、この逆説との闘いを繰り返すしかなく、その葛藤の中で残った数枚の写真によって「私」と「彼」は繋がる。

本作における表現手段の問題は、「散りぬるを」の小説家の「私」が、完全な偶然を再現しようとし、結局、書く行為に付きまとうプロットの問題に帰着するのと重なり合う。「私」の小説が含意する矛盾を提示し、描写という小説作法の限界を前景化する方法論的考察を経て、川端は『雪国』に見られる、プロットの解体へと傾倒していった。キム・ヨンス文学に見られる表現行為の限界意識は、リアリズム以降の小説の方法論を探す試みとして、川端の初期モダニズムにおける認識論と連動している。書く行為の限界を意識し、小説作法の自明性を疑う姿勢に、二人の文学の共通項を認めることができよう。

参考文献

ウォン・ジェフン「疎通を夢見る作家キム・ヨンス」『新東亜』二〇〇八年〈https://news.naver.com/main/read.naver?mode=LSD&mid=sec&sid1=103&oid=262&aid=0000000833〉(二〇二二年二月三日閲覧)《原題》원재훈「소통을 꿈꾸는 작가 김연수」『신동아』

カン・ハンビッ「小説家キム・ヨンスの「一人でない読書」」Media Literacy、二〇一三年〈https://dadoc.or.kr/1127〉(二〇二二年二月三日閲覧)《原題》강한빛「소설가 김연수의 '혼자가 아닌 독서'」

松浦寿輝「(文芸批評) 胡乱な予言　日本の現代文学の転換期」(『朝日新聞』朝刊、二〇一四年三月二六日、三一面)

吉村千彰「国を超え共感、「違い」を知る　東京国際文芸フェスティバル」(『朝日新聞』朝刊、二〇一四年三月一二日、一八面)

執筆者一覧

※五十音順

青木言葉（あおき ことは）
早稲田大学非常勤講師等
「川端康成作品における〈幻想〉の構造」（博士論文、慶応義塾大学、二〇二一年十月）、「マルクス主義と〈形容詞の幽霊〉―川端康成「死者の書」―」（『三田國文』第六五号、二〇二〇年十二月）、「科学という〈輪廻〉―川端康成「花ある写真」―」（『三田國文』第六四号、二〇一九年十二月）

内田裕太（うちだ ゆうた）
桐朋学園大学非常勤講師
「老いのエスキース―川端康成「白雪」論」（『明治大学文学研究論集』第四八号、二〇一八年二月）、「静止する時空―川端康成「美しさと哀しみと」をめぐって―」（『川端文学への視界』第三二号、二〇一七年六月）

大石征也（おおいし せいや）
文学研究家
「寂聴文学私論　追悼を超えて」（『飛行船』第二七号、二〇二二年三月）、「森内俊雄の小説「眉山」精読――定本に至る推敲過程を追って」（徳島県立文学書道館研究紀要『水脈』第十七号、二〇二一年三月）

奥山文幸（おくやま ふみゆき）
元熊本学園大学教授
「宮沢賢治と〈動物〉―「フランドン農学校の豚」について―（上）」（「試想」第一〇号、二〇二二年四月）、「明治期における学士の英語教員と教頭職について―夏目漱石を中心として」（「海外事情研究」第四八号、二〇二一年三月）、『渦動と空明　日本近代文学管見』（蒼丘書林、二〇一九年）

姜惠彬（かん へびん）
医療創生大学特任准教授
「偶然とポエジーの探究―横光利一「純粋小説論」を視座として―」（『日本近代文学』一〇一巻、二〇一九年十一月）、「川端康成「散りぬるを」論―昭和初期の物語性の中で―」（『川端文学への視界』第三三号、二〇一八年六月）、「川端康成『浅草紅団』論―〈遊戯〉と〈虚構〉を視座として―」（『川端文学への視界』第三一号、二〇一六年六月）

菅野陽太郎（かんの ようたろう）
高崎健康福祉大学講師
「「読むこと」の指導への句読点の応用―川端康成『雪国』の用例の分析から―」（『文藝空間』第十二号、二〇二〇年六月）、「空筆部の距離を中心とした筆順の機能性に関する研究―『筆順指導の手びき』の分析から―」（『書写書道教育研究』第三四号、二〇二〇年四月）

熊澤真沙歩（くまざわ まさほ）
東京外国語大学博士後期課程総合国際学研究科国際日本専攻、日本学術振興会特別研究員 DC2
「『文芸時代』における表現手段の拡張―演劇から映画へ―」（『文藝空間』第十四号、二〇二二年四月）、「川端康成「禽獣」のモダンダンスと身体―「架空的生命」の創出―」（『国文学言語と文芸』第一三七号、二〇二一年二月）

小池昌代（こいけ まさよ）
詩人・作家
一九五九年東京生まれ。主な著作に、詩集『コルカタ』（萩原朔太郎賞）、『赤牛と質量』、小説集『タタド』（表題作で川端康成文学賞）、『たまもの』（泉鏡花文学賞）、『かきがら』、『ときめき　百人一首』など。

小谷野敦（こやの あつし）
作家、比較文学者
一九六二年茨城県生まれ。東京大学英文科卒。同大学院比較文学比較文化博士課程修了。学術博士。大阪大学言語文化部助教授を務めた。著書に『もてない男』、『聖母のいない国』（サントリー学芸賞）、『川端康成伝　双面の人』、小説に「悲望」「童貞放浪記」（映画化）「母子寮前」「ヌエのいた家」（ともに芥川賞候補）「蛍日和」。

坂元さおり（さかもと さおり）
台湾・輔仁大学日本語文学系副教授
『ナニカアル』の〈傷痕〉―戦争・植民の「記憶」と「記録」―（『思想』no.1159、二〇二〇年十一月）、「船戸与一『蝦夷地別件』論―「寛政アイヌの蜂起（メナシ・クナシリの戦い）」を「ハードボイルド・ミステリ」はどう描くか―」（『跨境』九号、二〇一九年）、「生島治郎が描く「傷痕」としての「租借地・上海」―「もう一つの戦後文学」としての「ハードボイルド・ミステリ」―」（『跨境』八号、二〇一九年）

東雲かやの（しののめ かやの）
明治学院高等学校非常勤講師
「〈幽霊〉を語ること―川端康成『無言』論」（『文藝空間』第十二号、二〇二〇年六月）

杉井和子（すぎい かずこ）
元茨城大学教授
「山川方夫の「「夏の葬列」論―自己と対峙する風景」（『成蹊国文』二〇二一年）、「尾崎紅葉における言文一致体の模索とその達成―「をさな心」」（『成蹊大学文学部紀要』二〇二〇年）

髙根沢紀子（たかねざわ のりこ）
江戸川大学准教授
編著『〈現代女性作家読本②〉小川洋子』（鼎書房、二〇〇五年）、須藤宏明・髙根沢紀子共編『〈川端康成作品論集成 第3巻〉禽獣・抒情歌』（おうふう、二〇一〇年）、「物語の力―阪田寛夫「桃次郎」」（江戸川大学メディアコミュニケーション学部こどもコミュニケーション学科編『探究―こどもコミュニケーション』北樹出版、二〇二二年）

高橋真理（たかはし まり）
近代文学研究者
「「たんぽぽ」研究史」「「たんぽぽ」研究文献目録」（羽鳥徹哉・林武志・原善編『川端康成作品研究史集成』鼎書房、二〇二〇年）、「江口渙「太平洋漂流記」―「亜墨新話」から「童話」へ―」（『近代文学研究』Ⅵ、二〇一七年三月）、「久生十蘭「重吉漂流紀聞」から見えてくるもの―「船長日記」をめぐる言説―」（『近代文学研究』Ⅴ、二〇一五年三月）

髙畑早希（たかばたけ さき）
名古屋大学大学院博士後期課程
「一九五〇年代の民話運動―雑誌『民話』をめぐって―」（『人文学フォーラム』第五号、二〇二二年三月）、「戦争記憶を民話として継承するということ―松谷みよ子等による第二次民話運動の頃を中心に」（『戦後日本の傷跡』臨川書店、二〇二二年）、「世間話または現代民話としての「二人の役人」―宮沢賢治の忘れられた民譚をめぐって」（『人文学フォーラム』第三号、二〇二〇年三月）

田尻芳樹（たじり よしき）
東京大学教授
『ベケットとその仲間たち――クッツェーから埴谷雄高まで』（論創社、二〇〇九年）、『カズオ・イシグロと日本――幽霊から戦争責任まで』（共編著、水声社、二〇二〇年）、『三島由紀夫小百科』（共編著、水声社、二〇二一年）など。

谷口幸代（たにぐち さちよ）
お茶の水女子大学准教授
谷川道子・谷口幸代共編著『多和田葉子の〈演劇〉を読む』（論創社、二〇二一年）、羽鳥徹哉・林武志・原善編『川端康成作品研究史集成』（共著、鼎書房、二〇二〇年）

崔順愛（ちぇ すね）
文教大学講師
羽鳥徹哉・林武志・原善編『川端康成作品研究史集成』（共著、鼎書房、二〇二〇年）、秋山駿・原善・原田桂編『三浦哲郎全作品研究事典』（共著、鼎書房、二〇二〇年）、翻訳に『羅聖の空』、『女たちの在日』『村上春樹超短篇小説案内』など

恒川茂樹（つねかわ しげき）
近代文学研究者
「アフォリズムの教える春樹文学の魅力　付・村上春樹アフォリズム集（その1）」（共著、『文藝空間』第十四号、二〇二二年四月）、「能喩の中の児童文学―村上春樹と児童文学Ⅰ―」（共著、『敬心・研究ジャーナル』第四巻第一号、二〇二〇年六月）、「「海のふた」―ささやかな反乱の〈hajimari〉」（『現代女性作家読本⑬よしもとばなな』鼎書房、二〇一一年）

永栄啓伸（ながえ ひろのぶ）
元智弁学園中学・高等学校教諭
『評伝 谷崎潤一郎』（和泉書院、一九九七年）、『谷崎潤一郎論―伏流する物語』（双文社出版、一九九二年）、『谷崎純一郎試論―母性への視点』（有精堂書店、一九八八年）

西岡亜紀（にしおか あき）
立命館大学教授
「個を持った少女の憂愁 ―『おもひでぽろぽろ』『かぐや姫の物語』の時間の表象」（中丸禎子他編『高畑勲をよむ』三弥井書店、二〇二〇年）、「『日本語』でフィクションを書くという格闘～マチネ・ポエティクと大岡信をつなぐ線」（『昭和文学研究』七八集、二〇一九年三月）、「福永武彦におけるボードレール ―研究と創作のあいだ―」（坂巻康司編『近代日本における象徴主義』水声社、二〇一六年）、『福永武彦論―「純粋記憶」とボードレール』（東信堂、二〇〇八年）など。

仁平政人（にへい まさと）
→奥付参照

乗代雄介（のりしろ ゆうすけ）
作家
一九八六年北海道生まれ、法政大学社会学部メディア社会学科卒業。二〇一五年「十七八より」で第五八回群像新人文学賞受賞。二〇一八年『本物の読書家』で第四〇回野間文芸新人賞受賞。二〇二一年『旅する練習』で第三四回三島由紀夫賞、坪田譲治文学賞受賞。

長谷川徹（はせがわ とおる）
青山学院大学講師
『哲学する漱石 天と私のあわいを生きる』（春秋社、二〇二一年）、「明治文学界の思想的交響圏―満之・漱石・子規の近代」（『清沢満之と近代日本』法蔵館、二〇一六年）、「フォークロアにおける死生の〈物語り〉―『遠野物語』第九九話をめぐって」（『死生学・応用倫理研究』第十九九号、二〇一四年）

原善（はら ぜん）
→奥付参照

原田桂（はらだ かつら）

上武大学専任講師

秋山駿・原善・原田桂編『三浦哲郎全作品研究事典』（鼎書房、二〇二〇年）、「川端康成からの書簡―〈結婚〉を描き続ける三浦哲郎へ」（『文藝空間』第十四号、二〇二二年四月）、「名作再見　三浦哲郎「火の中の細道」」（『季刊文科』第五一号、鳥影社、二〇一一年二月）

平井裕香（ひらい ゆうか）

日本学術振興会特別研究員（PD）

「『雪国』と〈わたくし〉―川上未映子『わたくし率 イン 歯ー、または世界』を通して」（『川端文学への視界』第三七号、二〇二二年六月）、「近さとしての曖昧さ―川端康成「眠れる美女」のリアリティの構成をめぐって」『言語情報科学』第十九号、二〇二一年三月）、「「散りぬるを」研究史」「「散りぬるを」研究文献目録」（羽鳥徹哉・林武志・原善編『川端康成作品研究史集成』鼎書房、二〇二〇年）

深澤晴美（ふかさわ はるみ）

和洋女子大学総合研究機構近代文学研究所上席主任研究員、准教授

『川端康成　新資料による探求』（鼎書房、二〇一二年）、小谷野敦・深澤晴美共編『川端康成詳細年譜』（勉誠出版、二〇一六年）、「川端康成と生方たつゑ・生方記念文庫所蔵資料を踏まえて―「虹いくたび」から『虹ひとたび 能楽幻想』・「冬の虹」へ」（『芸術至上主義文芸』第四七号、二〇二一年十一月）

藤田祐史（ふじた ゆうじ）

金城学院大学准教授

「俳句と疫病―コレラとコロナウイルスの句を読む」（日比嘉高編『疫病と日本文学』三弥井書店、二〇二一年）、「久保田万太郎と関東大震災―俳句を中心に」（『原爆文学研究』第一九号、二〇二〇年一二月）

三浦卓（みうら たく）

志學館大学人間関係学部准教授

千葉一幹ほか編『シリーズ・世界の文学をひらく⑤　日本文学の見取り図―宮崎駿から古事記まで―』（ミネルヴァ書房、二〇二二年）、「文壇ゴシップを随筆として書くこと―『サンデー毎日』の川端康成―」（『川端文学への視界』第三四

号、二〇一九年)、「教室でミステリを考えること―江戸川乱歩「二銭銅貨」を中心に―」(『志學館大学教職センター紀要』二〇一六年)

見田悠子(みた ゆうこ)

ラテンアメリカ文学研究者・非常勤講師(スペイン語、文学)
訳書:サマンタ・シュウェブリン『七つのからっぽな家』(河出書房新社、二〇一九年)、ジョシュ『バイクとユニコーン』(東宣出版、二〇一五年)
論文:「いくつもの世界のひしめく文学」(『ユリイカ』第四六巻第八号、青土社、二〇一四年七月)

李聖傑(り せいけつ)

武漢大学外国語言文学学院教授、院長
『川端康成の「魔界」に関する研究―その生成を中心に―』(早稲田大学出版部、二〇一四年)、「川端康成『舞姫』における『魔』の様相について―占領、舞踊、そして『魔界』―」(『川端文学への視界』二〇一二年六月)

李哲権(り てつけん)

聖徳大学文学部准教授
「隠喩から流れ出るエクリチュール―老子の水の隠喩と漱石の書く行為」(国際日本文化研究センター紀要『日本研究』第四一号、二〇一〇年)、「心をよむ難しさ―漱石の『こころ』を読む」(国際日本文化研究センター紀要『日本研究』第二八号、二〇〇四年)、「漱石とエクリチュール」(国際日本文化研究センター紀要『日本研究』第二七号、二〇〇三年)

李雅旬(り がしゅん)

浙江大学外国語学院研究員
「言葉と絵のコラボレーション―川端康成『春景色』の再検討―」(『日本近代文学会北海道支部会報』第二二号、二〇一九年五月)、「挿絵から小説へ―川端康成『白馬』論―」(『芸術至上主義文芸』第四三号、二〇一七年十一月)

劉東波(りゅう とうは)

南京大学日本語学科研究員
『井上靖とシルクロード 西域物の誕生と展開』(七月社、二〇二〇年)

川端康成〈転生〉作品年表　【引用・オマージュ篇】

恒川茂樹

本年表は、本書で取り上げた作品に加え、編者・筆者が川端康成へのオマージュ作品とみなした作品を発表順で配した。「章番号」に本書中で言及された章番号を示したが、著者・編者が追加した作品については、「●」としている。また、初出月の不明な作品の「発表年月」については、出版年のみの記載に留め、各年の終わりに配した。

発表年月	作者名	作品名	対象作品	初出	所収	章番号
一九二六・七	梶井基次郎	川端康成第四短篇集「心中」を主題とするヴァリエイション	心中	青空	『梶井基次郎全集』（六蜂書房、一九三四・三）	1
一九五一・二	中里恒子	独唱		小説新潮	『中里恒子全集　第5巻』（中央公論社、一九八〇・一〇）	15
一九五七・四	加田伶太郎	失踪事件	伊豆の踊子	小説新潮	『完全犯罪』（大日本雄弁会講談社、一九五七・一二）	2
一九五八・六	土屋隆夫	天狗の面	叩く子		『天狗の面』（浪速書房、一九五八・六）	●
一九五九・一一	松本清張	天城越え	伊豆の踊子	サンデー毎日（「天城こえ」の題で発表）	『黒い画集2』（光文社、一九五九・一二）、「天城越え」と改題	2

発表年月	作者名	作品名	対象作品	初出	所収	章番号
一九六六・一〜一九七一・八	福永武彦	死の島	雪国	文芸	『死の島』(河出書房新社、一九七一・一二)	3
一九六八・七	中上健次	愛のような	片腕	文芸首都(「あなたを愛撫するユビ」の題で発表)	『十八歳・海へ』(集英社、一九七七・一〇)、「愛のような」と改題	4
一九六八・一二	瀬戸内晴美	さざなみ	美しさと哀しみと	群像	『蘭を焼く』(講談社、一九六九・九)	16
一九六九・四	瀬戸内晴美	墓の見える道	美しさと哀しみと	新潮	『蘭を焼く』(講談社、一九六九・九)	16
一九七一・一〜一九七一・一二	瀬戸内晴美	町は	虹いくたびを始めとする京都三部作	太陽	『みじかい旅』(文芸春秋、一九七二・三)	16
一九七二・一	竹西寛子	鶴	反橋三部作・隅田川	新潮	『鶴』(新潮社、一九七五・六)	●
一九七六・一〜一九七七・一	中里恒子	ダイヤモンドの針	雪国・夢幻の如くなり	群像	『ダイヤモンドの針』(講談社、一九七七・五)	15
一九八〇(月は不詳)	カズオ・イシグロ	ある家族の夕餉	山の音	クオーター・マガジン	『しみじみ読むイギリス・アイルランド文学』(阿部公彦編、田尻芳樹訳、松柏社、二〇〇七・六)	32
一九八二・一	カズオ・イシグロ	遠い山なみの光	山の音		『遠い山なみの光』(小野寺健訳、早川書房、二〇〇一・九)	32
一九八五・八	莫言	白い犬とブランコ	雪国	「ブランコ」として発表後「白い犬とブランコ」と改題	『中国の村から：莫言短篇集』(藤井省三・長堀祐造訳、JICC出版局、一九九一・四)	33

一九八五・九	内田康夫	天城峠殺人事件	伊豆の踊子		『天城峠殺人事件』（光文社、一九八五・九）	2
一九八八・一〇	大庭みな子	海にゆらぐ糸	弓浦市	群像	『海にゆらぐ糸』（講談社、一九八九・一〇）	17
一九八八・一二	吉本ばなな	白河夜船	眠れる美女	海燕	『白河夜船』（福武書店、一九八九・九）	23
一九八九・八	清水義範	スノー・カントリー	雪国	翻訳の世界	『江勢物語』（角川書店、一九九一・一一）	18
一九九〇・一〇	深谷忠記	踊り子の謎　天城峠殺人交差	伊豆の踊子		『踊子の謎　天城峠殺人交差』（祥伝社、一九九〇・一〇）、改題し『踊り子の謎　天城峠殺人交差』（祥伝社、一九九七・一二）として再刊	2
一九九一・二	斎藤栄	伊豆天城　幻の殺人旅行	伊豆の踊子		『伊豆天城　幻の殺人旅行』（勁文社、一九九一・二）	2
一九九一・三	荻野アンナ	雪国の踊子	伊豆の踊子・雪国	海燕	『私の愛毒書』（福武書店、一九九一・九）	19
一九九三・四	清水義範	シナプスの入江	弓浦市	海燕	『シナプスの入江』（福武書店、一九九三・五）	18
一九九四・九	島田一男	伊豆の踊り子殺人事件	伊豆の踊子		『伊豆の踊り子殺人事件』（光文社、一九九四・九）	2
一九九五・六	吉村達也	天城大滝温泉殺人事件	伊豆の踊子		『天城大滝温泉殺人事件』（有楽出版社、一九九五・六）	2

発表年月	作者名	作品名	対象作品	初出	所収	章番号
一九九五・一〇	東郷隆	学生	伊豆の踊子	別冊文芸春秋	『そは何者』（文芸春秋、一九九七・五）	2
一九九六・九	東郷隆	湯の宿	伊豆の踊子	オール読物	『そは何者』（文芸春秋、一九九七・五）	●
一九九六・一一	小川洋子	バックストローク	片腕	海燕	『まぶた』（新潮社、二〇〇一・三）	6
一九九七・五	朱天心	古都	反橋・古都		『古都』（清水賢一郎訳、国書刊行会、二〇〇〇・六）	10
一九九八・二	西村京太郎	「雪国」殺人事件	雪国		『「雪国」殺人事件』（中央公論社、一九九八・二）	2・20
一九九九・八	笹倉明	新・雪国	雪国		『新・雪国』（廣済堂出版、一九九九・八）	21
一九九九・一一	恩田陸	木曜組曲	―		『木曜組曲』（徳間書店、一九九九・一一）	1
二〇〇〇・一	多和田葉子	所有者のパスワード	雪国	新潮	『ヒナギクのお茶の場合』（新潮社、二〇〇〇・三）	22
二〇〇一・四	村松友視	「雪国」あそび	雪国		『「雪国」あそび』（恒文社21、二〇〇一・四）	●
二〇〇一・七	吉本ばなな	ちんぬくじゅうしい	死者の書		『本日の、吉本ばなな』（新潮社、二〇〇一・七）	23
二〇〇一・七	石田衣良	娼年	眠れる美女		『娼年』（集英社、二〇〇一・七）	5

二〇〇三・八〜二〇〇三・九	石田衣良	片脚	片腕	新刊展望	『てのひらの迷路』（講談社、二〇〇五・一一）	4・5
二〇〇四・一	石田衣良	左手	片腕	小説現代	『てのひらの迷路』（講談社、二〇〇五・一一）	4・5
二〇〇四・一〇	ガブリエル・ガルシア＝マルケス	わが悲しき娼婦たちの思い出	眠れる美女		『わが悲しき娼婦たちの思い出』（木村榮一訳、新潮社、二〇〇六・九）	9
二〇〇五・二・一二〜二〇〇五・一二・二四	小川洋子	ミーナの行進	眠れる美女	読売新聞	『ミーナの行進』（中央公論新社、二〇〇六・四）	6
二〇〇五・五	辻真先	伊豆・踊り子列車殺人号	伊豆の踊子		『伊豆・踊り子列車殺人号』（光文社、二〇〇五・五）	2
二〇〇五・八	小池昌代	左腕	片腕	野生時代	『裁縫師』（角川書店、二〇〇七・五）	4
二〇〇五・一一	祐光正	浅草色つき不良少年団	浅草紅団	オール読物（「幻景浅草色付不良少年團（あさくさカラー・ギヤング）」を改題）	『浅草色つき不良少年団』（文芸春秋、二〇〇七・五）、「幻景浅草色付不良少年團」として収録	24
二〇〇五（月は未詳）	石田衣良	ありがとう	有難う	Timebook Town	『Love Letter』（幻冬舎、二〇〇五・一二）	5
二〇〇六・一〇・六〜二〇〇六・一〇・二〇	小川洋子、クラフト・エヴィング商會	人体欠視症治療薬	たんぽぽ	web ちくま	『注文の多い注文書』（筑摩書房、二〇一四・一）	6

発表年月	作者名	作品名	対象作品	初出	所収	章番号
二〇〇七・五	川上未映子	わたくし率 イン歯ー、または世界	雪国	早稲田文学	『わたくし率イン歯ー、または世界』（講談社、二〇〇七・七）	25
二〇〇八・一〇	田中慎弥	田中慎弥の掌劇場	掌の小説	毎日新聞	『田中慎弥の掌劇場』（毎日新聞社、二〇一二・四）	29
二〇〇九・五	西村京太郎	死のスケジュール 天城峠	伊豆の踊子	野性時代	『死のスケジュール 天城峠』（角川書店、二〇〇九・一一）	2
二〇〇九・九	金衍洙	世界の果て、彼女	雪国		『世界の果て、彼女』（呉永雅訳、クオン、二〇一四・三）	34
二〇一一・一〇	田中慎弥	共喰い	山の音・千羽鶴・みづうみ	すばる	『共喰い』（集英社、二〇一二・一）	29
二〇一二・二	田中慎弥	炎と苗木 田中慎弥の掌劇場	掌の小説	毎日新聞	『炎と苗木 田中慎弥の掌劇場』（毎日新聞出版、二〇一六・五）	29
二〇一二・五～二〇一四・四	原田マハ	異邦人	虹いくたび・古都・美しさと哀しみと	文蔵	『異邦人』（PHP研究所、二〇一五・三）	7
二〇一三・一～二〇一四・七	菅野春雄	本音で語る「伊豆の踊子」	伊豆の踊子	抒情文芸	『本音で語る「伊豆の踊子」』（ブイツーソリューション、二〇一五・六）	●
二〇一四・三	花房観音	片腕の恋人	片腕	小説新潮	『花びらめくり』（新潮社、二〇一六・一〇）	4・26
二〇一六・一	綿矢りさ	手のひらの京	古都	新潮	『手のひらの京』（新潮社、二〇一六・九）	27
二〇一六・五	彩瀬まる	くちなし	片腕	別冊文芸春秋	『くちなし』（文芸春秋、二〇一七・一〇）	4・28

二〇一六・九	乗代雄介	本物の読書家	片腕	群像	『本物の読書家』（講談社、二〇一七・一一）	4・8
二〇一六・一〇	中島京子	川端康成が死んだ日	末期の眼	小説現代	『オリーブの実るころ』（講談社、二〇二二・六）	●
二〇一七・一〇	李昂	眠れる美男	眠れる美女・片腕		『眠れる美男』（藤井省三訳、文芸春秋、二〇二〇・一二）	11
二〇一九・一二	乗代雄介	最高の任務	十六歳の日記・弓浦市	群像	『最高の任務』（講談社、二〇二〇・一）	8
二〇二一・一一	鯨統一郎	第一話　川端康成～雪国にかける橋～	雪国		『金閣寺は燃えているか？　文豪たちの怪しい宴』（東京創元社、二〇二一・一一）	●

[編　者]

仁平政人（にへい まさと）

東北大学大学院文学研究科准教授

著書・論文に、『青森の文学世界　〈北の文脈〉を読み直す』（共編著、弘前大学出版会、2019 年）、「「旅行」する言葉、「山歩き」する身体─川端康成『雪国』論序説─」（『日本文学』第 66 巻第 6 号、2017 年 6 月）、『川端康成の方法　二〇世紀モダニズムと「日本」言説の構成』（東北大学出版会、2011 年）など。

原善（はら ぜん）

武蔵野大学元教授

著書に『川端康成作品研究史集成』（共編著、鼎書房、2020 年）、『村上春树超短篇小说100%解謎』（頼明珠訳、台湾聯合文學出版、2020 年）、『川端康成─その遠近法』（大修館書店、1999 年）、『〈新鋭研究叢書 10〉川端康成の魔界』（有精堂、1982 年）など。

[執　筆　者]

藤田祐史／西岡亜紀／三浦 卓／髙根沢紀子／李 雅旬／平井裕香／見田悠子／坂元さおり／李 哲権／深澤晴美／大石征也／髙畑早希／東雲かやの／菅野陽太郎／熊澤真沙歩／奥山文幸／谷口幸代／崔 順愛／高橋真理／杉井和子／青木言葉／永栄啓伸／長谷川徹／内田裕太／劉 東波／原田 桂／田尻芳樹／李 聖傑／姜 惠彬／恒川茂樹／小池昌代／小谷野 敦／乗代雄介

〈転生〉する川端康成 I

引用・オマージュの諸相

2022（令和 4）年 11 月 24 日　第 1 版第 1 刷発行

ISBN978-4-909658-89-0　C0095

発行所　株式会社 **文学通信**

〒 114-0001　東京都北区東十条 1-18-1 東十条ビル 1-101

電話 03-5939-9027　Fax 03-5939-9094

メール info@bungaku-report.com ウェブ https://bungaku-report.com

発行人　岡田圭介

印刷・製本　モリモト印刷

ご意見・ご感想はこちらからも送れます。上記のQRコードを読み取ってください。